LES I

« *Or, comme il achevait avec grand soin sa tâche pour la nuit —
nuit quinzième après lune morte —, voici que tout à coup le Récitant
se prit à balbutier… Il s'arrêta, et, redoublant son attention, recommença le récit d'épreuve. On y dénombrait des séries prodigieuses
d'ancêtres d'où sortaient les chefs, les Arii, divins par la race et par
la stature (…). Un silence pesa, avec une petite angoisse. Aüé! Que
présageait l'oubli du nom?* »

Les Immémoriaux débutent par un trou de mémoire. Térii, le
Récitant polynésien, hésite et soudain se tait alors qu'il énonçait
les Dires consacrés. Présage d'autant plus funeste qu'un lourd
sommeil menace aujourd'hui tous ses frères maori, habitants
de Tahiti, de Moaréa ou de Raïta… L'arrivée des Européens,
des « hommes à la peau blême », a très certainement amorcé
ce déclin. Les dieux maori ne doivent-ils pas s'effacer devant le
« seigneur Iésu-Kérito », le dieu des missionnaires?

Alors il faut prendre la mer. Et Térii est de ce long voyage
où l'île de Pâques — dénommée « nombril du monde » — se
profile à l'horizon.

*Né à Brest en 1878, Victor Segalen n'a jamais séparé
l'action de la poésie. C'est au retour d'un séjour en Polynésie
comme médecin de la Marine française, et après avoir mené
sur place une enquête de caractère ethnographique, qu'il écrit*
Les Immémoriaux *(1907). Puis c'est l'Extrême-Orient,
la Chine impériale; des années fructueuses : c'est alors que
Segalen s'ouvre à l'archéologie, que paraissent ses poèmes*
Stèles *(1912) et* Peintures *(1916). Il meurt dans une forêt*

bretonne, à quarante et un ans, laissant une œuvre – René Leys et ses autres ouvrages paraîtront à titre posthume – dont Pierre Jean Jouve a dit : « Je ne connais rien de semblable dans notre littérature. »

Victor Segalen

LES
IMMÉMORIAUX

Éditions du Seuil

TEXTE INTÉGRAL

ISBN : 2-02-033304-X
(ISBN : 2-02-006469-3, 1ʳᵉ publication en poche)

© Éditions du Seuil, 1985

AUX MAORI
DES TEMPS OUBLIÉS

... Voici la terre Tahiti. Mais où sont les hommes qui la peuplent ? Ceux-ci... Ceux-là... Des hommes Maori ? Je ne les connais plus : ils ont changé de peau.

Les Immémoriaux.

Première partie

(Dans tous les mots maori u doit se prononcer ou : atua comme « atoua », tatu comme « tatou », etc.)

Le Récitant

Cette nuit-là — comme tant d'autres nuits si nombreuses qu'on n'y pouvait songer sans une confusion — Térii le Récitant marchait, à pas mesurés, tout au long des parvis inviolables. L'heure était propice à répéter sans trêve, afin de n'en pas omettre un mot, les beaux parlers originels : où s'enferment, assurent les maîtres, l'éclosion des mondes, la naissance des étoiles, le façonnage des vivants, les ruts et les monstrueux labeurs des dieux Maori. Et c'est affaire aux promeneurs-de-nuit, aux haèré-po à la mémoire longue, de se livrer, d'autel en autel et de sacrificateur à disciple, les histoires premières et les gestes qui ne doivent pas mourir. Aussi, dès l'ombre venue, les haèré-po se hâtent à leur tâche ; de chacune des terrasses divines, de chaque maraè bâti sur le cercle du rivage, s'élève dans l'obscur un murmure monotone, qui, mêlé à la voix houleuse du récif, entoure l'île d'une ceinture de prières.

Térii ne tenait point le rang premier parmi ses compagnons, sur la terre Tahiti ; ni même dans sa propre vallée ; bien que son nom « Térii a Paraürahi » annonçât « Le Chef au grand-Parler ». Mais les noms déçoivent autant que les dieux de bas ordre. On le croyait fils de Tévatané, le porte-idoles de la rive Hitia, ou bien de Véhiatua no Téahupoo, celui qui batailla dans la presqu'île. On lui connaissait d'autres pères encore ; ou plutôt des parents nourriciers entre lesquels il avait partagé son enfance. Le plus lointain parmi ses souvenirs lui racontait l'atterrissage, dans la baie Matavaï, de la grande pirogue sans balancier ni pagayeurs, dont le chef se nommait Tuti. C'était un de ces étrangers à la peau blême, de l'espèce

qu'on dit « Piritané » parce qu'ils habitent, très au loin,
une terre appelée « Piritania[1] ». Tuti frayait avec les
anciens Maîtres. Bien qu'il eût promis son retour, on ne le
vit point revenir : dans une autre île maori, le peuple
l'avait adoré comme un atua durant deux lunaisons, et
puis, aux premiers jours de la troisième, dépecé avec
respect afin de vénérer ses os.

Térii ne cherchait point à dénombrer les saisons depuis
lors écoulées ; ni combien de fois on avait crié les adieux
au soleil fécondateur. — Les hommes blêmes ont seuls
cette manie baroque de compter, avec grand soin, les
années enfuies depuis leur naissance, et d'estimer, à
chaque lune, ce qu'ils appellent « leur âge présent » !
Autant mesurer des milliers de pas sur la peau changeante
de la mer... Il suffit de sentir son corps agile, ses membres
alertes, ses désirs nombreux, prompts et sûrs, sans
s'inquiéter du ciel qui tourne et des lunes qui périssent. —
Ainsi Térii. Mais, vers sa pleine adolescence, devenu
curieux des fêtes et désireux des faveurs réservées aux
familiers des dieux, il s'en était remis aux prêtres de la
vallée Papara.

Ceux-là sacrifiaient au maraè le plus noble des maraè
de l'île. Le chef des Récitants, Paofaï Térii-fataü, ne
méprisa point le nouveau disciple : Paofaï avait dormi
parfois avec la mère de Térii. L'apprentissage commença.
On devait accomplir, avec une pieuse indolence, tout ce
que les initiateurs avaient, jusque-là, pieusement et
indolemment accompli.

C'étaient des gestes rigoureux, des incantations cadencées, profondes et confuses, des en-allées délimitées
autour de l'enceinte de corail poli. C'étaient des rires
obligés ou des pleurs conventionnels, selon que le dieu
brillant Oro venait planer haut sur l'île, ou semblait, au
temps des sécheresses, s'enfuir vers le pays de l'abîme et
des morts. Docilement, le disciple répétait ces gestes,
retenait ces dires, hurlait de joie, se lamentait. Il progres-

---

1. Piritania : Britain, Angleterre.
   Tuti : Cook.
   (Fin du XVIIIe siècle).

sait en l'art d'interpréter les signes, de discerner, dans le ventre ouvert des chiens propitiatoires, les frémissements d'entrailles qui présagent un combat heureux. Au début de la mêlée, penché sur le premier ennemi tombé, le haèrè-po savait en épier l'agonie : s'il sanglotait, le guerrier dur, c'était pour déplorer le malheur de son parti ; s'il fermait le poing, la résistance, alors, s'annonçait opiniâtre. Et Térii au grand-parler revenant vers ses frères, leur jetait les paroles superbes qui mordent les cœurs et poussent à bondir. Il chantait, il criait, il se démenait et prophétisait sans trêve, jusqu'à l'instant où lui-même, épuisé de lever les courages, tombait.

Mais si les aventures apparaissaient funestes ou contraires aux avis mystérieux de ses maîtres, il s'empressait à dissimuler, et à changer les signes équivoques en de plus rassurants présages. Ce n'était pas irrespect des choses saintes : à quoi serviraient les prêtres, si les desseins des dieux — se manifestant tout à coup immuables et clairs — n'exigeaient plus que des prières conjurantes ou de subtils accommodements ?

Térii satisfaisait pleinement ses maîtres. Fier de cette distinction parmi les haèrè-po — le cercle de tatu bleuâtre incrusté sur la cheville gauche —, il escomptait des ornements plus rares : la ligne ennoblissant la hanche ; puis la marque aux épaules ; le signe du flanc, le signe du bras. Et peut-être, avant sa vieillesse, parviendrait-il au degré septième et suprême : celui des Douze à la Jambe-tatouée. Alors il dépouillerait ces misères et ces fardeaux qui incombent aux manants. Il lui serait superflu de monter, à travers les taillis humides, en quête des lourds régimes de féï pour la faim : les dévots couvriraient le seuil de son faré de la nourriture des prêtres, et des femmes nombreuses, grasses et belles, rechercheraient ses embrassements comme remède à la stérilité. Alors il serait Arioï, et le frère de ces Maîtres-du-jouir, qui, promenant au travers des îles leurs troupes fêteuses, célèbrent les dieux de vie en parant leurs vies mêmes de tous les jeux du corps, de toutes les splendeurs, de toutes les voluptés.

Avant de prétendre en arriver là, le haèré-po devait, maintes fois, faire parade irréprochablement du savoir transmis. Pour aider sa mémoire adolescente, il recourait aux artifices tolérés des maîtres, et il composait avec grand soin ces faisceaux de cordelettes dont les brins, partant d'un nouet unique, s'écartent en longueurs diverses interrompues de nœuds réguliers. Les yeux clos, le Récitant les égrenait entre ses doigts. Chacun des nœuds rappelait un nom de voyageur, de chef ou de dieu, et tous ensemble ils évoquaient d'interminables générations. Cette tresse, on la nommait « Origine-du-verbe », car elle semblait faire naître les paroles. Térii comptait la négliger bientôt : remâchés sans relâche, les Dires consacrés se suivraient à la longue d'eux-mêmes, dans sa bouche, sans erreur et sans effort, comme se suivent l'un l'autre en files continues les feuillages tressés qu'on lance à la dérive, et qu'on ramène, à pleines brasses, chargés de poissons miroitants.

Or, comme il achevait avec grand soin sa tâche pour la nuit — nuit quinzième après la lune morte —, voici que tout à coup le Récitant se prit à balbutier... Il s'arrêta ; et, redoublant son attention, recommença le récit d'épreuve. On y dénombrait les séries prodigieuses d'ancêtres d'où sortaient les chefs, les Arii, divins par la race et par la stature :

« *Dormait le chef Tavi du maraè Taütira, avec la femme Taürua,*
puis avec la femme Tuitéraï du maraè Papara :
De ceux-là naquit Tériitahia i Marama.
Dormait Tériitahia i Marama avec la femme Tétuaü Méritini du maraè Vaïrao :
De ceux-là naquit... »

Un silence pesa, avec une petite angoisse. Aüé ! que présageait l'oubli du nom ? C'est mauvais signe lorsque les mots se refusent aux hommes que les dieux ont désignés pour être gardiens des mots ! Térii eut peur ; il s'accroupit ; et, adossé à l'enceinte en une posture familière, il songeait.

Sans doute, il avait tressailli de même sorte, une autre nuit, déjà : quand un prêtre subalterne du maraè rival Atahuru s'était répandu, contre lui, en paroles venimeuses. Mais Térii avait rompu le charme par une offrande à Tané qui mange les mauvais sorts, et les maléfices, aussitôt, s'étaient retournés sur le provocateur : le prêtre d'Atahuru se rongeait d'ulcères ; ses jambes gonflaient.
— Il est aisé de répondre aux coups si l'on voit le bras d'où ils tombent.

Cette fois, les menaces étaient plus équivoques et nombreuses, et peuplaient, semblait-il, tous les vents environnants. Le mot perdu n'était qu'un présage entre bien d'autres présages que Térii flairait de loin, qu'il décelait, avec une prescience d'inspiré, comme un cochon sacré renifle, avant l'égorgement, la fadeur du charnier où on le traîne. Déjà les vieux malaises familiers se faisaient plus hargneux. D'autres, insoupçonnés, s'étaient abattus — voici vingt lunaisons, ou cent, ou plus — parmi les compagnons, les parents, les fétii. A les remémorer chacun sentait un grand trouble dans son ventre.

Des gens maigrissaient ainsi que des vieillards, puis, les yeux brillants, la peau visqueuse, le souffle coupé de hoquets douloureux, mouraient en haletant. D'autres voyaient leurs membres se durcir, leur peau sécher comme l'écorce d'arbre battue dont on se pare aux jours de fête, et devenir, autant que cette écorce, insensible et rude ; des taches noires et ternes les tatouaient de marques ignobles ; les doigts des mains, puis les doigts des pieds, crochus comme des griffes d'oiseaux, se disloquaient, tombaient. On les semait en marchant. Les os cassaient dans les moignons, en petits morceaux. Malgré leurs mains perdues, leurs pieds ébréchés, leurs orbites ouvertes, leurs faces dépouillées de lèvres et de nez, les misérables agitaient encore, durant de nombreuses saisons, parmi les hommes vivants, leurs charognes déjà putréfiées, et qui ne voulaient pas tout à fait mourir. Parfois, tous les habitants d'un rivage, secoués de fièvres, le corps bourgeonnant de pustules rougeâtres, les yeux sanguinolents, disparaissaient comme s'ils avaient livré bataille aux esprits-qui-vont-dans-la-nuit. Les femmes étaient stériles ou bien leurs déplorables grossesses avortaient sans profit. Des maux inconcevables succédaient aux enlacements furtifs, aux ruts les plus indifférents.

Et l'île heureuse, devant l'angoisse de ses fils, tremblait dans ses entrailles vertes : voici tant de lunaisons qu'on n'avait pu, sans craindre d'embûches, célébrer en paix les fêtes du fécondateur ! De vallée à vallée on se heurtait sous la menée de chefs rancuniers et impies. Ils étaient neuf à se déchirer le sol, et se disputaient pour les îlots du récif. Ils couraient en bataille avant que les prêtres aient prononcé : « Cette guerre est bonne. Allez ! » Ils luttaient même pour la mer-extérieure ! Les hommes ne s'assemblaient que pour lancer, contre d'autres hommes, ces pirogues doubles dont la proue se lève en museau menaçant, et nul ne songeait plus, ainsi qu'aux temps d'Amo-le-constructeur, à conduire un peuple vers la mer, pour tailler le corail, le polir, et dresser d'énormes terrasses en hommage aux dieux maori. Ainsi, les souffles nouveaux qui empoisonnaient sans égards les esclaves, les manants, les possesseurs-de-terre, les Arii, se manifestaient injurieux même aux atua ! — Contre ces souffles, voici que les conjurations coutumières montraient une impuissance étrange. Le remède échappait au pouvoir des sorciers, au pouvoir des prêtres : au pouvoir de Oro : cela venait de dieux inconnus...

La haèré-po mâchait ces inquiétudes dans la nuit impassible. La grande Hina-du-ciel, à demi vêtue de nuages, montait vers l'espace de Tané, enlisant de sa lumière immortelle les étoiles périssables et changeantes. Sous la claire caresse, le grand maraè dépouillait son vêtement obscur, sortait de l'ombre et se démesurait. La brise nocturne, chargée des parfums terrestres, coulait odorante et froide. Sourdement, le récif hurlait au large. L'île dormait, et la presqu'île, et la mer-enclose du récif. Apaisé par la consolante lumière, Térii reprit sa diction cadencée, ses gestes rituels, sa marche rythmique.

*

Une ombre, soudain, se dressa devant lui qui tressaillit.
— Et que sait-on des êtres ambigus rôdeurs-de-ténèbre ?
Reconnaissant Paofaï, chef des Récitants, il se tranquil-
lisa.

Vêtu du maro sacerdotal, peint de jaune et poudré de
safran, le torse nu pour découvrir le tatu des maîtres-
initiés, Paofaï marchait à la manière des incantateurs. Il
franchit l'enceinte réservée. Il piétinait le parvis des
dieux. Térii l'arrêta :

« Où vas-tu, toi, maintenant ? »

Le grand-prêtre, sans répondre, continuait sa route. Il
disait à voix haute des paroles mesurées :

« Que les dieux qui se troublent et s'agitent dans les
neuf espaces du ciel de Tané m'entendent, et qu'ils
s'apaisent.

» Je sais leur objet de colère : des hommes sont venus,
au nouveau-parler. Ils détournent des sacrifices. Ils disent
qu'il n'est pas bon de voler. Ils disent que le fils doit
respecter son père, même vieux ! Ils disent qu'un seul
homme, même un prêtre, ne doit connaître à la fois
qu'une seule épouse. Ils disent qu'il n'est pas bon de tuer,
au jour de sa naissance, le premier enfant mâle, même s'il
est né d'un Arioï. Ils disent que les dieux, et surtout les
atua supérieurs, ne sont que des dieux de bois impuissants !

» Ils ont des sortilèges enfermés dans des signes. Ils ont
peint ces petits signes sur des feuilles. Ils les consultent
des yeux et les répandent avec leurs paroles !...

» Mais sur eux s'est levée la colère de Oro, qui donna
six femmes aux prêtres subalternes, douze aux Arioï, et
qui défendit à ces femmes de s'attarder à mettre bas. Et
sur eux va peser le courroux de Hiro subtil, favorable aux
hommes rusés.

» Que les atua jusqu'au neuvième firmament se reposent, et qu'ils dorment ; et que Fanaütini, propice aux
fous, aux faibles, aux pères de nombreux enfants,

secoure, s'il le peut, ces étrangers au parler injurieux : je
vais jeter des maléfices ! »

Térii suivit le Maître. Certes, il n'en comprenait pas
clairement tous les discours. — Qu'étaient donc ces
hommes au nouveau-parler dont la venue surexcitait les
dieux ? Et pourquoi ces signes peints quand on avait la
tresse Origine-de-la-parole, pour aider le souvenir ? Les
faibles mâles, en vérité, que satisfaisait une épouse ! — et
ils étaient prêtres ! Néanmoins, à mesure que se déroulait
dans la bouche de Paofaï l'invective haineuse, il passait en
l'esprit du disciple des lueurs divinatoires : les maux
inconnus, les fièvres nouvelles, les discordes et les poisons
n'étaient que sortilèges vomis sur l'île heureuse par ces
nouveaux venus, les maigres hommes blêmes, et par les
dieux qu'ils avaient apportés ! Les pestes inéluctables
ruisselaient avec la sueur de leurs épaules ; les famines et
toutes les misères sortaient de leurs haleines... Courage !
Térii savait, maintenant, d'où tombaient les coups, et
contre qui l'on pouvait batailler avec des charmes. —
Comme Paofaï, imperturbable en sa violence majes-
tueuse, prolongeait le chant incantatoire, Térii l'imita,
doublant toutes les menaces.

*

Ils suivaient l'étroit sentier qui sépare les demeures des
prêtres du faré des serviteurs. Puis, escaladant le premier
degré des terrasses, ils atteignirent l'autel d'offrande où
l'on expose, avant de la porter aux sacrificateurs, la
nourriture vivante dévouée aux atua. Ils firent un détour,
afin ne de point frôler l'ombre d'un mort : sous une
toiture basse de branchages veillait le corps à demi déifié
du noble Oripaïa. Bien que le chef, accroupi sur lui-
même, eût les mains liées aux genoux, et que ses chairs,
encerclées de bandelettes, fussent macérées d'huiles odo-
riférantes, son approche inquiétait encore : l'esprit
vaguait sans doute aux alentours : on ne devait pas
l'irriter.

Dans le ciel, la face blême de la grande Hina-du-ciel
dépouillait ses nues, pour conduire, de sa lueur sereine,

les deux imprécateurs. Vêtus de sa lumière et parés de ses caresses, ils n'avaient plus à redouter les êtres-errants qui peuplent les ténèbres. D'un pas robuste, ils gravissaient les onze terrasses. Autour d'eux, les degrés infimes et le sol où tremblent les petits humains s'abaissaient, s'enfonçaient, et sombraient dans l'ombre ; cependant qu'eux-mêmes, portant haut leur haine et leur piété, montaient, sans crainte, dans l'espace illuminé. Ils escaladèrent la onzième marche, taillée pour une enjambée divine. Ils touchaient les simulacres. Paofaï s'épaula contre le poteau sacré — qui, hors d'atteinte, fait surgir l'image de l'atua : l'oiseau de bois surpassé du poisson de pierre — et il l'étreignit. Le disciple reculait par respect, ou par prudence. Il vit le large dos du maître se hausser vers la demeure des dieux, et, d'un grand effort, secouer les charmes attachés sur l'île. Le maro blanc, insigne du premier savoir, resplendissait dans la nuit souveraine. Le torse nu luisait aux regards de Hina : Hina souriait. Térii reprit toute sa confiance et respira fortement.

Et Paofaï, précipitant sa marche — car chacun de ses pas, désormais, était une blessure pour les étrangers —, descendit, derrière l'autel, vers le charnier où viennent, après le sacrifice, tomber les offrandes : les cochons égorgés en présages ; les hommes abattus suivant les rites ; les chiens expiatoires, éventrés. De ces bas-fonds — où rôde et règne Tané le mangeur de chairs mortes — levaient d'immondes exhalaisons, et une telle épouvante qu'on eût reculé à y jeter son ennemi. Paofaï, d'un grand élan, sauta. Ses larges pieds disparurent dans une boue, broyant des os qui craquaient, crevant des têtes aux orbites vides. — Puis, s'affermissant dans la tourbe tiède, il tira de son maro un petit faisceau de feuilles tressées ; il creusa la fange ; il enfouit le faisceau ; il attendit.

Le haèré-po comprit, tout d'un coup, et s'émerveilla : c'étaient des parcelles vivantes volées aux étrangers — des cheveux ou des dents, peut-être, ou de l'étoffe trempée de leur salive — que le maître enfonçait parmi ces chairs empoisonnées : si les incantés ne parvenaient, avant la nouvelle lunaison, à déterrer ces parties de leurs êtres, ils périraient : mais d'abord, leurs corps se cingle-

raient de plaies, leurs peaux se sécheraient d'écailles...
Or, voici que Paofaï, dans le silence de toutes choses,
retint son souffle, et, s'allongeant sur le sol de cadavres,
colla son oreille au trou comblé. Il écouta longtemps.
Puis :

« J'entends, murmura-t-il, j'entends l'esprit des étrangers, qui pleure. » Il se dressa triomphant.

Térii frémissait : il n'eût pas imaginé cette audace.
Surtout, il redoutait, par-dedans et pour lui-même, le
ricochet de ces mauvais sorts. Il quitta donc très vite
Paofaï, en formulant avec une grande ferveur et une
grande exactitude la supplication pour les nuits angoissées
pendant lesquelles on s'écrie :

« *C'est le soir, c'est le soir des dieux ! Gardez-moi des
périls nocturnes ; de maudire ou d'être maudit ; et des
secrètes menées ; et des querelles pour la limite des terres ; et
du guerrier furieux qui marche dans l'ombre, avec les
cheveux hérissés.* »

Cependant, pour en finir avec les ennemis inattendus, il
résolut d'employer contre eux son épouse : marquée de
signes au ventre et au front, enjolivée de couronnes et de
colliers parfumés, et les seins parés, elle irait vers ces
hommes en provoquant leurs désirs : sans méfiance, ils
dormiraient près d'elle. Mais elle, aussitôt — l'Ornée-
pour-plaire devenue incantatrice — se lamenterait sur ces
étrangers comme on se lamente autour des morts : ils
mourraient avant qu'elle soit mère.

*

Comme il regagnait son faré, Térii entr'aperçut, derrière le treillis de bambous, une ombre peureuse que sa
venue mettait en fuite. Il connut que la femme Taümi,
une fois encore, s'était livrée de soi-même à quelque
Piritané. Car elle maniait une hache luisante, réclamée
pour prix de ses embrassements, et qu'elle se réjouissait
d'avoir obtenue si vite : sa mère suivait les hommes à
peau blême en échange d'une seule poignée de clous.

Mais le haèré-po s'irrita. Il entendait disposer selon sa
guise, comme il convient, des ébats de sa compagne : et

Taümi, souillée par ces ébats non permis, ne pouvait plus porter les sorts. Il la frappa donc violemment, la menaçant de mots à faire peur. Elle riait. Il la chassa.

Ayant ainsi fortement manifesté sa colère et son dépit, Térii s'apaisa. Puis il se mit en quête d'une nouvelle épouse pour cette nuit-là et pour d'autres nuits encore.

Les hommes au nouveau-parler

Térii, paisiblement, avait repris ses allées dans la nuit.
Et son corps d'homme vivant n'avançait point d'une
démarche moins sûre que les pensers de son esprit, qui le
conduisaient désormais, sans une défaillance, par les
sentiers broussailleux du passé. Cependant il désira
connaître les ennemis de sa race, et quel avait été contre
eux le succès du maléfice.

Or, parmi les pirogues étrangères — issues d'autres
firmaments, d'autres mondes, peut-être — qui en grand
nombre atterrissaient à l'île, la dernière, plus que toute
autre, avait inquiété les gens du rivage Atahuru : elle
n'était point chargée de ces jeunes hommes turbulents et
irascibles, armés de bâtons luisants qui frappent au loin,
avec un grand bruit. Nul de ces guerriers ni de ces chefs
n'avait mis, dès l'arrivée, pied à terre. Mais des chants en
descendaient, monotones, sur des paroles aigres. On y
voyait des femmes à peau blême. Jusque-là certains
doutaient qu'il en existât. Ces femmes n'étaient pas très
différentes des épouses tahitiennes : seulement plus pâles
et maigres. Et les riverains d'Atahuru contaient, là-
dessus, d'extravagantes histoires : assurant que les nouveaux venus, trop attentifs à considérer sans cesse de
petits signes tatoués sur des feuilles blanches, ne se
livraient jamais ouvertement à l'amour. C'étaient bien ces
impies qu'avait désignés Paofaï. Térii se prépara donc à
pagayer vers eux.

D'abord, il glissa prudemment toutes ses pirogues de
pêche sous des abris de palmes tressées, et, tirant sur le
sable sa pirogue de haute mer, l'examina. Il est bon de ne

jamais partir sans avoir recousu les bordés, qui feraient
eau dès le premier clapotis. On calfate ensuite les petites
fissures en y bourrant, à coups de maillet, des fibres
gluantes. Il est très bon, encore, d'entremêler ce travail
de courtes prières à Tané-i-té Haa, propice aux façonneurs-de-pahi. Puis on assure l'attache du balancier et
l'on dresse le mât de bambou, en serrant à peine les
haubans, que la pluie ou les embruns raidiront ensuite
d'eux-mêmes : le pahi est prêt. Mais surtout, avant de le
hasarder sur la mer-extérieure, qu'on n'omette pas l'offrande à Pohu, le dieu-requin. Si le voyage est d'importance minime, l'atua se satisfera d'un cochon de moyenne
grosseur.

Térii ne négligeait aucun de ces rites — par respect,
plutôt que par profit : car il ne devait point abandonner la
terre des yeux, mais en suivre seulement le contour, au
large du récif. Deux journées lui suffirent à tout apprêter.
Au troisième lever du soleil, il emplit le creux de la
pirogue de noix de haári, pour la soif, et de fruit de uru,
pour la faim. Puis, aidé de quelques fétii et d'une nouvelle
épouse, il leva le pahi tout chargé. Tous, ils le portaient à
petits pas trébuchants, car la coque était lourde et le
corail leur déchirait les pieds. Le pahi flotta. La femme
s'accroupit en avant du mât.

« Vous restez, vous autres ? » dit gaîment Térii, suivant l'usage.

« Tu t'en vas, toi ? » répondit-on avec politesse, d'une
seule voix. Un pied dans la pirogue, Térii prit appui sur le
sable et poussa vigoureusement. Puis il pagaya quelque
temps dans les calmes eaux claires.

Il franchit le récif par la passe appelée Ava-iti. La
pirogue aussitôt tangua sous les premières poussées de la
houle, et le souffle du maraámu — le vent inlassable qui
pousse vers le soleil tombant — gonfla brusquement la
natte pendue au mât dans son cadre de bambou. La coque
bondit. Térii la guidait à coups brefs de sa pagaie qui
tranchait l'eau tout à l'arrière comme une queue d'atua-
requin. Parfois, lorsque la brise, ayant ricoché au flanc
des montagnes, accourait du travers, le pahi se couchait
sur la gauche et le balancier, ruisselant dans l'air,

vacillait, tout prêt à chavirer. Vite, la femme Tétua, cramponnée sur la traverse, pesait à son extrémité. Elle s'agrippait aux agrès, cambrée vers la mer. Ses pieds s'éclaboussaient d'écume.

Térii la considéra. Il dormait près d'elle depuis quatre nuits à peine. Elle ne semblait point égaler la femme Taümi en habiletés de toutes sortes. Il aviserait à son retour. D'ailleurs, les fêtes étaient proches où le haèré-po, montrant son savoir, acquerrait, avec de nouveaux tatu, le droit à choisir librement ses épouses. Et Térii, triomphant par avance, laissa courir son espoir vers les jours à venir qu'il lui semblait allégrement poursuivre sous la poussée du grand vent régulier.

Le rivage fuyait allégrement lui-même. Les vallées qui pénètrent l'île s'ouvraient tour à tour, bâillaient un instant vers la mer, et se fermaient en reculant. Comme il était prêt de doubler une pointe, Térii, soudain, tourna le museau du pahi droit au large : on ne pouvait, en effet, se mésaventurer près de la terre Mara, dont la montagne avancée, surplombant lourdement les eaux, sépare, ainsi qu'une monstrueuse idole Tii, la noble vallée Papara des turbulents territoires Atahuru.

La même crête divise les espaces dans le ciel. Car les nuées chargées de pluie s'épanchent sur ses flancs sans jamais en passer le revers. Les petits enfants n'ignorent pas cela. Voici le parler connu seulement des prêtres : le pied du mont, creusé d'une grotte froide, suintante et sans fond, donne depuis trois lunaisons retraite à Tino, l'homme-inspiré. On le dit incarner des esprits variables, et parfois l'essence même de Oro. A tout hasard, on l'honore, à l'égal de ce dieu. La grotte est sainte ainsi qu'un maraè, et s'enveloppe d'un tapu sévère. Térii savait en plus que la montagne excavée figure : *Le trou dans le Tronc ; le creux dans la Colline ; la caverne dans la Base,* ainsi qu'il est dit aux chants Premiers.

Et il tint le large avec défiance, jusqu'à voir le redoutable mont s'effacer comme les autres, en découvrant l'île-jumelle. La terre Mooréa dressait dans le firmament clair ses arêtes hargneuses. De grandes pluies, tombées sur la mer-extérieure, avaient blanchi le ciel, et

la belliqueuse rivale, ouvrant sur Tahiti la vallée Vaïtahé
ainsi qu'une mâchoire menaçante, parut empiéter sur les
eaux mitoyennes. « Tout à craindre de ce côté », songea
Térii, qui savait combien les îles hautes, flottant sur la
mer-abyssale, sont vagabondes et vives quand il plaît aux
atua de les traîner en nageant sur les eaux. Il revint serrer
le vent pour gagner une route plus sûre... « Quoi donc ! »
La femme, à grands gestes craintifs, désignait la mou-
vante profondeur houlant sous le ventre du pahi. Elle
inclinait la face au ras des eaux sombres. Ses yeux
cherchaient, dans le bas-fond, par-dessous la mer, avec
beaucoup de peur : cet abîme-là, c'était le familier
repaire de Ruahatu l'irritable dont les cheveux sont
touffus et la colère prompte. Térii prit garde que pas un
hameçon ne pendît à la dérive : on aurait malencontreu-
sement accroché la chevelure divine : on aurait pêché le
dieu ! Des désastres s'en étaient suivis, jadis : Ruahatu
avait noyé la race des hommes, hormis deux survivants !
— Mais il dormait, sans doute, l'atua plongeur, car la
femme n'entrevit point les grandes épaules bleues.

Térii poursuivit sa route, interrogeant de très loin
chaque enfoncement des eaux dans la terre. A perte de
vue, les eaux étaient libres de navires piritané. Il longeait
Atahuru, puis Faá. Les collines se faisaient rocailleuses et
le dévers des croupes arrondies, plus aride. Des plaques
rouges dévoraient, ainsi qu'une lèpre, le flanc des versants. Alors, le vent régulier, brisé par les terres avan-
cées, tomba. De petits souffles divers, inégaux et capri-
cieux, ballottaient la pirogue. Tétua serra la natte dont les
plis claquaient au hasard : « Les étrangers sont envolés ! » cria-t-elle. La dernière baie se découvrait vide ainsi
que les autres. Néanmoins, comme Oro marquait le
milieu chaud du jour, Térii sentit ses membres peser. Il
pagaya vers le rivage, contemplant la vallée peu coutumière et le récif incertain qui venaient à lui.

Cette baie était petite, emplie d'air immobile qui
n'affraîchissait pas les épaules. Les ruisseaux cheminaient
sans abondance, et les hauteurs, trop voisines de la mer,
empiétaient sur les plaines habitables. Elles n'avaient

point la tombée lente — favorable aux divinations — des montagnes Mataïéa ; ni le ruissellement fécondant de la grande eau Punaáru ; ni la base étendue et fertile de la plaine Taütira. Les sommets, vêtus de brousse maigre, étaient vides d'atua, et le corail frangeant dépourvu même du maraè prescrit. La rade, sous-ventée par les cimes majeures, traversée de souffles inconstants réfléchis sur Faá, ou de brusques risées retournées par l'île-jumelle, apparaissait défavorable aux grosses pirogues étrangères — qui sont dépourvues de pagayeurs. On dénommait cette rive Papé-été.

Ou du moins, ses nouveaux maîtres la désignaient ainsi. C'étaient deux chefs de petite origine. Tunui et son père Vaïraatoa s'apparentaient, peut-être, par les femmes, à la race d'Amo à l'œil-clignotant. Mais on les savait plus proches des manants Paümotu que des Arii de la noble terre Papara. Néanmoins leur puissance croissait d'une lunaison à une autre lunaison. Vaïraatoa, qui gouvernait péniblement jadis la vallée Piraè, détenait maintenant les terres voisines, Atahuru, Faá, Mataväi et Papénoo. Il devait ses conquêtes à la persistante faveur de Oro dont on le disait serviteur habile : le dieu le privilégiait en conduisant vers ses rivages la plupart des étrangers aux armes bruyantes qui secondaient ses querelles et prêtaient main-forte à ses expéditions. Suivant les coutumes, il avait transmis ses pouvoirs à son fils adolescent, l'ayant déclaré grand chef de l'île, et Arii-rahi des îles Huahiné, Tupuaï-manu et Raïatéa, qui sont des terres flottant par-delà le ciel visible. Pour affirmer sa conquête dans la vallée Piraè, il en avait aboli tous les noms jadis en usage.

Car on sait qu'aux changements des êtres, afin que cela soit irrévocable, doit s'ajouter l'extermination des mots, et que les mots périssent en entraînant ceux qui les ont créés. Le vocable ancien de la baie, Vaï-été, frappé d'interdit, était donc mort à la foule. — Les prêtres seuls le formulaient encore, dont le noble parler, obscur, imposant et nombreux, se nourrit de tous les verbes oubliés.

Et Vaïraatoa lui-même n'était plus Vaïraatoa, mais Pomaré, qui « tousse dans la nuit ». — Ainsi l'avait

interpellé un chef de Taïarapu par moquerie que l'autre
eût rempli toute la « Nuit » du bruit de sa « Toux ». Le
nom fut agréable aux oreilles de Vaïraatoa. Il le haussa à
cette dignité de désigner un chef, puis en revêtit son fils...

« Niaiseries ! et la vantardise même ! », conclut Térii,
que les maîtres de Papara prévenaient contre l'abus des
plus nobles coutumes — surtout contre l'usage inopportun du Tapu-des-mots. « Pomaré » n'était qu'un surnom
de fille malade ! — Soudain, la pagaie racla le fond. La
coque toucha.

« Saute ! » cria Térii. Tétua prit pied sur le corail
affleurant. La pirogue, allégée, courut jusqu'à la plage.
Ils l'amarrèrent à de fortes racines, puis, au hasard,
s'approchèrent d'un faré où l'on préparait le repas du
milieu du jour. Un homme les aperçut et cria :

« Venez ici, vous deux, manger avec nous ! »

*

La bouche pleine, Térii questionnait très hâtivement
son hôte :

« Où donc ? les hommes au nouveau-parler ? »

L'hôte se prit à rire, largement : vrai ! le voyageur
ressemblait à tous les fétii qui, depuis l'arrivée des
étrangers, ne se tenaient pas plus tranquilles que les thons
aux crochets des hameçons, et couraient de rive en rive, à
la suite des nouveaux venus, les entouraient, les imitaient, s'efforçaient à parler comme eux :

« Comme cela... en sifflant ! » L'homme rit plus fort et
se tordit la bouche. Térii hasarda :

« Tu as vu les étrangers, toi ? »

S'il les avait vus ! Des premiers, sur le rivage Atahuru
— dont les gens sont pourtant fort empressés. On accoste
sa pirogue au navire ; on saute à bord pour la bienvenue
aux arrivants ; — aussi dans l'espoir de quelque
échange... Des premiers ? Non. Le grand-prêtre de cette
vallée avait usage de précéder toujours ses compagnons.
Il tenait d'ailleurs son pahi tout équipé pour de telles
aventures. Il l'ornait de feuillage, le chargeait de fruits, de
nattes, de cochons et de femmes, et offrait généreuse-

ment toute sa cargaison. Le plus souvent, les étrangers le comblaient en retour... Son nom ? Haamanihi ; et son titre : du maraè-Uturoa. Mais le voyageur — que l'on reconnaissait aisément, au cercle tatoué sur la cheville, pour un haèré-po — n'ignorait pas un si grand personnage ?

Térii déclara, non sans quelque dédain, qu'il ignorait tous les prêtres de la rive Atahuru.

« Hiè ! l'orgueil même ! » affirma plaisamment le conteur, qui reprit l'éloge de Haamanihi. C'était un vieil homme, éraillé d'ulcères et desséché par le jus enivrant du áva. Ses jambes se boursouflaient ; ses yeux blanchissaient ; il se prétendait aveugle. Cependant, il demeurait violent, robuste en ses désirs et ses haines, ingénieux, lucide et beau parleur. Les yeux malades restaient pénétrants et les pieds gonflés n'altéraient point la démarche qui dénonçait un Arii. — Car jadis, il avait possédé la terre haute Raïatéa, d'où, chassé par les jaloux et les querelleurs, il s'était réfugié...

Le haèré-po sifflait avec mépris. Les jolis serviteurs que ces évadés de tous les récifs ! Le maraè Atahuru les accueillait sans dignité, et n'avait point d'autres desservants... La honte même !

« Donc, poursuivait l'hôte, Haamanihi songeait sans cesse — ayant épuisé la série des offrandes — aux moyens seulement humains de recouvrer son île. Les étrangers — qui parlent des langages aussi divers que les couleurs des étoffes peintes pendues à leurs mâts —, les étrangers lui semblaient tous également favorables. Même les derniers venus, les hommes au nouveau-parler, qui, cependant...
— Enfin il se hâta de monter sur leur pirogue, et il réclama le chef-du-pahi. Il ne lui flaira point le visage, en signe de bienvenue : mais, sachant le mode de salut habituel à ces hommes, il tendit la main droite, ouverte, en attestant sa grande affection : " Tu es mon parent, mon frère, mon fétii ! Tous les grands chefs venus ici ont été mes fétii ! Voici les marques de leurs promesses... " Il montrait une lame de fer, incrustée de signes comme une peau de prêtre. Il assurait que Tuti lui-même la lui avait confiée...

— Hiè ! fit Térii, petite fierté ! » Dans la terre Papara, chacun possédait quelque dépouille étrangère, acquise sans peine. « Et le vieux en voulut d'autres, aussitôt ?

— Non ! il présenta quatre cochons forts.

— La ruse même ! Qu'est-ce qu'il reçut en retour ?

— Eha ! pas un clou. Le chef des étrangers repoussa les offrandes, en disant : " Ce jour est le jour 'du seigneur'. On ne doit pas le profaner par l'échange de présents. "

— Quel est celui-là, le " seigneur " ?

— Un atua nouveau. Un atua de plus ! Haamanihi, non déconcerté, demanda " s'ils honoraient de la même sorte leurs autres esprits, durant les autres jours de la lune " ? L'étranger ne répondit pas quelque chose de croyable ; — ou peut-être, il ne pouvait pas répondre : ce langage piritané est misérable : il ne parle jamais que d'un seul dieu. On comprit cependant que ce jour consacré au " seigneur " se nommait " sabbat ". Haamanihi approuva avec adresse. " Bien ! bien ! le sabbat est tapu. Il est bon aux prêtres de lancer des tapu nombreux. Il est bon d'en surveiller la tenue. Tu es donc prêtre, toi ? " Non. Le chef étranger n'était pas un prêtre, ni aucun de ses compagnons ; seulement un envoyé du seigneur, lequel, affirma-t-il, ne réclamait point de prêtres. »

Térii n'eût rien imaginé de pareil.

« Ensuite, Haamanihi s'efforça d'obtenir un mousquet. Le chef blême refusa, bien que l'autre promît : " Je te protégerai contre tes ennemis sur le rivage. Je tuerai tous ceux qui ne serviront pas les dieux que tu as apportés. " Puis : " As-tu des femmes ? " Il savait que plusieurs des étrangers possédaient une épouse, mais une seule. Il cria sur ses pirogues. Six filles, toutes rieuses et nues, l'entourèrent. " Choisis ! " Le chef hésitait. " Prends-les toutes. Il est juste qu'un chef possède au moins six épouses. "

» L'étranger ne s'empressait point d'accepter. On le voyait interdit comme ces mâles auxquels un vénéfice a rendu l'enlacement inutile. Les femmes présentées s'enfuirent, devant l'insulte, avec beaucoup de rancœur. Elles entourèrent des gens de moindre importance qui les négligeaient aussi. L'une, enfin, s'irrita contre ces hommes indifférents aux belles coutumes. Elle se dépouilla et dansa le ori moqueur : *Atué ! le tané est sourd...*

» Un petit homme roux, qui semblait inspiré par quelque mauvais esprit inférieur, proféra vers la femme des menaces — que nul ne put comprendre — et la déconcerta. Elle disparut derrière ses compagnes. L'autre ne se montra point satisfait, et il pourchassa les épouses d'offrandes. Puis il revint tout tremblant et tout bégayant.

» " Celui-là est véritablement un prêtre ", s'affirmait Haamanihi, malgré que le chef blême eût déclaré non. On sait que la garde des tapu rend nécessaires, parfois, un vif courroux sacré, et des gestes qui seraient gestes d'enfant s'ils n'étaient point rituels, et par là, majestueux. " Sans nul doute, le corps des étrangers — ou certaine partie du corps — est interdit pour les femmes ? " Eh bien, l'on accueillerait cette autre coutume — surprenante un peu —, et l'on ne forcerait point à l'amour ces tané récalcitrants. D'ailleurs, Haamanihi ne restait pas à court dans sa générosité :

» " Si les filles te déplaisent, je t'abandonnerai quelques mauvais hommes que nous mettrons à mort, et que nous porterons au maraè. Car je bâtirai un autel de bienvenue à tes dieux. Nous ferons la cérémonie de l'Œil-offert... Donne-moi un mousquet ? "

» L'étranger ne parut pas entendre. Haamanihi se servait avec maladresse du langage piritané. Il répéta sa demande, la portant de l'un à l'autre. On n'y prit garde ; car tous les habitants du navire, même les femmes étrangères, sortant de ses profondeurs, venaient se ranger sur le pont, en cercle...

— Pour danser, peut-être ? » interrompit Térii, qui jugeait bien morfondus ces hommes au nouveau-parler.

« Eha ! pour danser ? » L'hôte se moqua : « Elles avaient des pieds de chèvres enveloppés de peaux d'animaux ; et le corps sans grâce et sans ampleur, serré dans des étoffes dures. Non ! pas une ne dansa. Les étrangers entonnèrent un péhé déplaisant, le chant monotone entendu déjà du rivage. Et comme nul ne répondait aux avances du grand-prêtre, Haamanihi regagna sa pirogue ;

fort dépité de s'en aller avec des mains vides, après avoir tout offert. »

Le conteur s'arrêta. Ses yeux se fermaient. Avant de se laisser appesantir par le sommeil des heures chaudes, il demanda au voyageur :

« Ton appétit est satisfait ?

— Je suis empli », répondit aimablement Térii. Et il éructa deux fois pour convaincre son hôte. Puis tous deux s'endormirent.

*

Mais, dès son réveil, le haèré-po s'impatienta :

« Où sont-ils, enfin, ces étrangers ?

— Pas loin d'ici. Leur grande pirogue est amarrée dans la baie Matavaï, pour longtemps !

— Matavaï ! »

Térii connaissait, par les récits des Maîtres, la large baie hospitalière et libre, ouverte, sans récif, vers la mer extérieure, pour accueillir au hasard des vents tous les hommes blêmes aux labeurs mystérieux. C'est à Matavaï que le chef étranger Tuti, campé sur la rive, considérait les étoiles à travers un gros bambou jaune et luisant. Un jour il le dressa vers le soleil et dit au grand-prêtre Tupaïa, son fétii, que « l'étoile Taürua s'apprêtait à traverser la Face de Lumière ». Il ajouta que ce coup d'œil, sans plus, avait déterminé sa venue dans l'île ; que les savants piritané, au moyen de nombres figurés par des signes et combinés entre eux, en concluaient combien de pas distancent du soleil la terre Tahiti : Tupaïa ne l'avait pas cru. Tupaïa savait pourtant ce qu'ignorent le reste des hommes, fussent-ils prêtres de rang premier. Mais c'était une idée grossière, une injure aux atua supérieurs : Taürua, petit astre vagabond, bien que la plus lumineuse des étoiles, ne franchit point la lumière de Oro. Un astre seul peut s'y perdre, qui renaît ensuite : et c'est Hina-du-ciel, la femme lunaire, l'impérissable femelle dans les cieux, qui parfois, s'approchant du Fécondateur, l'étreint, le mord, et l'obscurcit. Puis, songeait encore Térii, comment figurer un chemin que nul n'a jamais couru,

sauf peut-être Hiro, placé depuis au rang des dieux ! Or,
avant de toucher à la Baie de lumière — qui est le séjour
de Tané —, Hiro avait dû franchir, par neuf fois, les
voûtes du ciel, et traverser les neuf firmaments. Tout
cela, Tuti n'aurait pu, même à travers le gros bambou
jaune, l'entrevoir. Car son œil ne perçait point le premier
ciel. Il n'est pas bon d'étendre aux espaces supérieurs les
petites mesures des hommes qui piétinent les sentiers
terrestres !

Térii, se frottant le visage, s'étira. Ayant confié sa
pirogue à la femme Tétua, il se mit en route vers Matavaï.

Le sentier longeait d'abord le rivage, tournait vers les
terres, ceinturait le flanc d'une colline en cheminant au
travers des brousses. Soudain le regard du voyageur
surplomba la mer houleuse qui battait le sable : Matavaï
s'ouvrit. Un grand navire de couleur sombre, sans balancier, tanguait en tiraillant ses câbles. Des pirogues
l'entouraient, serrées comme les poissons dans un banc ;
et des gens affairés, en grande multitude, allaient et
venaient sans cesse de la rive au bateau. Térii, déconcerté
à la vue de ces inquiétantes manœuvres nouvelles,
descendit vers la plage, et, défiant, se perdit parmi la
foule.

Plus loin quand le grand arc de la baie, au lieu même où
Tuti, jadis, contemplait les astres, s'élevait un faré
construit depuis une centaine de lunaisons, par d'autres
étrangers. On le nommait déjà le faré piritané. Un coup
de vent l'avait décoiffé de sa toiture de feuilles ; mais les
pieux énormes, consolidés à leur base de blocs de corail,
avaient tenu ferme autant que des poteaux d'offrandes, et
les palissades de planches habilement ajustées demeuraient impénétrables. Pomaré le fils en avait laissé l'usage
aux nouveaux arrivants.

Les hommes blêmes s'empressaient autour de cette
bâtisse. Ils descendaient en grand nombre du navire,
débarquant des outils de fer brillant qui façonnent le bois
comme une mâchoire écorce l'uru ; ces haches effilées
dont le tranchant vient à bout des plus gros arbres ; ces
clous jaunes qui unissent, mieux que des tresses napé, les

bordages de pahi. Térii s'étonnait que l'on confiât à des
serviteurs d'aussi précieux instruments. Mais il s'indignait
à voir ces serviteurs charger des fardeaux sur leurs têtes
— et la tête est sacrée ! Quel mépris de soi-même
nourrissaient-ils, ces hommes bas, pour s'infliger une
aussi grave insulte !

Incessamment, les petites pirogues rondes et creuses,
par où les étrangers atterrissent, retournaient au navire et
s'emplissaient encore. Sans bruit ni confusion, avec des
gestes adroits, chacun venait prendre, aux flancs du grand
faré, sa part de travail : et chacun travaillait ! Autour
d'eux, les serrant de près, les riverains considéraient avec
étonnement ces gens blêmes, qui, depuis douze journées,
persistaient dans leur œuvre.

« Douze journées ! » Térii, incrédule, regarda l'interlo-
cuteur. C'était un possesseur-de-terres, de corpulence
noble, digne de foi. Sans perdre de l'œil les amusantes
allées des hommes singuliers, il renseignait complaisamment le haèré-po :

Tout d'abord, on leur avait offert main-forte, à ces
étrangers agités. Les hommes robustes, ceux qui vont
récolter les régimes de féi, roulaient, à leur intention, des
troncs d'arbres. Les plus habiles façonneurs-de-coques,
fiers de leur emploi, équarrissaient avec ardeur. Des
manants tressaient les fibres du haári pour assembler la
toiture, et des pêcheurs, courant sur le rivage, aidaient au
déchargement des bateaux.

Ainsi le temps de deux journées. Vers la troisième nuit,
on s'étonna que l'ouvrage ne fût point terminé. Puis on
attendit des présents d'amitié de ces gens-là qu'on avait
traités en amis. Ils distribuèrent des grains brillants, des
étoffes et des clous, mais réclamaient avec âpreté deux
haches disparues. Haamanihi les rapporta : il les avait
choisies, assura-t-il, pour les semer dans la terre, en
offrande à Hiro : le Dieu les aurait fait germer. — Au
cinquième jour, l'œuvre n'avançait plus. Les assistants
défaillaient, et surtout l'enthousiasme. Puis les étrangers
proposèrent deux pièces d'étoffe à chaque fétii. Personne n'en voulut. Mais eux-mêmes se démenaient

davantage : « comme ils font toujours... », conclut le possesseur-de-terres.

Cependant, les riverains de Mataväi devisaient par petits groupes, mangeaient, regardaient, riaient, devisaient encore. — Térii se promit de les imiter durant une lunaison, pour surveiller à loisir les manœuvres hostiles. Mais tous ces entretiens laissaient fort indécis les pensers de ses entrailles.

*

Le soir tombait. Les étrangers, emportant leurs précieux outils, regagnaient la grande pirogue noire. Alors, à la fraîcheur de la brise terrestre, les interminables parlers nocturnes passèrent librement de lèvres en lèvres. On s'égayait des nouveaux venus ; on marquait leurs gestes étroits et la rudesse de leur langage. Peu à peu les gens se coulaient au pied de la bâtisse, déroulaient des nattes et s'étendaient, non sans avoir palpé les recoins où découvrir peut-être quelque débris de métal dur, oublié. Des torches de bambous s'allumaient, dont les lueurs fumeuses allaient, dans le sombre alentour, jaillir sur la muraille blanche. Des femmes, accroupies sur les talons, les paupières basses, la gorge tendue, commencèrent à chanter. L'une, dont la voix perçait les autres voix, improvisait, sur les immuables mélodies, une parole neuve reprise avec entrain par ses compagnes. De robustes chœurs d'hommes épaulaient ces cris, marquaient la marche du chant, et prolongeaient sourdement, dans l'ombre, la caresse aux oreilles épanchée par les bouches harmonieuses : on célébrait les étrangers blêmes sur un mode pompeux à la fois et plaisant.

Dans un silence, Haamanihi harangua la foule. Il invitait à servir les hommes au nouveau-parler : « Il serait bon de leur offrir de grands présents. Que les porteurs de féi devancent le jour, et montent recueillir des fruits ; qu'ils amarrent des cochons d'offrande. En dépit d'autres dons les accepteront-ils, ces étrangers qui refusent des femmes ! Voici : dix hommes de la terre Papénoo marcheront à la montagne et rapporteront vingt régimes de féi.

Dix autres hommes de la terre Arué pêcheront avec des
torches dans la baie. Quand les Piritané auront achevé
leur faré-de-prières, et qu'ils sacrifieront à leurs atua, eh
bien ! on redoublera les présents ! » Le chef de Papénoo
se leva : « Il est bon que dix hommes de la vallée courent
avant le jour dans la montagne... » Un prêtre de Piraè
haranguait ses compagnons. Dans la foule, des gens
empressés criaient aussi : « Il est bon de récolter du féi
pour les étrangers... » Puis, un à un, les chants s'éteigni-
rent. La nuit étendue, plus froide, coulant un alanguisse-
ment sur les visages, assourdit bientôt les parlers des
vivants.

Des couples unis avaient trouvé refuge dans l'enceinte
étrangère. Comme ils s'enlaçaient, leurs halètements de
joie, frappant les sèches murailles, s'épanouirent dans
l'ombre qui leur répondait. L'air immobile et sonore,
enclos dans le grand faré vide, s'emplissait de murmures,
de souffles, de sanglots et de râles qui sont les diverses
petites voix de la volupté. Tout cela plaît à l'oreille des
dieux, à l'égal des plus admirables discours. Car tout
homme, quand surgit le désir de son corps, et quand il le
nourrit, se hausse à la stature des dieux immenses ; et ses
cris de plaisir consacrent autant que des cris de victimes :
ce qu'ils imprègnent devient impérissable. Ainsi, selon les
rites, on consacrait la demeure des dieux survenus.

Lorsque le jour parut, tout dormait, et toutes les
promesses. Mais déjà s'éveillaient les étrangers et leur
incessant labeur. Avant une demi-lunaison, le faré piritané s'ornerait peut-être de feuillages, de mâchoires et de
plumes. Les étrangers le dédieraient à nouveau pour
quelque esprit, avec des cérémonies qu'on ne peut
imaginer... Térii se dressa parmi les premiers, car il
redoutait de prolonger ses rêves au milieu de ceux-là qu'il
avait maléficiés. Il tentait même à se dissimuler, quand,
au sommet de la colline en surplomb, des messagers se
dressèrent, agitant des palmes frémissantes : ils précé-
daient la venue de l'Arii. Le voyageur se retint pour épier
tout ce qui s'en allait suivre.

Pomaré le jeune parut, porté sur les épaules de
robustes serviteurs, qui, se relayant sous le noble fardeau,

couraient sans trêve. Son épouse avançait de même, et
comme le sentier dévalait très vite sous les pas des
porteurs, on la voyait étreindre des genoux la nuque du
manant, afin de ne pas vaciller en arrière. La foule
s'écarta. Les messagers étalèrent des nattes. L'Arii prit
pied, de la sorte, sans toucher la terre indigne.

Alors il dévisagea les hommes blêmes, qui lui rendirent
tous ses regards. Ils s'étonnaient sans doute qu'un chef se
montrât si différent des autres chefs, avec cette peau
noirâtre, ces lèvres grosses, ce nez écrasé, et sans rien de
la majesté d'allure coutumière aux vrais Arii de Papara !
— Nul ne parlait. On s'observait ainsi que des guerriers
avant le premier coup de fronde. Pomaré considérait à la
dérobée le navire. Haamanihi surprit sa curiosité, et tout
aussitôt cria par noblesse, en langage tahiti :

« Le grand Arii veut quitter ses demeures semblables
aux Nuages, et voler, sur l'Arc-en-ciel, jusqu'à la pirogue
étrangère. Ainsi l'ordonne le Tonnerre de sa voix. »

Puis il avoua — avec une moindre dignité :

« Celui-là veut aller sur votre pirogue...

— Bien, dit le chef des étrangers, qu'il nous accompa-
gne là... » Il montrait un bateau creux et rond, fort petit.

« Non ! » Les pieds sacrés ne pouvaient effleurer que la
pirogue sacrée, l'Arc-en-ciel. Elle reposait au fond de la
baie sous des abris frappés de tapu. A tout hasard, des
pêcheurs en lancèrent une autre : il suffisait de la
consacrer sous le même nom pour lui donner les mêmes
prérogatives. Pomaré consentit à y prendre place. La
femme suivit. Haamanihi ne quittait point ses amis. La
foule nageait. Térii, comme les autres, filait sur l'eau.

Chemin faisant, l'un des étrangers questionnait assez
naïvement le grand-prêtre. Il s'étonnait des vocables
pompeux dont on use envers un chef.

Haamanihi le regarda longuement, non sans un
mépris :

« Et toi, parles-tu vers tes maîtres avec la même voix
que tu prodigues à tous les autres ? Homme ignorant,
malgré que tu me paraisses grandement ingénieux ! —
Mais tout ce qui regarde la majesté de l'Arii, ses
membres, ses oreilles, la lumière de ses yeux, les moin-

dres parties de son corps, ses vêtements, son nombril, sa
démarche, ses actions, et les paroles de ses entrailles, et
toute sa personne... mais cela exige des mots réservés à
Lui seul ! Si tu le salues, ne dis pas " Aroha ! " comme au
simple prêtre, mais " Maéva ! " Si tu fais sa louange, si tu
le supplies, si tu le nommes heureux à la guerre et
puissant auprès des femmes, même si tu le déclares
menteur et lâche, tu dois employer le mot noble.

— Tu m'enseigneras donc les mots nobles », répondit
l'étranger avec douceur. Haamanihi réfléchit, le temps de
pagayer trois ou quatre fois ; puis, sentant éveillé le bon
vouloir de l'autre, il songeait à lui glisser une habile
requête, à propos de ce mousquet... Mais on accostait le
navire. Le chef étranger monta rapidement. La pirogue
Arc-en-ciel louvoyait avec méfiance à quelques longueurs. On lui fit signe, elle vint ranger le flanc élevé : le
grand Arii s'apprêtait à bondir vers le ciel, quand un bruit
étonnant l'étourdit. Il retomba sur le balancier, stupéfait
comme le manant frappé d'un coup de massue. Il se tenait
tout prêt à sauter à l'eau, à fuir. La personne sacrée
soufflait de peur.

Haamanihi le rassura, en criant que c'était là salut de
bienvenue des étrangers vers le grand Arii :

« Ils disent que dans leurs îles on s'adresse de la sorte
aux grands chefs, par la voix des gros mousquets.

— Bien ! Bien ! » reprit Pomaré. La crainte envolée, il
s'enorgueillit d'être traité, par les arrivants, comme un
maître en leur pays. Néanmoins il observa qu'un salut de
ce genre — un seul — lui serait satisfaisant. Puis il monta
pesamment à bord.

La troupe curieuse se répandit partout. On admira
vivement que les profondeurs du navire pussent contenir
tant de choses et tant d'hommes. — Mais, où donc se
cachaient les femmes étrangères ? Elles n'apparurent que
de loin, se distinguant aisément de leurs tané par les
vêtements d'abord, leurs chevelures et leur maigreur.
Immobile et grave, Pomaré considérait tous ces gens avec
indifférence. Le chef étranger lui offrit de descendre dans
le creux du bateau. L'Arii ne parut point y mettre de
hâte. Il se refusait, sans doute, à courber la tête sous des

planches assemblées... Mais son épouse, par un autre passage, l'avait précédé. Il entendait ses rires et ses paroles satisfaites, et se résolut à la rejoindre.

Pour fêter la présence de Pomaré, les étrangers répandaient avec largesse cette boisson qui brûle et rend joyeux. Eux-mêmes prétendaient s'abstenir. Peut-être en réservaient-ils l'usage à leurs rites solennels et secrets. Haamanihi n'ignorait point les merveilleux effets qu'on pouvait attendre de ce áva, plus rude et plus âcre que tous les áva maori ; et il supplia pour en obtenir encore :

« J'ai besoin de courage ! affirmait-il, de beaucoup de courage : j'ai deux hommes à tuer pour le sacrifice de cette nuit. »

Les étrangers frémirent en manifestant une stupide horreur. Mais Pomaré, gaîment, s'était emparé du vase allongé contenant la précieuse boisson :

« Donnez-moi votre áva piritané... Nous sommes fétii, maintenant ! »

On répondit :

« Cette boisson-là n'est pas bonne pour les chefs ; elle rend malade ; elle trouble la vue et la démarche...

— Pas bonne pour les chefs ? Pas bonne pour les autres ? Je la boirai donc à moi tout seul, comme ceci. » Et Pomaré s'en emplit la bouche. Ses yeux roulaient et larmoyaient. Il toussa beaucoup, et soudain, frappa violemment de sa tête — semblable au faîte d'un mont — les poutres du navire ! Or, ses gens, le considérant avec scandale, s'apprêtaient à calmer sa digne violence... le chef riait au contraire ! Puis il reprit une grande majesté, et gravit les degrés de bois — taillés pour un enfant — qui menaient au toit du bateau. Alors il désira danser un peu et commença le ori dans lequel on chante : *Aué ! la femme est...* mais Haamanihi l'arrêta :

« Les Piliers de ton corps ne te porteraient pas ! Tu as bu le áva des étrangers. Prends garde ! Et dirige bien, où tu marches, les Éclairs de tes yeux ! Eha ! l'Arc-en-ciel ! » Déjà le chef avait sauté au hasard dans un pahi de manant, et il réclamait à voix forte :

« Le salut ! Le salut ! comme aux Arii piritané ! »

Il attendit avec défiance et fierté que la voix du gros

mousquet tonnât de nouveau. Alors il s'étendit, comme
ensommeillé, dans le creux de la pirogue. Son épouse
pleurait de dépit : elle voulait dormir avec un prêtre
étranger. Haamanihi, seul, qui n'avait pas bu selon la soif
de son gosier, implorait encore, en s'en allant, « la
boisson qui donne le courage... ».

Puis, l'Arc-en-ciel, poussé par les pagayeurs du chef,
gagna rapidement la terre. Le grand-prêtre, pour la
seconde fois, s'irritait de ce navire mystérieux, inquiétant
et paisible, où l'on n'obtenait même pas le áva brûlant ; il
s'étonnait de ces prêtres à qui suffisait une épouse, et des
atua inconnus dont ils se disaient les annonciateurs. Il les
jugea néanmoins d'une puissance neuve, et capables de
l'aider en la reconquête de ses biens : il résolut de les
servir.

Oro

Le temps des pluies prenait fin. Oro, par sa présence au firmament de l'île, avait fécondé la grande Hina-terrestre, et s'en allait, imperturbable, avec son cortège de nues, vers d'autres terres, ses autres femelles, pour les féconder aussi. Il convenait de pleurer sa retraite ; car le Resplendissant, jaloux d'hommages, aurait pu s'attacher à des pays plus dévots, et tarder en son retour. — Ainsi jadis, affirmaient les gens de Nuú-Hiva, le soleil-mâle n'avait point reparu. Mais l'homme Mahui, plus fort que tous les hommes, poursuivant l'atua vagabond jusque par les confins du monde, avait saisi les cheveux de lumière, et fort heureusement ramené le soleil dans le ciel maori, — où il le fixa par des nœuds.

C'était aux Arioï, issus de Oro, que revenait le soin de ces lamentations d'absence. Ils sanglotaient donc, pendant les nuits prescrites, avec une grande dignité. Néanmoins, comme le fécondateur, en s'éloignant, dispensait à ses fidèles de surabondantes récoltes, on pouvait, sans l'irriter, mêler à la tristesse rigoureuse cette joie des sens agréée par lui en guise des plus riches offrandes : on pouvait s'éjouir sans scrupule. Et Térii prenait pitié de ses frères dans les autres îles, qui, de ce double rite, se réservaient les seules douleurs.

Il attendait ces fêtes avec hâte, se flattant d'y obtenir enfin, par son impeccable diction, le rang quatrième entre les haèrè-po — ce rang que distingue le tatu de l'épaule : car il négligeait maintenant, comme inutiles à sa mémoire assurée, les faisceaux, les baguettes et les tresses que l'on accorde aux nouveaux Récitants. Parfois, malgré l'incantation, des craintes indécises le harcelaient, comme des moustiques importuns. Voici qui l'irritait par-dessus tout : le maraè de Papara n'était point, cette saison-là, désigné pour l'assemblée. Les prêtres d'Atahuru s'étant faussement prévalus d'une majesté plus grande, Pomaré, dont ils étaient le meilleur appui, n'avait pu les récuser. Mauvais présage, et nouveaux sortilèges ! Térii n'entrevit donc pas sans inquiétude levéa-des-fêtes, envoyé par l'Arii vers le cercle de l'île, passer en proclamant aux chefs, aux possesseurs-de-terres, aux manants, la célébration, sur la rive Atahuru, des adieux solennels aux esprits.

*

Ceint du maro jaune, l'annonciateur courait sans trêve. A son approche, on flairait le sol, en tombant visage bas. Nul ne hasardait un murmure aussi longtemps que s'entendaient craquer, sous ses pieds, les feuilles sèches. Mais le vêtement divin empêtrait l'homme dans son élancée : il l'avait jeté sur ses épaules : rapide et nu, il levait haut les palmes messagères qui frissonnaient au vent de sa course.

*

Dès l'aube de fête descendaient de l'horizon, sur la mer, les pirogues houleuses, pressées, déchirant les vagues. Des banderoles tendues entre des perches claquaient dans la brise. Les chants des femmes, les cris des pagayeurs, les aboiements des chefs de nage excitant à forcer, les clameurs des riverains partis à la rencontre, bruissaient au loin parmi d'autres rumeurs plus graves : l'invocation d'arrivée, entonnée par les prêtres de Oro. Leur flottille, sainte par excellence, était partie, voici trois nuits, de la terre Raïatéa : elle accourait ; mais leur pirogue maîtresse devait, avant toute autre pirogue, entrer dans les eaux du récif.

En ces lieux déconcertants, la ceinture de corail se coude brusquement vers la terre. Les flots du large, roulant sans obstacle, viennent crever sur le sable brun et s'épanouir en arcs d'écume jusqu'au pied du maraè. Cela désappointait Térii, plus familier des lagons silencieux. Son trouble s'accrut. Il parcourait d'un regard craintif les terres élevées environnantes : rien encore, sinon des présages hostiles : la Punaáru, invisible dans son creux, cheminait péniblement, à demi desséchée. Les deux mornes qui l'enserraient n'étaient pas également couverts de nuages. Il pleuvait dans la vallée. Mais la brume détrempée au large découvrait, plus menaçante encore, la terre Mooréa, mordant le ciel horizontal.

La grande pirogue doublait de vitesse. Elle vint, avec un crissement sec, enfoncer dans le sable ses deux coins de bois acérés. Les proues jumelles fouillaient le sol comme des groins de cochons mâles, cependant que la mer, battant leurs flancs, les soulevait, de secousses haletantes. On sauta sur le rivage pour étayer le pahi : les porteurs d'idoles, avec de grands respects, débarquaient à travers l'embrun les images des dieux. Les autres atterrissaient en jetant des saluts, des souhaits, des rires. Seuls demeuraient au large les quatre navires d'offrandes qui réclamaient, sans toucher le sol, d'être portés jusqu'au parvis réservé.

Aussitôt, les veilleurs de la montagne avaient, à grands cris, dénoncé la marche du cortège. A leurs voix, les hauteurs dominant la rivière se couvraient de longues files de gens. Ils débouchaient par les ravins et, pour la plus grande hâte, cheminaient au milieu même des ruisseaux. Alors, ils vacillaient sur les galets arrondis. La vallée, qui, longtemps avant le corail, s'épanouit largement, les vomissait en flots sur la plage. Pour la plupart, c'étaient des manants d'épaisse carrure, voûtés par les fardeaux quotidiennement soulevés et que le port des gros régimes de féi a bossués aux épaules et à la nuque de proéminences molles. Ils portaient, en présents pour les atua, de plantureuses grappes rouges, des bananes, des racines mûres de taro. Les mieux avisés, cependant, n'avaient choisi que d'immangeables fruits verts. Ils diraient, avec astuce, en les dédiant au fécondateur : « C'est tout ce qu'il nous est possible, Oro, de t'offrir. Mais reviens promptement parmi nous ; donne-nous une autre récolte, et abondante : nous pourrons alors te repaître plus

dignement ! » Ainsi, sans privation de soi-même, on
inciterait le dieu pour les saisons à venir.

En même temps, de tous les coins des vents, irruaient
les peuplades foraines venues des îles sœurs, et que
l'attrait des belles fêtes attire et englue comme l'huile
nono les mouches de marais. Tous ces gens étaient divers
de tailles, d'allures, de cheveux, et de couleurs de peau.
Agiles et bruyants, les hommes de Nuú-Hiva en impo-
saient aux autres par le belliqueux de leurs gestes. De
farouches rayures de tatu bleu, barrant toute la face, leur
enfonçaient les paupières et démesuraient le rictus qui fait
peur à l'ennemi. Ils agitaient avec prestesse d'énormes
massues habilement entaillées. Chaque figure incrustée
sur leurs membres signifiait un exploit. — Plus bruns,
desséchés par l'eau salée, les marins d'Anaá, l'île basse,
se tenaient à l'écart, et défiants un peu. Leurs femmes
étaient fortes, dont les torses musculeux tombaient sur
des jambes petites. Comme elles partageaient les rudes
travaux des hommes, pêchant et plongeant aussi, la salure
marine avait parsemé leur peau d'écailles miroitantes,
et leurs yeux, gonflés et rouges, brûlés par les reflets du
corail, s'abritaient mal sous des cils endoloris. Beaucoup
de ces gens, mutilés par les voraces atua-requins, balançaient gauchement des moignons sanieux. Sevrés de
bonne chère, ils admiraient tous les merveilleuses provendes inconnues à leurs appétits. Chez eux, sur les récifs ras
comme un pont de pirogue, sans rivières, sans flaques
d'eau pour la soif, on se contentait des fruits du haári, et
de poissons. Ici, les plaisirs du manger semblaient chose
coutumière. Des mets extravagants, que l'on supposait
nourriture divine et seulement exister dans les récits
d'aventures, emplissaient de nombreux paniers, pendaient aux mâts, aux branches, aux épaules ; on en tirait
aussi des cachettes souterraines. Le pays était bon ! —
D'autres voyageurs, encore, se pressaient, mais ceux-là
venus des îles froides. Les plus grêles d'entre eux, les plus
blêmes, avaient, depuis cinq nuits, débarqué d'un navire
étranger pêcheur de baleines. Ils s'émerveillaient des
grands arbres et des faré hautement charpentés, et ne
concevaient point que l'on pût, dans un seul tronc,

creuser un pahi tout entier. Mais ils souriaient de mépris vers les Tii aux yeux plats, aux torses roides, qui jalonnent les vallées : « Ce sont des petits d'atua ! Nous avons, sur notre terre, des images taillées dans des blocs de montagne. Elles sont très énormes. Cent hommes ne pourraient maintenant les dresser. Il y en a des milliers. Nous les jetons à bas. » Ils ajoutaient avec orgueil : « Notre île se nomme : Nombril-du-monde. » On ignorait ce pays.

Et ces peuples errants, accourus par les chemins des eaux et derrière le firmament visible, s'entendaient néanmoins comme des frères séparés par aventure, et qui se retrouveraient. Tous les mots dont ils désignaient les êtres autour d'eux, le ciel, les astres, le culte et les tapu, ces mots étaient frères aussi. Chacun sans doute les disait à sa manière : le rude prononcer des gens d'Anaá et de Nuú-Hiva — qu'ils appelaient Nuku-Hiva — heurtait les molles oreilles des Tahitiens beaux parleurs. Ceux-ci roulaient volontiers sur la langue les syllabes qui frétillent. D'autres glapissaient avec le creux de leur gosier. Mais on oubliait ces discords, et, de part et d'autre, on échangeait de longs appels de bienvenue.

*

Un silence lourd comme le ciel nuageux tomba soudain sur la foule. Les clameurs des hommes fléchirent, et la triple sonorité sainte — voix du récif, voix du vent, voix des prêtres — s'épanouit seule dans la vallée. Le cortège se mit en route : les Maîtres-du-jouir, et devant eux Haamanihi, le menaient avec une grande majesté.

Derrière marchaient les chefs, les promeneurs-de-nuit, les sonneurs de conque marine, les sacrificateurs et les gardiens-des-images. Bien plus haut sur la marée des épaules se balançaient les Plumes Rouges, simulacre du dieu — et si prestigieuses que Hiro jadis avait couru le monde à les poursuivre, que Hina pleura durant cinq nuits leur envolée, que l'on passait une vie de vieillard à guetter, sans le tuer, le surprenant oiseau qui leur prêtait naissance ! Tous ensemble, les prêtres et les Plumes,

accédèrent à l'enceinte sacrée. Le peuple se rua sur les
barrières, et le rite annuel déroula ses gestes immuables.

Pomaré le jeune, sauté à bas de son porteur, s'écartait
des autres chefs ; et l'on remarqua vite que ses gens,
nombreux, dissimulaient sous leurs nattes épaisses des
armes aux manches frottés de résine : ils semblaient plus
prêts aux batailles qu'à honorer les dieux. Perdu parmi
ceux-là, sans insignes, sans pouvoirs, le père de l'Arii
n'était rien autre que le premier serviteur de son fils.
Même, un grand homme tout branlant s'avança vers le
chef, le torse dépouillé par respect. Sa barbe jaune, qu'il
taillait parfois pour en tresser les touffes et les offrir aux
prêtres, s'ébroussaillait sur sa poitrine. On s'étonnait de
son âge avancé. Certains disaient quarante années ;
d'autres cent. Nul n'affirmait rien là-dessus, ni lui-même,
plus insouciant encore des saisons passées. C'était l'aïeul
de Pomaré. Il s'arrêta sur les plus bas degrés et rendit
hommage à son jeune descendant. — L'autre considérait
sans répondre, avec indifférence, le vieillard débile. Car
« l'enfant en naissant », disent les Récits, « devient le
chef de son vrai père et le père de ses ancêtres ». —
L'homme chevrotant vacilla sur ses jambes et disparut
dans la foule.

Cependant, les sourdes voix des maîtres Arioï achevaient le chant originel où l'on proclame :

   « *Arioï ! je suis Arioï ! et ne dois plus, en ce monde, être*
père.
   Arioï ! je suis Arioï ! mes douze femmes seront stériles ;
ou bien j'étoufferai mon premier-né, dans son premier
souffle. »

Une troupe de desservants entoura l'autel. Ils présentaient les plus disparates offrandes : des féi roux et
luisants ; des poissons crus à la chair appétissante, et
d'innombrables cochons, qui, les pattes ligotées, gro-
gnaient en s'agitant par petits bonds sur le dos. Plusieurs
des nobles animaux avaient les flancs rougeâtres : des
Nuú-Hiviens crièrent au sacrilège ; car Témoana, grand-
prêtre dans leur île, avait jadis échangé sa personnalité

pour celle d'un cochon rouge. Dès lors, tous les rouges leur devenant tapu, ils réclamaient pour qu'on déliât ces parents à quatre pieds. Leurs murmures se perdirent dans la rumeur envahissante. On amenait enfin, pompeusement, des chiens maigres, au long poil, les avant-bras liés derrière les oreilles, et que des gens forçaient à marcher à la manière des hommes. Tous ces dons, jetés par des milliers de mains plus haut que l'enceinte, volaient sur les têtes et tombaient devant Haamanihi. D'un geste il distribuait à son gré. Les victimes négligeables, aussitôt égorgées par les bas sacrificateurs, suffisaient aux petits autels. Les plus dignes, les plus grasses, disparaissaient derrière le faré des prêtres : on ne les entendait point hurler sous le couteau. Haamanihi choisit une truie pleine qu'il fit déposer sur l'autel culminant. Les Arioï chantaient :

> « *La truie Orotétéfa mit bas sept petits :*
> *Cochon du sacrifice,*
> *Cochon du maro rouge,*
> *Cochon pour les étrangers,*
> *Et cochon pour la fête en l'honneur de l'amour...* »

Armé d'une coquille tranchante, le grand-prêtre s'approcha de la bête dédiée. Il lui ouvrit péniblement la gorge. Les Arioï chantaient :

> « *Cochon pour être mangé,*
> *Deux cochons pour conserver la race,*
> *Tels furent les présents divins portés à Vaïraümati, la femme grasse et belle, choisie comme épouse par Oro-atua.* »

Les haèré-po considéraient l'agonie de la bête. Elle mourut oreilles dressées : c'était signe de guerre malheureuse. On observa le chef : Pomaré gardait sa nonchalante attitude. — Un remous courut dans la foule : deux étrangers, des hommes au nouveau-parler, s'approchaient avec quelque défiance, et les gardiens de l'enceinte les pressaient de se dévêtir, comme tous, par respect pour le dieu. On disputait, on s'agitait. Mais Haamanihi expliqua au peuple que ces gens étaient aussi des prêtres et de grands sacrificateurs dans leur pays ; qu'ils servaient des dieux forts et complaisants : nul ne gagnerait à les inquiéter.

Le peuple, déjà, flairait le moment des ripailles. Car, sitôt les atua repus, les desservants devaient lancer, par-dessus les barrières, le surplus des offrandes. Ils commencèrent : poissons et chiens rôtis passaient, en nombre merveilleux, au-dessus des faces tendues à suivre leur vol. Des mains plus nombreuses les happaient avant la chute et se crispaient dans les proies. Ils s'acharnaient plus que tous, les rudes vagabonds des montagnes, privés de chairs et ignorants des choses de la mer : l'un d'eux, s'emparant d'une tortue, crut l'étrangler avec ses doigts : la tête disparut sous la coquille : on se moqua de son dépit. Cependant, les Tahitiens du rivage, replets et satisfaits, somnolaient sur le ventre en attendant l'heure des beaux discours.

*

Soudain, les gardes écartèrent la racaille, et, dans un galop alourdi par leurs charges ballottantes, des porteurs-de-victimes traversèrent le parvis. Trois corps, cerclés de bandelettes, tombèrent avec un clappement mou. On les hissa jusqu'au sommet de l'autel. Les têtes roulaient sur la pierre, et tous les yeux morts, ouverts plus que nature, regardaient au hasard. C'étaient trois malfaiteurs que l'on avait, à l'improviste, assommés sur le choix d'Haamanihi. Le grand-prêtre, d'un coup d'ongle, fit sauter, de chacune des orbites, les yeux, qu'il sépara sur deux larges feuilles. La première, il l'éleva tout près des simulacres divins. Il tendit l'autre à Pomaré, disant avec force :

« Mangeur-d'Œil, Aï-Mata, sois nommé, chef, comme tes ancêtres et comme tes fils. Repais-toi de la nourriture des dieux. Mange aussi du courage et de la férocité. »

L'Arii, ouvrant la bouche, feignit d'avaler les yeux. A cette vue, les étrangers commencèrent à glapir, on ne sait pourquoi, sans aucun souci de la majesté du lieu et du rite. L'un d'eux, le plus petit, montrant à la fois sa mâchoire et les corps étendus, pressait de questions ses voisins : « Vous n'allez pas... — Non ! non ! » protestaient avec dégoût les riverains de l'île. Mais les pêcheurs Paümotu et quelques hommes de la terre Nuú-Hiva considéraient avec un regret des entrailles les trois cadavres qu'on précipitait au charnier. Ils se moquèrent des étrangers : ceux-ci, dans leur terre Piritania, ne mangeaient donc pas la chair des ennemis ? Même pas les cœurs ? Mais quel autre moyen de se débarrasser, une fois pour toutes, des rancuniers esprits-errants ? — Un long hurlement aigre, et sans sexe, fit taire les querelles. On se précipita.

Un homme nu, les yeux retournés, le visage suintant et tout le corps agité de secousses hoquetantes, franchit l'enceinte. Nul n'osait l'écarter : son bras gauche entouré de tapa blanche le défendait contre la foule, et marquait un inspiré. Son nom d'homme se disait Tino, et son corps habitait misérablement la grotte froide Mara. Mais quand soufflait l'âme du dieu, alors il devenait Oro lui-même : ses gestes étaient gestes de Oro : son parler, parler de Oro ; ses désirs et ses ruts se manifestaient divins : alors des femmes exultantes venaient s'offrir et l'entraînaient avec elles. — Or, cette fois, la présence souveraine s'affirmait indiscutable, éclatante, irrésistible, et passait en rafale : sous l'emprise, le vivant fléchit, vacilla, croula ; son échine ployait comme un arc tendu à rebours ; sa voix sifflait, ses dents craquaient ; sa tête martelait les dalles, en sonnant. Seuls l'entourèrent les porteurs-d'idoles, habiles à manier impunément les dieux — et tous les êtres équivoques. Ils l'étendirent sur l'autel, et voici que Tino, soudain, se transfigura : les paupières béantes et paisibles, le front asséréné, les narines molles, et tout le visage paré d'un charme solennel, il se dressa près des poteaux sacrés, et parla.

Il disait sans effort, avec les mots qu'on attribue aux dieux supérieurs, d'admirables récits ignorés. Il disait aussi des choses à venir : — une guerre insidieuse ; la mort d'un Arii ; des sortilèges nouveaux par-dessus l'île... — La foule frémit. Les disputes et les rumeurs pour

manger s'apaisèrent. Chacun tira des plis de son maro le
bambou dans lequel on promène les petits dieux domesti-
ques, pour les honorer, parfois, de prières. Beaucoup de
femmes, les yeux fixes, considéraient l'inspiré sans pouvoir en détourner leurs visages ; puis, tombant en arrière
avec un cri rauque, elles imitaient ses postures, et l'on
disait qu'à travers le corps vulgaire de Tino, elles avaient
aperçu l'atua. Des hommes aussi, dévêtus, bondirent
dans l'enceinte, proclamant que Tané ou Fanaütini les
pénétrait, les possédait... Mais on dénonça la fraude : ils
espéraient, par cette ruse, voler le culte des prêtres et la
faveur des épouses ! Des gardiens les chassèrent à coups
de massue. Puis Tino tomba sur lui-même, épuisé par
l'âme dévorante du dieu.

Haamanihi avait subi, non sans une impatience, l'inter-
vention de l'inspiré dont les fâcheuses prophéties disloquaient parfois ses propres desseins. Il se hâta de faire
crier l'heure des grands Parlers, en laissant défiler
d'abord quelques haèré-po du commun. Mais nul n'écoutait ceux-là. Le grand-prêtre se réservait un discours plus
ingénieux. Assis, les jambes repliées, sur la pierre-du-
Récitant, il commença de narrer, dans un silence, l'atterrissage à Tahiti-nui de la grande pirogue sans balancier ni
rameurs dont le chef se nommait Uari. Elle précédait, de
deux années, le navire de Tuti[1], et c'était, vraiment, la
première de son espèce : des aventures étonnantes s'en
suivirent :

« Cette pirogue était lourde et chevelue. Les hommes
de Mataväi pensèrent à l'arrivée d'une île voyageuse.

» Ainsi jadis avait flotté, vers Tahiti-nui, la terre
Taïarapu, que les gens du rivage, munis de fortes tresses
du roa, purent tenir et amarrer à la grande Tahiti.

» Comme les riverains pagayaient vers la haute pirogue pour y jeter des feuillages de paix, l'on entendit un
bruit de tonnerre : sur le récif, un homme tomba.

» Il n'avait pas reçu de pierre ; pas de lance à travers le
corps. On le soutint par le dos : il fléchit comme un

1. Uari : Wallis, 1767.
   Tuti : Cook.

cadavre. Les pêcheurs de Matavaï redoublèrent leurs présents.

» Les étrangers descendirent au rivage. Ils étaient pâles, et parfois on les voyait enlever leurs chevelures. »

Fier de savoir, Haamanihi s'enthousiasmait à répéter ces Dires. Avec noblesse et vivacité, et par d'admirables gestes des épaules, de la tête, de toute sa personne, il évoquait les autres gestes accomplis, par d'autres hommes, jadis, durant d'autres saisons. Il attachait tous les regards. Son haleine était longue, sa langue agile, ses bras et ses épaules exercés à scander son discours. C'était un beau parleur.

Puis vint le tour de Térif à Paraürahi. La foule, repue, prêtait aux discoureurs une attention plus frémissante, et son éveil tumultueux inquiéta le haèré-po qui montait à l'épreuve. La chevelure jaunie de safran, le torse peint de lignes d'ocre, les jambes enduites de la terre jaune des fêtes solennelles, Térii gagna la pierre-du-Récitant. Fléchissant les genoux, étendant les mains pour cadencer le dire monotone, les paupières fermées à demi, la tête relevée, la gorge tendue, il commença le récit depuis longtemps répété :

« *Dormait Té Tumu avec une femme inconnue : De ceux-là naquit Tahito-Fénua.*

Dormait Tahito-Fénua avec une femme inconnue : De ceux-là naquit Atéa-Nui.

Dormait Atéa-Nui avec la femme... »

Pendant que d'elles-mêmes s'évoquaient les paroles premières, Térii songeait combien ce Dire devait plaire à Pomaré, jusque-là traité comme un usurpateur, et dont nul ne s'était mis en peine, jamais, de publier les aïeux.

« *... De ceux-là naquit Taaroa Manahuné.*

Dormait Taaroa Manahuné avec la femme Tétua é Huri du maraè Teraüpoo :

De ceux-là naquit Téü... »

D'autant mieux que Térii, parmi les nombreuses lignées conservées dans la mémoire des prêtres, avait habilement choisi la plus flatteuse, par laquelle s'affiliait le chef au façonneur des cieux, de la mer et des terres, par laquelle il se reliait, en quatorze générations, à l'origine des êtres.

« *Dormait Téü avec la femme Tétupaïa du maraè Raïatéa :*
De ceux-là naquit Vaïraatoa, qui est dit Pomaré.
Dormait Vaïraatoa avec la femme Tétua-nui Réïa, du maraè Raïatéa :
De ceux-là naquirent Térii Navahoroa vahiné, puis Tunui é aï i té Atua, qui est dit aussi Pomaré, qui est l'Arii-rahi. »

Le dernier de ces noms, il le prononça en regardant le chef. L'Arii, ennobli de la sorte, ne cachait pas son agrément. Cette ascendance affirmait ses droits sur l'île Paümotu, dont son ancêtre Taároa Manahuné avait été possesseur.

Térii poursuivait. Afin d'étaler toutes les prérogatives, il dénombrait les genèses, fort douteuses, à dire vrai, qui rattachaient Pomaré aux Arii de Papara :

« *Dormait le chef Tavi, du maraè Taütira, avec la femme Taürua,*
puis avec la femme Tüitéraï du maraè Papara :
De ceux-là naquit Téritahia i Marama.
Dormait Téritahia i Marama avec la femme Tétuaü Méritini, du maraè Vaïrao... »

Il disait tout d'une haleine les beaux noms ancestraux, marquant d'un geste mesuré du bras chacun des accouplements éternels. Un bruissement montait de la foule emmenée par le rythme, par le balancement des mots, et qui récitait, elle aussi, les séries originelles interminablement redoublées.

« *... De ceux-là naquirent Aromaïtéraï, du maraè Papara ; et Tuitéraï, qui dormait avec Téroro.*

Dormait Aromaïtéraï, avec Téraha-Tétua :
De ceux-là naquit Tévahitua, dit Amo, dit... »

Un silence énorme écrasa brusquement le murmure des écouteurs surpris : le récitant avait changé les noms ! Térii sursauta, et sa voix un instant chancela, qui semblait s'étayer sur les rumeurs environnantes. Il reprit :

« ... De ceux-là naquit Aromaïtéraï...
... Dormait Aromaïtéraï avec... »

Le vide muet persistait à l'entour. On ne suivait plus, des lèvres, le parleur égaré. On le dévisageait. On attendait. Les Arioï, interdits, cessèrent d'avaler les mets présentés. Les desservants se tinrent immobiles. De proche en proche le silence gagnait, étouffant les innombrables bruissements dont pétillait l'enceinte. Il semblait qu'un grand filet de palmes se fût abattu sur les clameurs des hommes ; et dans l'air immobile et tendu monta, de nouveau, la triple sonorité sainte : voix du vent dans les arbres aïto, voix du récif hurlant au large, voix du haèrépo, mais grêle et hoquetante. — Cette voix, la sienne, familière quand il l'épandait dans la sérénité de ses prières d'études, Térii la crut venir d'une autre bouche, lointaine et maléficieuse. Il se raidit, crispa la main pour chercher, du geste accoutumé, les nœuds secourables de la tresse-origine, et hasarda :

« ... dormait Aromaïtéraï avec la femme... »

Le nom s'obstina dans la gorge. Térii pencha son regard, et vacilla de peur sur la pierre haute : les têtes, en bas, comme elles étaient petites, et toutes rondes ! Et chacune dardait sur lui des yeux malfaisants... Il lui parut aussi que Haamanihi triomphait. Térii chercha ses maîtres. Il ne vit en leur place que les deux étrangers hostiles, aux vêtements sombres parmi les peaux nues et les peintures de fête : cette fois, le sortilège était manifeste. L'incanté proféra bien vite les formules qui dissolvent les sorts. Il balbutiait davantage. Enfin, les yeux grands ouverts, les lèvres tremblantes, il se tut.

Alors, dans l'abîme de silence, soudain frémit, roula, creva le torrent tumultueux des injures, des cris, des imprécations outrageantes qu'on hurlait dans tous les langages, avec les grimaces guerrières réservées à l'ennemi : l'erreur du Récitant méritait la colère de Oro : qui donc apaiserait les dieux, si les prêtres eux-mêmes en venaient à les exaspérer ! C'était à de telles erreurs, non pas aux étrangers — criait Haamanihi —, qu'on redevait les calamités dernières ! Il entraîna les gens d'Atahuru à répéter les mêmes paroles. Les hommes des îles voisines, amusés du spectacle, suivaient l'exemple et invectivaient au hasard. On se pressait de proche en proche, et la houle des épaules, déferlant sur l'enceinte de bois, la disloqua dans un remous. Malgré les gardiens indignés, malgré le tapu du lieu, une ruée de gens, dont chaque homme n'eût osé même effleurer un poteau d'offrande, se haussa vers le parvis sacré. Chacun s'étayait sur son compagnon, s'étonnait de sa propre audace, et avançait en piétinant de rage. On enserrait, sans issue, le prêtre exécrable.

Térii n'avait point quitté la pierre-du-récitant où le liait une attente épouvantée du châtiment tout proche. Il bondit enfin. Des mains se crispèrent dans sa peau, et des haches de jade, entrechoquées, cliquetaient très haut, à bout de bras. La mêlée pressée empêchait de les abattre : on profiterait du premier recul. — Mais un appel strident, celui qui désigne aux coups le plus dangereux adversaire, détourna les gens acharnés : Paofaï avait sauté sur la pierre élevée : de la voix, des yeux, des mains tendues, il montrait les véritables ennemis, les jeteurs de sortilèges, les empoisonneurs de sa race : les hommes au nouveau-parler. On oublia Térii qui tomba de crainte, ou de ruse. — Où donc les autres ? On les entourait. Alors Haamanihi lança des serviteurs, qui, s'emparant avec feinte des étrangers, les dérobèrent au tumulte ; et pour mieux égarer encore la rancune de la foule, il insultait violemment son rival !

« Paofaï ! Paofaï Térii-fataü ! Père ! tu es Père et Arioï malgré tes promesses ! Eha ! l'homme qui a perdu la parole est ton fils ! Pourquoi l'as-tu laissé vivre, quand sa mère a mis bas ? »

Pomaré, cependant, ne tentait rien pour apaiser le peuple. Couvert par ses gens, il observait que l'erreur du haèré-po insultait à ses ancêtres, et présageait mal. En expiation de la faute, il dépêcha deux envoyés-de-mort vers un autre maraè.

Puis les vagues soulevées dans la foule irritée tombèrent. Les rumeurs devinrent confuses et lasses. Car Oro, cheminant sur le ventre du ciel au lieu le plus élevé de sa route quotidienne, alourdissait les gestes et abaissait les paupières. Ses regards pénétraient d'une torpeur les êtres vivants. Son haleine desséchait la terre grasse et humait la buée de la mer. Les esprits du dormir-le-jour voletaient dans les souffles d'air lent. L'île accablée, que seule affraîchissait la brise accourant du large, ayant assourdi ses tumultes, apaisé ses haines, oublié ses guerres et repu ses entrailles, s'assoupit.

*

Comme le jour tombait, l'on s'étira pour les danses. Alors des prêtres de haut rang s'inquiétèrent ; et ils haranguaient la foule : quoi donc ! on allait s'éjouir quand les atua, les chefs et la terre Atahuru supportaient cette insulte et toutes ces profanations : l'oubli d'un haèré-po, la ruée du peuple à toucher l'autel ? — Mais le bon sommeil avait passé : les dieux n'avaient-ils point dormi de même, puisque rien ne se manifestait dans les nuages ou sur les eaux... Et pour la faute, on s'en prendrait au coupable — quelques riverains, sans hâte, se mirent à sa recherche — ou bien à d'autres, ou bien à personne. Les atua se taisaient toujours, l'Arii restait indifférent, et la fête, à peine suspendue, reprit tous ses ébats ; vite, on ménageait des places rondes où préparer la boisson rassurante, le áva de paix et de joie — que les Nuú-Hiviens, dans leur rude langage, appellent kava. Autour du bassin à quatre pieds creusé dans un large tronc de tamanu, s'assemblaient par petits groupes les gras possesseurs-de-terres, leurs fétii, leurs manants, leurs femmes.

Une fille, au milieu du cercle, écorçait à pleines dents la
racine au jus vénérable, puis, sans y mêler de salive, la
mâchait longuement. Sur la pulpe broyée, crachée du
bout des lèvres avec délicatesse dans la concavité du
tronc, elle versait un peu d'eau. On brassait avec un
faisceau de fibres souples qui se gonflaient de liquide, et
que la fille étreignait au-dessus des coupes de bois
luisantes. A l'entour, les tané buvaient alors la trouble
boisson brune, amère et fade, qui brise les membres, mais
excite aux nobles discours.

Les cercles s'agrandirent. Des torches de bambous
desséchés craquaient avec des éclats rouges. Déjà les gens
du rivage Taütira, parés de couronnes, la figure peinte, le
corps enroulé de fines étoffes longuement battues, lan-
çaient des cris et s'agitaient. Durant vingt nuits ils avaient
redit avec soin chaque part de leur chant. Les femmes, au
milieu des groupes, jetaient un appel prolongé, perdu,
qui retombait sur les mugissements des hommes. Ceux-ci
entrechoquaient d'un battement égal de petits cailloux
cliquetants, et ils cadençaient leurs soubresauts. Les voix
montaient avec charme sur des contours habilement
apprêtés, et les paroles, enjolivées de beaux sons étendus,
s'improvisaient, comme il convient, au hasard des lèvres.

Or, les Nuú-Hiviens scrupuleux redoutaient à mélanger
leurs chants aux ébats du peuple en liesse. La joie
pérennelle de la terre Tahiti leur pesait ; surtout lorsque
le kava, aiguisant les esprits, réveillait en eux le respect
des atua et du culte. Alors ils se remémoraient les Dires
impérissables, et si réservés que l'homme mort Pukéhé
avait dû reparaître tout exprès pour les enseigner aux
autres hommes. Alors tressaillaient leurs appétits guerriers. Ils attendaient, au retour dans leurs îles, ces festins
héroïques où il importe de mâcher le cœur de l'ennemi le
plus audacieux. On les vit se retirer dans la montagne. Et
bientôt, de leur repaire, descendit un murmure qui
s'enflait, se perdait, puis se gonflait de petites clameurs,
enrouées d'abord, débonnaires, satisfaites et menaçantes
enfin : les Nuú-Hiviens entonnaient ce péhé où s'expri-
ment, après un signal, la faim, la chasse, le rut et la mort
du cochon propitiatoire.

Sur la plage, on entourait une estrade où des jeunes hommes, habiles à simuler des gestes, et à figurer d'amusantes histoires, s'ébattaient pour la joie des spectateurs. L'un d'eux cria, en langue vulgaire, qu'ils allaient feindre l'aventure de l' « Homme bien-avisé ». On riait à l'avance : cette parade était pleine d'enseignements. — D'abord se montra un gros chef terrien. Il portait de très précieux objets : deux haches de fer, un collier de coquilles, des plumes rouges pour le maro divin. Ces plumes, on les savait fausses — feuilles découpées et peintes. Mais les petits parmi les dieux s'en contenteraient : pourquoi paraître plus exigeant ? L'homme entoura ce trésor d'une tapa luisante, puis de plusieurs nattes fines, et appela des serviteurs. Les maigres manants avancèrent. Le maître déclara partir pour d'autres îles, et montrant son inestimable fardeau, menaça de grands châtiments si, pendant son absence, la moindre part s'en escamotait. Il disparut.

Les autres se consultèrent : la meilleure garde à tenir autour du trésor était de s'endormir dessus : ils s'endormirent. — Survint un homme qui s'annonça « prêtre de Hiro-subtil ». Il épia les serviteurs, avisa la natte, sortit, et rentra en apportant une autre semblable. Il s'accroupit derrière les dormeurs, et, d'une paille de bambou, effleura la nuque du premier. Le manant geignit, s'ébroua, chassa d'un coup d'ongle le moustique importun : mais sa tête avait glissé. Même jeu pour l'autre : le trésor était libre. Prestement, le prêtre substitua les nattes vides, et s'enfuit, emportant le magot, au milieu d'un enthousiasme d'envie. On célébra le dieu Hiro, père de telles ruses.

Mais le plaisir des yeux s'annonçait plus vif encore. Pomaré, montant sur l'estrade, y venait recevoir, dans les formes prescrites, l'hommage de ses fétii d'Ataharu : trois femmes, élevées sur les épaules des porteurs-d'offrandes, furent déposées devant lui. Elles avaient tout le corps enroulé de tapa ; et cela, qui doublait leur embonpoint, les rendait plus désirables. Les trois femmes saluèrent le chef et commencèrent à danser.

D'abord, leurs pas étaient lents, car les étoffes lourdes.
Puis trois jeunes hommes, saisissant le coin flottant de
leurs parures, tirèrent. Les filles tournoyaient sur elles-
mêmes. Les nattes longues démesurément se déroulaient
en changeant de couleur : blanches, rouges, blanches et
rouges encore. On les dévidait à grandes brasses. Le
dernier pli vola : les filles, nues, dansaient plus vite. Le
chef agréa l'offrande, et s'emparant des précieuses tapa,
laissa les femmes à ses gens.

Des battements sourds, roulant dans les rumeurs,
grondèrent : les tambours appelaient aux danses. Un
frémissement courut dans toutes les cuisses, à leur
approche. Leurs sonneurs — vieillards aux yeux morts —
palpaient avec adresse, du bout des doigts, les peaux de
requin tendues sur les troncs creux : et leurs mains
écaillées voletaient, comme de jeunes mains vives sur un
ventre d'épouse. Aussitôt, les couples se dressèrent. Les
femmes — poitrines échevelées sous les fibres jaunes du
révaréva, tempes cerclées de couronnes odorantes —
avaient noué étroitement leurs hanches d'une natte
mince, afin d'étrangler, sous le torse immobile, ces
tressaillements dont sursautent les genoux. Les tané se
paraient de coquillages miroitants, d'agrafes nacrées, de
colliers mordant la nuque. Ils tenaient leur souffle,
tendaient les reins et écarquillaient leurs oreilles : un
coup de tambour les décocha.

Tous, d'abord tournés vers le meneur-de-danses, imitaient ses gestes — dépliant les bras, balançant le corps,
inclinant la tête et la relevant avec mesure. Puis, à tout
petits pas précis et vifs, comme s'ils piétinaient sur les
orteils, ils approchèrent jusqu'à se flairer. Les visages
restaient impassibles ; les paupières des femmes, bais-
sées : il convient, pour un temps, de cacher ses désirs.
Brusquement, sur un batté bref, tout se tut ; tout cessa.

Une femme sortit de la foule, ajusta ses fleurs, secoua
la tête pour les mieux fixer, fit glisser sa tapa roulée, et
cria. Les battements recommencèrent. Jambes fléchies,
ouvertes, désireuses, bras ondulant jusqu'aux mains et
mains jusqu'au bout des ongles, elle figura le ori *Viens*

t'enlacer vite à moi. Ainsi l'on répète, avec d'admirables jeux du corps — des frissons du dos, des gestes menus du ventre, des appels des jambes et le sourire des nobles parties amoureuses — tout ce que les dieux du jouir ont révélé dans leurs ébats aux femelles des tané terrestres : et l'on s'exalte, en sa joie, au rang des êtres tapu. A l'entour, les spectateurs frappaient le rythme, à coups de baguettes claquant sur des bambous fendus. Les tambours pressaient l'allure. Les poings, sonnant sur les peaux de requin, semblaient rebondir sur la peau de femme. La femme précipitait ses pas. Des sursauts passaient. La foule, on eût dit, flairait des ruts et brûlait. Les reins, les pieds nus, s'agitaient avec saccades. Les hommes, enfiévrés, rampaient vers des compagnes. Parfois, les torches, secouées, jetaient, en pétillant, un grand éclat rouge. Leurs lueurs dansaient aussi. Soudain la femme se cambra, disparut. Des gens crièrent de plaisir. Dans la nuit avancée, des corps se pénétrèrent. Les flammes défaillaient ; l'ombre s'épancha.

Alors, la confusion des nuits sans Hina devint effarante. Au hasard, dans les ténèbres, vaguaient des chants dispersés, des appels, des sanglots et des rires repus. Tous les peuples, dans tous leurs langages, poussaient d'incertaines rumeurs : sur la rive sourdait la colère des Paümotu réclamant on ne savait quels esclaves. Un parti d'Ariol déplorait avec gémissements l'en-allée sans retour de Tupaïa, l'Arii des prêtres ; et leurs mots désolés roulaient, comme des pleurs, de toute la hauteur des voix. Les femmes durement secouées, exhalaient des plaintes ambiguës. Un chien hurla. Mais les haleines fléchissaient. Les poitrines s'épuisaient. Les hanches secouées retombèrent. La nuit se prit à désirer l'aube. Sur les vivants abreuvés de jouir, descendit, des montagnes endormies, un grand souffle affraîchissant.

*

Un silence. Un tumulte : des cris rauques, bondissant dans la vallée, emplirent toute la plage. Pesamment des gens se dressèrent pour écouter : et des Nuú-Hiviens parurent dont les hurlements sans nom faisaient ce nouveau vacarme. Ils couraient comme des crabes de terre, et les torches qu'ils agitaient semblaient folles elles-mêmes. On reconnut : c'étaient ces hommes qu'un navire d'étrangers avait munis de la boisson brûlante... Ils se heurtaient, s'injuriaient. L'un d'eux se mit à larmoyer. Les autres se moquèrent. Il se précipita, et, d'un coup de hache, fendit une mâchoire. On s'écartait. Il revint, s'acharna, écrasa une tête. Il pleurait toujours.

Eha ! qu'était donc cette ivresse inconnue qui, loin d'apaiser les membres comme l'ivresse du áva maori, pousse au meurtre et rend stupide et fou ?

Mais tous les yeux, lassés, s'abandonnèrent. L'homme furieux s'allongea parmi ses compagnons, paisiblement. Le matin parut.

Le prodige

Térii fuyait sur le récif. Il avait à grand-peine échappé à la foule hargneuse. Hagard et haletant, il détalait sans trêve. Des balafres brûlantes, poudrées de safran, coupaient son visage. Ses couronnes flétries glissaient de la tête aux épaules. Son maro déchiré dénudait ses cuisses, et, trempé d'eau de mer, collait aux genoux qui s'en embarrassaient. Une vague s'épaula, frémit, et lui vint crever sur la tête : il roula, piqué par les mille pointes de corail vivant qui craquaient dans sa peau. Se redressant, et sautant pour esquiver une autre vague, il s'effrayait : c'était là jadis un châtiment de prêtre impie !... Des haèré-po, même des sacrificateurs, avaient dû, pour des fautes moindres, courir tout le cercle de l'île. On les voyait, assaillis par la houle, franchir en nageant les coupures du récif, reprendre pied et s'élancer encore, harcelés de gens en pirogues qui brandissaient des lances. Térii sentit que sa fuite douloureuse était une première vengeance des dieux rancuniers ; — mais il trouva bon qu'elle offrît, à la fois, un moyen d'échapper aux poursuites : nul ne se risquait, derrière lui, dans la mer obscure.

Le récif, après un grand détour, revenait côtoyer les terres. Le fugitif interrogea la nuit : tous les chants étaient morts — mangés par le vent, peut-être ? Des lueurs éparses vacillaient seules par instants. Alors, il souffla. Puis, incertain, lourd de dépit et défiant l'ombre, il vint rôder aux abords de la fête, parmi les couples endormis.

Le firmament nocturne blêmissait. Dans l'imprécise clarté nouvelle, Térii heurta des corps étendus. Pas un ne s'éveilla : il reconnut les guerriers nuú-hiviens et

s'étonna de les voir appesantis et veules : le áva maori ne
donne point, aux vivants qui sommeillent, ces faces de
cadavres ni cet abêtissement... L'un d'eux, le front
ouvert, n'était plus qu'un mort en vérité. Un autre, qui
se vautrait à son flanc, le tenait serré comme un fétii.
— Rien à redouter de ceux-là ! Térii les enjamba. Il
piétinait des monceaux de vivres à demi dévorés, des
cochons dépouillés, prêts pour la cuisson, des noix de
haári éventrées, des colliers et des parures pour la danse.

Un clair rayon de jour éveillé dansa sur les cimes. Dans
la fraîcheur du matin, des femmes se dressèrent. Leurs
yeux étaient pesants ; leurs gestes endoloris de fièvres
amoureuses. Mêlées aux hommes qui, cette nuit-là, les
avaient enlacées, et nues sous les fleurs souillées, elles
étendaient les bras, s'écrasaient le nez et la bouche de
leurs paumes humides, et joyeuses dans l'air froid,
frissonnaient en courant à la rivière. Térii se souvint que
sa dernière épouse avait paru dans la fête : elle reposait
près d'un façonneur-de-pirogues. Il la secoua. Tous deux
coururent s'ébrouer dans les eaux de la grande Punaáru.
Puis, vêtus d'étoffes abandonnées, ils marchèrent vers ce
coin du ciel d'où souffle le maraámu-sans-trêve, pour
regagner, comme on regagne un asile, la terre sacrée
Papara.

*

Ils cheminaient sans paroles. Le sentier ondulait selon
la forme du rivage. Soudain, il fonça vers la montagne
comme s'il pénétrait en elle. Les rochers broussailleux
proéminaient sur la grève, et la base du mont, excavée
d'une arche béante, semblait s'ouvrir vers le ventre de la
terre. Des franges de fougères humides comblaient la
bouche immense d'où s'exhalaient des souffles froids. Nul
bruit, que le clapotement rythmé de gouttelettes claquant
sur des eaux immobiles. Térii connut alors qu'on frôlait,
de tout près cette fois, non plus du lointain de la mer-
extérieure, la grotte redoutable Mara : mais ce lieu,
frappé de tapu, réservait un refuge possible : le fuyard,
malgré sa peur, creva les feuillées : la caverne parut.

Les yeux emplis de soleil, il ne vit rien, d'abord, que le grand arc sombre enveloppant des profondeurs basses perdues au loin dans une nuit. Il frissonna quand l'eau, plus froide que celle des torrents, lui mordit les pieds. Ses yeux raffermis discernaient lentement des formes dans l'ombre : des rochers ; d'autres encore, plus lointains, et, vers l'extrême reculée de la grotte, un pli obscur où la muraille allait rejoindre la face de l'eau. Autour de lui claquaient toujours les gouttelettes répétées, régulières, qui suintaient de la voûte. La colline, chargée d'eau, suait par toute son assise, et son flux mystérieux, disaient les prêtres, balançait les gonflements du lac Vaïhiria, perdu très haut dans sa coupe de montagnes… « Reste là », cria une voix.

Térii aperçut parmi des rocs dont les contours figuraient un homme, un homme qui s'efforçait à imiter ces rocs, par son immobilité. On eût dit l'image droite et dure d'un Tii taillé dans la montagne. Et il se souvint : la grotte Mara faisait la demeure de Tino l'inspiré ; et celui-ci, pour la rendre inaccessible, répandait de terrifiants discours. Tino avait sans doute abandonné la fête avant que survînt la nuit de l'aube, et, sitôt passé le souffle du dieu, ressaisi l'asile terrestre.

« Que fais-tu, toi ? » hasarda le voyageur.

L'autre ne parut point entendre, ni bouger, ni parler même. Cependant, on répondit :

« J'obéis à Oro-atua. Je me change en pierre. » La voix roulait, grondait, rebondissait plusieurs fois avant de s'éteindre.

Térii voulut toucher et flairer le faiseur-de-prodiges. Il entra dans l'eau gluante et se mit à nager. L'ombre s'approfondit autour de lui. Le fond de la caverne reculait à chaque brasse. L'homme au rocher restait très proche, à la fois, et très lointain. Un coup d'œil en arrière, et Térii mesura la clarté du jour qui s'éloignait : la voûte tout entière parut peser sur ses épaules, et clore, ainsi qu'une paupière insupportable, le regard du ciel. Angoissé, le nageur se retourna, hâtivement, vers le bord. La voix ricanait :

« Eha ! l'homme qui pagaie avec ses mains, sous la

grotte Mara ! L'homme qui veut serrer l'eau dans ses bras et compter les poissons sur ses doigts ! La fierté même ! Prends une pirogue ! »

Térii oublia tous les tapu, et qu'un dieu, peut-être, habitait là. Il saisit une pierre. Elle vola, parut effleurer la voûte, et puis creva l'eau tout près de la rive : elle n'avait pas couru la moitié d'un jet de flèche.

« Hiè ! » se moquait encore la voix. « Les souffles dans la grotte sont plus forts que tes cailloux... Voici ma parole : la grotte Mara est tapu : les souffles sont lourds et mauvais : les souffles sont lourds... » Et après un silence : « Va-t'en, toi ! Va-t'en, toi ! je me change en pierre... »

Térii regagna le sentier. Rêveur, il essuyait dans l'herbe ses pieds chargés de fange. Puis il reprit sa route dans la grande lumière. Tétua cheminait toujours à son côté ; et le récif, l'éternel compagnon des marches sacrées, le châtiment des prêtres oublieux, grondait avec une longue menace. Le soir venait. Les crabes de terre, effrayés par les pas, fonçaient dans leurs trous en y traînant des palmes sèches qui craquaient. — Les errants allaient encore : à la nuit tombée ils s'arrêtèrent : la vallée Papara ouvrait son refuge devant eux. Mais le haèré-po n'en venait point à s'apaiser : la voix entendue sonnait encore à ses oreilles.

*

Des nuits nombreuses avaient fui, et Térii n'osait plus reprendre, auprès des sacrificateurs, sa place au maraè. Il ne s'aventurait plus en allées nocturnes, et ne franchissait même pas sans effroi le seuil de sa demeure. Tous les jours il se désappointait. Ses rêves ambitieux : l'accueil des Arioï, les offrandes du peuple dévot, la montée triomphale à ces terrasses dont il frôlait à peine les derniers degrés, tout cela s'était enfui de son espoir en même temps que les mots rebelles échappaient à ses lèvres, sur la pierre-du-Récitant ! Il sentait un autre homme surgir en lui, et se lamenter sans cesse : un homme malheureux et las. Auparavant, ses peines, il les

recouvrait de pensers joyeux, et elles s'endormaient ; ou
bien elles mouraient d'elles-mêmes en son esprit. Maintenant son chagrin était plus tenace, ses regrets constants. Il
ne pouvait plus les jeter par-dessus l'épaule comme font
les pêcheurs d'une pêche empoisonnée. Mais ces regrets
pesaient sur lui, le harcelaient et s'enfonçaient jusque
dans ses entrailles. Il sursautait durant le temps du
sommeil, déclarant l'obscurité trop grande, et retournait,
en quête de rêves apaisants, sa tête douloureuse sur le
coussin de bois qui lui meurtrissait la nuque. Le jour, il
languissait, appesanti, sans désirs, sans joies d'aucune
sorte. Par-dessus tout la crainte lui vint que Pomaré, dont
il avait irrité l'orgueil en confondant l'histoire des Ancêtres, ne lui dépêchât, par son véa de mort, ces pièces
arrondies et noires qui désignent les victimes. Alors, on
l'assommerait à l'improviste d'un coup de massue, et son
corps, traîné par les porteurs-d'offrandes, tomberait du
haut de l'autel dans le charnier mangeur de cadavres.

Chaque matin, sortant d'un assoupissement équivoque,
il retrouvait sa tristesse assise au bord de sa natte et plus
fidèle qu'une épouse. Il s'indignait qu'elle ne fût pas
envolée : c'est le propre des étrangers seuls, de se
plaindre plusieurs nuits sans répit ; de verser des larmes
durant des lunaisons entières ! Les hommes de Tahiti ne
succombent pas, d'habitude, à ces sortes de fièvres. Il est
vrai que les étrangers recourent, pour s'en guérir, à
d'incroyables remèdes : voici qu'un marin piritané, ayant
pris un grand chagrin à voir s'enfuir la femme qui dormait
avec lui, ne parlait plus, et ne voulait pas d'autres
compagnes. Un jour, on le trouva suspendu à la grosse
poutre de son faré, le cou serré dans sa ceinture d'étoffe,
le visage bleu. « Il est fou, songeait Térii, de vouloir s'en
aller de la vie parce que l'on n'est point satisfait des jours
qui passent et qui s'en iront, certes, d'eux-mêmes ! » Et il
s'efforçait d'imaginer d'autres fêtes, encore, et d'autres
épreuves, dont il sortirait, cette fois, triomphant. Mais il
retombait plus lourdement dans le dépit du passé. Il y
décelait la malfaisance des hommes au nouveau-langage :
leurs dieux avaient surpris ses menées : ils accablaient
l'incantateur !

Des échos le hantaient aussi de sa rencontre, sous la grotte, avec l'inspiré de Oro. « Je me change en pierre », avait proclamé la voix. Térii se souvint que les hommes, sous le secours des dieux, peuvent dévêtir la forme humaine et se parer de telle autre image. Ainsi, disait-on, pendant une saison de dure famine, le vieux Téaé, prêtre et Arioï, s'était offert à sauver son peuple. Oro l'avait transfiguré, après des rites, en un grand arbre fécond. Des paroles rythmées contant l'histoire prodigieuse, et que l'on disait sur un mode enthousiaste, venaient chanter sur les lèvres du haèré-po :

« *Or, Téaé, comme l'île avait faim, réunit les hommes de sa terre, les hommes maigres et desséchés ; les femmes aux mamelles taries ; et les enfants pleurant pour manger.*
— E aha ! Téaé.
Téaé leur dit : — Je vais monter dans la vallée. Je dirai vers Té Fatu le maître, des parlers puissants. Allons ensemble dans la vallée.
— E rahi ! Téaé.
Ils le suivirent. Les torrents avaient soif, et la grande Punaáru descendait, goutte à goutte, dans son creux de cailloux secs. Derrière eux venaient des cochons maigres, réservés pour la faim des derniers jours.
— Ahé ! Téaé. »

Voilà qui n'était point trop hasardeux à tenter ! Térii s'imagina, par avance, guider allègrement lui-même quelque foule espérante. Il prolongea sa rêverie :

« *Comme ils arrivaient au mont Tamanu, qui est le ventre de l'île, Téaé leur dit : creusez dans la terre un trou pour y plonger un grand arbre.*
— A rahi ! Téaé.
Et Téaé descendit dans ce trou. Il invoqua Té Fatu le maître avec des parlers suppliants. Il se tenait immobile, bras levés, jambes droites.
— Ahé ! Téaé. »

Térii se répéta : « *bras levés, jambes droites…* ». Était-ce une posture d'ancien inspiré ? sans doute, et favorable au prodige : car le prodige se manifestait :

« *Voici que le torse nu se durcit autant qu'un gros arbre. La peau devint écorce rude. Les pieds, divisés, s'enracinèrent dans le sol ingrat. Plus que tout homme le vieillard grandissait.*
    — E ara ! Téaé.
Ses deux bras devinrent dix bras. Puis vingt, puis cent, puis des centaines. Pour ses mains qui étaient mille, c'étaient mille feuilles palmées offrant aux affamés de beaux fruits inconnus.
    — Ataé ! Téaé.
Les gens de Tahiti s'en rassasièrent, disant : cela est bon. Car cet arbre fut le Uru[1], *qui depuis lors nourrit la grande île, et la presqu'île, et les terres au-dessous de l'horizon.*
    — Aué ! Téaé. »

Pourquoi donc, espérait Térii, ne pas tenter aussi quelque aventure prestigieuse, et se remettre en grâce auprès du peuple toujours accueillant aux faiseurs de prodiges ? — Quant aux prêtres, qui regardent d'un mauvais œil les exploits divins accomplis sans leur aide, on mépriserait leur ressentiment.

« Je me change en pierre », avait crié la voix sous la caverne. Il désira se changer en arbre. Cette pensée lui semblait parfois désir d'insensé ou de petit enfant qui se croit, dans ses jeux, transformé en chien ou en chèvre. Mais un tel espoir, seul de tous les autres, l'assérénait un peu ; il s'y raccrochait comme aux pirogues défoncées qui surnagent à peine, et qu'on sent couler sous le poids. Il lui devenait décidément insupportable d'être en butte aux railleries des porteurs-d'idoles, des manants ; et qu'on le désignât de l'un à l'autre pour celui qui avait « oublié les Mots ».

Il dit à sa femme son dessein d'accomplir un prodige. Elle s'en égaya beaucoup : « Je veux bien de toi comme

---

1. Arbre-à-pain.

tané, reprit-elle avec moquerie, et non pas comme un fruit bon à manger ! » Puis elle s'empressa de tout dénoncer à ses compagnes.

*

De bouche en bouche passaient les paroles prometteuses du haèré-po coupable. Tout d'abord, les fétii de la terre Papara vinrent considérer ce prêtre comme on entoure un insensé qui divague. Mais, hormis cette histoire, ses entretiens semblaient d'un sage. On disputait avec lui sans désir de le voir se dérober, et l'on s'en retournait indécis. Car c'est être bien avisé que de discerner, en une nuit, l'homme réfléchi, d'un autre qui s'égare : lorsqu'un dieu vient s'en mêler... éha ! il faut encore plus de subtilité ! A tout hasard on vénéra le dieu. On s'empressa donc autour du nouvel inspiré. Les railleries s'apaisèrent. Des femmes l'entouraient, et les vieillards ne lui parlaient plus qu'avec les grands mots antiques. De jeunes garçons ne le quittaient pas. Ils veillaient sur ses moindres discours, les retenant dans leur mémoire ainsi que surhumains, pour se les transmettre pieusement.

L'œuvre annoncée, Térii ne se hâtait point de la réaliser. Repu d'hommages et d'offrandes, il se reprenait à vivre gaîment. Il ignorait l'issue réelle de l'imprudente promesse. Les disciples nouveaux le pressaient d'affirmer ses pouvoirs : il répondit, en considérant Hina, que les temps du ciel n'étaient encore pas favorables. Ainsi, il jetait avec profondeur des parlers obscurs, comme les maîtres conseillent d'en mêler parmi les desseins ambigus. Puis il feignit de discourir en dormant ; car il savait combien la voix d'un rêveur étonne les gens éveillés. Une nuit, où on l'avait pressé davantage, il proclama d'un accent mesuré : « *L'Homme deviendra différent de l'Homme, au temps où les Chiens de l'Aurore monteront plus haut, dans le ciel des étoiles, que les Six-petits-yeux.* » Il tenait cela pour impossible, et espérait écarter l'épreuve. Décidément on s'irrita. Il dut fixer la nuit du prodige à la première lune de la première lunaison.

*

Elle arriva très vite, la nuit du prodige. Comme Térii frottait des bois secs afin d'en tirer du feu, il entendit un grand tumulte. On criait son nom : « Eha ! Térii ! Eha ! le haèré-po ! La lune va monter ! N'oublie pas ! »

« Cette lune n'est pas bonne », assurait-il encore, bien que perdu tout espoir de reculade. Et il détestait l'enthousiasme des hommes pour tout ce qui lève leur curiosité, et qu'ils saluent du nom de divin par dépit de leur ignorance... « Aroha ! » disaient les arrivants respectueux, « Aroha pour l'inspiré ! — Tu es le grand inspiré sur la terre Papara. — Oro-atua va parler à travers tes dents ! E ahara ! C'est le dieu... Roule-toi sur le sol et nous te porterons. — Mords-nous et nous te donnerons nos membres. — Prends nos femmes, nous dirons : nous sommes contents ! »

Tous ensemble hurlaient :

« Tu as promis, Térii !

— C'est vrai ! soupirait l'autre avec amertume, je suis inspiré et je leur dois un prodige. »

La foule se pressait, heureuse de se donner un maître de plus — bien qu'on en connût de nombreux, déjà, sur toute la grande île. Les gens de Papara, surtout, renchérissaient, en raison de la gloire inattendue :

« Tino a disparu ! Tino s'est changé en pierre sous la grotte Mara ! Térii, que feras-tu dans la terre Papara ? Prends courage ! nous irons avec toi dans la nuit. Nous soutiendrons tes forces avec des chants et des rites ! Quand tu seras mort, ou bien transfiguré, alors on dira ton nom dans les récits répétés. » D'avance, ils composaient, sur un mode glorieux, le péhé pour les funérailles :

Tino s'est changé en pierre, mais Térii à Papara a mieux fait encore !

Une femme s'approcha : « J'étais privée d'enfants. J'ai dormi près du faré de celui-là : je serai mère ! » Une autre : « Mes entrailles étaient mêlées dans mon corps, et Térii, en me pressant le ventre, m'a guérie ! »

Térii s'étonnait lui-même de ces pouvoirs nouveaux. Une troupe de suppliants l'entoura. « Mes yeux se couvrent — Mes os me font mal — Dis les signes qui défendent contre les atua-requins ! » Tous ils se tournaient vers lui, se pendaient à ses gestes, à ses lèvres efficaces, à toute sa personne guérisseuse. On lui amena une fille de Taïarapu que de jeunes hommes avaient emportée dans la brousse. Elle demeurait percluse depuis l'effroi de ces enlacements brutaux. Ses yeux imploraient. Térii, comme faisaient les maîtres, palpa les jambes fléchies, en agitant ses lèvres au hasard : d'un bond la fille fut droite, et dansait dans sa joie de l'inespérée guérison. Térii se troubla : il accomplissait donc ce qui échappe aux efforts des autres hommes ! Lui, le haèrè-po oublieux chassé du maraè, il dominait sur la foule, il protégeait, il guérissait...

Alors, obéissant en vérité à un être nouveau qu'il subissait, plus fort que lui-même, et qui pénétrait en lui, il s'enroula fièrement le bras gauche de la tapa blanche, signe du dieu descendu. Puis redressé, confiant en la force survenue, il fixa le troupeau des suppliants : on palpitait sous son regard. En retour, il sentit, des innombrables yeux ouverts dans l'ombre sur ses yeux, monter une foi sans limites, une certitude des choses inouïes qu'il devait accomplir. Ses prophéties, ses paroles d'aventure, il les avait jetées dans la foule, comme à travers la brousse on disperse les folles semences de l'aüté : et voici que ses paroles, ayant germé, se multipliaient inespérément dans la foule ! Ces gens l'appelaient Oro transparu. Il devenait Oro. Son cœur bondissait. Jamais encore il n'avait frémi de la sorte. Il pouvait tout. Il cria :

« Nous irons vers la montagne ! Cette nuit est la nuit attendue ! »

Et, vêtu comme jadis du maro sacerdotal, peint de jaune et poudré de safran, précédé de porteurs-de-torches, entouré de fétii, acclamé par des centaines de gens frénétiques, il ordonna la marche au prodige.

*

D'abord, il fallut franchir la puissante Vaïharaha, dont le cours inégal déconcerte les riverains. Puis la Vaïhiria vint couper le passage. Le sentier disparut. Térii tourna sa face droit sur la montagne, et chemina le long du torrent. On connut alors son dessein de monter au lac, dont les bords sont fertiles en merveilles. Mains tendues, l'inspiré devançait tous les autres, qui se coulaient aveuglément, parmi les fourrés, dans la trouée de ses pas. Derrière eux s'apaisait la grande voix du récif. Pas un bruit, que le gémissement des herbes piétinées : les longues vallées où rôdent les esprits sont dépeuplées de vivants, et muettes.

Bien que le temps des sécheresses fût établi depuis une lunaison et dix nuits, les eaux tombées des nuages confluaient encore. Elles emplissaient les troncs juteux des arbustes, pénétraient les larges feuilles grasses ; et les tiges gluantes, brisées au passage, laissaient couler une salive claire. L'eau divisait les roches, polissait les cailloux ronds. L'eau jaillissait du sol en sources vives, et pleuvait, à lourdes ondées, du premier firmament. L'eau bruissait, courait, giclait en surabondance. La terre détrempée, fangeuse et molle, refusait de porter les hommes : leurs pieds s'enlisaient. Il fallut, à l'encontre du flot qui bouillonnait sur les poitrines, remonter à même le creux du torrent.

La Vaïhiria précipitait sa course, plus mobile, plus hâtive, plus jeune, dévalant par grands bonds saccadés. C'était un corps à corps incessant des marcheurs avec la vivace rivière. Elle glissait entre les pas, ainsi qu'une anguille preste. Parfois aussi, les genoux énormes des montagnes s'avançaient contre elle, se fermaient pour l'étrangler au passage. La vallée se barrait d'une muraille on eût dit moins pénétrable qu'une enceinte de lieu sacré. Mais l'insaisissable esquivait l'obstacle, tournait les roches et se dérobait en ressauts imprévus. Et la ravine, un instant élargie, se refermait plus loin sur la mobile rivière qui palpitait encore, ondulait, frétillait, fuyait toujours.

Térii, depuis un long temps, perçait la route. Il appesantit ses pas. Les fidèles accoururent. D'aucuns prirent la tête, et coupèrent, à grandes morsures de haches de fer, les troncs et les membres d'arbres. Une dernière fois la Vaïhiria surgit d'un fourré sombre et disparut. On s'en prit à la montagne. Les pierres boueuses, ébranlées par les pieds et les mains des premiers à l'escalade, roulaient en sursautant sur les suiveurs, qui trébuchaient. Mais on reconnaissait vite, à tâtons, les rocs les plus fermes, et quelles tiges, aux solides racines, pouvaient prêter appui.

Enfin, dans un dernier coup de jambe donné sur la terre humide, comme les reins se dressaient, ayant dompté la dernière colline, le lac, à travers un treillis de feuillées, apparut, immuable, silencieux et froid.

*

Térii choisit sur le bord un monticule isolé. Il avait dépouillé toute fatigue et toute peur. Les paroles prestigieuses bourdonnaient en sa tête. Il dit, comme avait dit Téaé :

« *Creusez dans la terre un trou pour planter un grand arbre...* »

On se hâta : il descendit en invoquant Té Fatu, le Maître, avec des parlers suppliants. Il se tenait immobile, bras levés, jambes droites.

Ses compagnons s'écartèrent, afin de ne point mettre obstacle au labeur divin ; aussi pour n'être pas frôlés dans le sombre par les esprits rôdeurs. Comme le prodige pouvait tarder et que la pluie est incessante sur le lac, ils s'empressèrent d'élever des abris, les dressant à l'encontre du vent qui s'épand de la vallée Papénoo ; et ils attendaient, pleins de foi. Peu à peu, la fatigue les gagna. Le sommeil vint.

Térii veillait, enfoui jusqu'aux genoux dans la terre. Il espérait de toute son ardeur ; il se crispait sur le souvenir du vieux Téaé ; il s'inquiétait : en quel arbre, ou bien en quel être allait-il se changer ? Les entrailles lourdes, il épiait le durcissement de ses jambes, la rudesse imminente de sa peau. Sans quitter la posture prescrite il pencha la tête et se mordit le bras : la chair était souple encore, et sensible à ses dents. Puis il s'affirma que ses pieds fouillaient la terre, comme des racines, et les soupesa d'un effort anxieux : ses pieds restaient libres. Il écouta l'ombre à l'entour : les faré bâtis à la hâte étaient silencieux ; le lac, les montagnes, les arbres et les hommes dormaient.

Il leva les yeux : Hina-du-ciel, vêtue de nuages roussâtres, promenait dans le firmament tourmenté sa face immortelle. Les nuées blondes passaient vivement devant elle en troublant sa lueur : Térii douta que les dieux fussent propices. Indécis, il rêvait, le regard perdu. Jamais peut-être il n'avait aussi longuement contemplé le visage de la nuit ni tous les êtres environnants. Seuls les étrangers ont cet usage de considérer les montagnes nocturnes en proférant des mots sans valeur : « Beau ! Splendide… ! » Ou bien de s'étonner sur la couleur rouge du ciel à la tombée du jour, ou de flairer avec délice les odeurs exhalées de la terre, ou de suivre dans les nuages le contour des sommets, avec de grands gestes des bras. En même temps, leur visage s'éjouit comme si dans les monts, les airs, les nuées, ils discernaient de merveilleux aspects. — Que peut-on chercher autour de soi, sinon des présages ? Leurs yeux perçoivent peut-être des visions et des signes qui échappent aux yeux maori ? Térii s'efforçait à deviner ces signes.

Le lac lui apparut sans limites et sans fond. Dans l'obscur, surgissaient les croupes de montagnes assombries par les taillis. De pâles filets fluides, miroitant sous Hina, ruisselaient des épaules de la terre, et venaient se perdre dans les eaux froides. Très haut, les nuées accrochées sur les crêtes nivelaient tous les sommets. D'autres nuages couraient dans le ciel, et leur ombre sur le lac volait comme un coup d'aile brune. Térii frissonnait sous leurs caresses impalpables. Du sol, où plongeait son corps, des haleines montaient, et les gouttes de pluie moites qui détrempaient ses épaules allaient rejoindre la sueur du sol.

Sans doute, rien du prodige ne se trahissait encore. Tous ses membres vivaient toujours à part de la nuit, à part de la terre et des arbres... — des arbres ! des arbres ! — ses fétii, ses compagnons de veille et de miracle ! Il sourit à ces divagations. Non : ce n'était pas le prodige attendu. Pourtant, quoi donc se révélait ainsi ? Car des souffles vivants, exhalés par tous les êtres à l'entour, le pénétraient doucement : l'onduleux dépli des montagnes coulait en lui par ses regards ; les odeurs, le silence même s'animaient de palpitations inconnues. Des parlers obscurs et doux ; d'autres sentiments plus indicibles tourbillonnaient dans sa poitrine. Un charme passa dans sa gorge et ses paupières. Soudain, sans effort ni angoisse, il pleura. Nul ne lui avait révélé ces pleurs sans cause, excepté pour des rites. Il dit : « Pour imiter les nuées... » et il s'étonna d'avoir parlé.

Et très loin de ces mondes familiers, de ces terres vivantes si proches de sa chair et de tous ses désirs, il entrevit le Rohutu promis, mais froid, mais lugubre, et morne, et si hasardeux ! — Voici que l'esprit, dès la mort, plongé dans les ténèbres, et aveugle, s'en irait vers les deux pierres ambiguës, à Papéari de Mooréa. A tâtons l'âme déciderait sa future existence en touchant l'un des rochers : la pierre Ofaï-pohé tuait sans retour. La pierre Ofaï-ora ouvrait la route vers le champ de délices. Toujours aveugle, l'âme dérivait, à l'aventure, escortée d'indifférents atua, suivie de milliers d'autres âmes incertaines. Sur les rives, en courant, elle cueillait le parfum tiaré dont certaines senteurs, au hasard encore, étaient mortelles, et la replongeaient dans la nuit. Même, les esprits des plus mauvais, agrippés en chemin par les impitoyables justiciers, revêtaient leurs propres cadavres, et par trois frois on grattait jusqu'aux os leurs chairs décomposées et toujours vivantes !

Le haèré-po frémit dans son corps. Il haletait ; mais sa gorge ne pouvait plus crier. Il regardait toujours éperdument. Il flairait. Il écoutait. Il épiait — mais quoi donc changeait en lui ! Il résistait et se révoltait... Soudain,

surgit dans ses entrailles — et plus violent que l'emprise
d'un dieu — un amour éperdu pour son île, la Tahiti-nui
de ses jours terrestres, pour la mer-du-récif, la mer-
abyssale, les autres ciels, les autres terres, pour tout cela
qui se dérobait à lui, qui fuyait ses yeux, ses mains… —
Ha! il mourrait à tout cela? Dans un grand effort, il
souleva ses pieds restés vifs ; il secoua ses membres,
humains encore ; il retrouvait tout son être d'homme,
resté homme, et le ressaisissait. Puis, étreint d'une peur
sans nom, il bondit hors du trou, creva le fourré derrière
lui, s'y vautra, heureux de manger le sol et de courir et de
vivre encore et enfin. Par grands sauts joyeux il échappait
à ses fidèles, aux dieux, aux prodiges promis.

*

Bien avant le jour, les disciples de Térii guettaient le
tertre isolé. La forme du vivant se confondait avec les
arbres sombres. On le devinait toujours immobile :
« bras levés, jambes droites ». Certains se hasardèrent.
C'étaient les plus enthousiastes et les mieux confiants. Ils
contemplèrent, avec un dépit, la place déserte, et ils
riaient, dans leur embarras. — Cependant, on ne pouvait
désappointer le peuple, ni compromettre, par avance, sa
ferveur pour de nouveaux inspirés ! Il convenait de
façonner vite un prodige : les uns voulaient planter là
quelque feuillage et le donner en vénération. D'autres
n'osaient ; mais, choisissant un bloc de pierre grise
crevassé d'empreintes imprévues, ils le roulèrent au bord
du trou ; puis, éveillant la foule avec de grands cris, ils
proclamèrent l'excellence et les pouvoirs de leur maître,
qu'un atua des nues, Oro, véritablement, avait emporté
sur ses épaules.

La foule admira. — Comme tous avaient froid sous la
pluie de l'aurore, ils songèrent au retour. Afin que
l'aventure ne fût point inutile aux appétits des vivants, on
cueillait çà et là, le féi qui remplit cette vallée, et l'on
pourchassait les cochons sauvages. — L'histoire prestigieuse se répandit sur le contour de l'île. Des gens avisés
prétendirent monter au lac, et voir, et flairer : on les

mena vers la pierre insolite. Mieux que les autres, ils reconnurent les signes formidables que le pas du ravisseur avait frappés sur la roche. Se prosternant, ils adoraient le vestige du dieu.

Les Maîtres-du-jouir

L'homme au nouveau-parler promena des regards clignotants sur la foule et commença de discourir aux gens du rivage Atahuru :

« Le dieu a tant aimé les hommes qu'il donna son fils unique, afin que ceux qui se confient en lui ne meurent point, mais qu'ils vivent toujours et toujours. »

On entendit cela. Ou plutôt on crut l'entendre : car l'étranger, se hasardant pour la première fois au langage tahiti, chevrotait ainsi qu'une fille apeurée. Le regard trouble et bas, les lèvres trébuchantes, les bras inertes, il épiait tour à tour l'assemblée, ses quatre compagnons et les deux femmes à peau flétrie qui les accompagnaient partout. Il hésitait, tâtait les mots, mâchonnait des vocables confus. Néanmoins on écoutait curieusement : le piètre parleur annonçait ce que nul Récitant n'avait jamais dit encore : qu'un dieu, père d'un autre dieu, pris de pitié pour des vivants, livra son fils afin de les sauver ! que ce fils, cloué sur un arbre au sommet d'une montagne, mourut abandonné des siens ; que depuis lors tous ses disciples — bien qu'assez pervers et méprisables — sont assurés, s'ils se confient en Lui, de le joindre dans une demeure divinement joyeuse et comparable aux plus beaux faré de chefs. Ce nouvel atua, l'étranger révélait son nom : « Iésu-Kérito ».

Des gens allaient se récrier quand le discoureur, plus habile, affirma fortement que les vivants des terres Tahiti, Mooréa, Raïatéa, ne naissent pas moins que les Piritané, enfants de ce Iésu ; et que, si les nouveaux venus s'aventuraient dans ces pays aussi lointains de leur propre pays, c'était pour enseigner à tous l'amour de l'atua

bienfaisant, et le chemin de cette vie qui ne doit point
finir.

Alors, on dévisagea l'orateur. Son récit devenait
imprévu, certes, et singulier, plus que toutes les chansons
familières aux matelots blêmes — dont la langue pourtant
est vive, et les parlers ébahissants. Les dieux, dans les
firmaments du dehors, s'inquiètent donc des hommes
maori ? Jamais les atua sur les nuages de ces îles n'ont eu
souci des peuples qui mangent au-delà des eaux ! Quant à
« cette vie qui ne doit point finir », on savait, sur la foi
des Dires conservés, que Té Fatu, le Maître, la déniait à
tous, malgré les supplications de Hina :

« *Sois bon* », murmurait en implorant la douce femme
lunaire...

« *Je serai bon !* » avait concédé le Très-Puissant. Néanmoins meurent les hommes, et meurent les bêtes à quatre
pieds, et meurent les oiseaux, et meurent toutes choses
hormis les regards de Hina. Pour les esprits : qu'ils aillent
— esprits des Arioï, des chefs et des guerriers —
tourbillonner parmi les nues dans le Rohutu Délicieux.
Le sort des autres, qu'importe aux dieux de tous les
firmaments ? — Voilà ce qu'ignorait sans doute l'étranger
naïf, qui se risquait à de telles promesses.

Malgré qu'elle parût bien incroyable, on s'intéressait à
l'histoire. On se murmurait des paroles intriguées : le
dieu avait sauvé les hommes... quoi donc ! les hommes
étaient-ils en danger ? menacés de famines ? de noyades
sous toute la mer gonflée contre eux ? ou peut-être,
coupables de sacrilège ? — Haamanihi survint qui se
vantait déjà comme le disciple attentif des ingénieux
Piritané. Il devinait l'embarras de la foule et l'exposa au
surprenant parleur, en termes réfléchis : qu'avaient-ils
commis de si épouvantable ces humains dont on racontait
le sort, et quelle faiblesse nourrissait en vérité ce dieu,
pour qu'il abandonnât son fils à la colère... d'autres dieux
plus forts, sans doute ?

L'étranger répondit longuement, en mesurant toutes
ses paroles, et l'on comprit ceci : le père de Iésu, le grand
atua Iéhova, ayant façonné des humains, un mâle et une
femelle, tous deux l'insultèrent en mangeant un certain

fruit. Il en devint si courroucé que tout eût péri sous sa colère s'il n'avait laissé mettre à mort, pour s'apaiser lui-même, son fils très-aimé, lequel d'ailleurs ne pouvait pas mourir.

« Aué ! » soufflèrent avec admiration des récitants de quatrième rang, réjouis par la bonne histoire : le dieu n'était pas débile, ainsi qu'on avait cru : il se manifestait féroce ; et sa férocité surpassait tous les caprices et toutes les colères des atua connus ; — même de Tané, même de Ruahatu — puisque les offrandes coutumières à ceux-ci : perles, hommes, chèvres et fruits, n'avaient pas suffi à le rassasier — mais seule la mort d'un autre dieu ! Il en imposait, vraiment. On se prit à le respecter d'avance. Cependant, d'autres écouteurs, et surtout les manants sans oreille et sans mémoire, et qui n'avaient pu comprendre, ne s'en émerveillaient pas moins. Mais un porte-idoles de bas ordre, chassé de son maraè, on le soupçonnait de frayer avec les méchants esprits, tenta de se divertir. Le grand-prêtre le confondit :

« Les haèré-po mêmes ne pourraient point expliquer, sous un parler clair, pourquoi l'immensurable Mahui, fils du monde, coupa jadis en deux morceaux le monde maternel pour en former les cieux et les rochers ! Il n'est pas bon de refuser croyance à des récits obscurs : et ceux-là sont très beaux. On les conservera parmi les Mots-à-dire. » Lui-même se promit de les raconter à grands gestes dans les fêtes qui viendraient.

Puis, afin d'honorer ses hôtes et de les retenir en sa vallée, il conclut, avec noblesse :

« Nous avons célébré, voici deux lunaisons, la fête des Adieux à nos esprits. Invoquez donc en paix les vôtres, et commencez le sacrifice. Où sont les offrandes ?

— Les offrandes ? » Les étrangers croisant des regards furtifs dénoncèrent un grand embarras. L'un d'eux voulut expliquer :

« Le dieu que nous servons ne réclame point d'offrandes... il lui suffit de l'amour de ses enfants. » On ne put croire . Haamanihi insinua :

« Tu as sans doute négligé de les préparer. Moi et mes

gens y pourvoirons. Combien de cochons pour célébrer
ton rite ? »

L'étranger ne répondit pas sans détours. En vérité, il se
dérobait ! Mais le grand-prêtre d'Atahuru n'entendait pas
omettre un culte si avantageux pour sa rive ; à tout le
moins, nouveau. Il reprit, plus pressant, avec une âpreté
presque menaçante :

« C'est insulter les dieux que de leur mesurer les dons.
C'est insulter les dévots assemblés que de leur mesurer les
rites ! » Et il attendit.

Les autres restaient indécis, et celui qu'on nommait
Noté — l'orateur aux yeux clignotants — murmura sur
des mots piritané : « N'est-ce pas un signe de la volonté
du dieu que ces gens-là réclament, sans le savoir, le
" repas du seigneur " ! » Ses compagnons semblèrent
approuver. « Mais avant tout, écarte-moi cette foule. Tu
resteras seul avec nous, dans le faré que voici... Les
autres pourront, s'ils le désirent, nous regarder de loin. »
Et il se réfugia dans une hutte délabrée.

Haamanihi approuva cette prudence, et qu'il fût choisi,
lui seul. Peut-être les étrangers craignaient des avanies :
le tumulte et les menaces dans la fête des Adieux aux
esprits les inquiétaient encore ? Il fit donc reculer la foule,
et pour la mieux contenir il tendit, d'arbre en arbre, des
tresses de roa en les déclarant tapu. Parmi les spectateurs,
il reconnut des desservants et quelque haèrè-po du maraè
tout proche, dont les terrasses culminantes montaient,
par-dessus les têtes, à moins d'un jet de fronde. Alors
soudain il s'inquiéta : quelle témérité que la sienne, à
faire voisiner des dieux, si différents, ou du moins leurs
fidèles ; et quelle menace que des rites qui jamais
n'avaient ensemble frayé, ne devinssent tout à coup
néfastes aux dévots des deux partis : aux fils de Oro
comme aux enfants de Iésu. — Mais il se reprit, ricanant
par-dedans lui-même : les atua sont gens paisibles, et
fraternisent bien mieux entre eux, dans les régions
supérieures, que leurs prêtres ne s'accordent autour des
autels ! Hiè ! en vérité les dieux restent inoffensifs et
calmes jusqu'au jour où à force d'objurgations importunes
on les tire de leur divine paresse pour les mêler aux luttes

des hommes, les conjurer de ruses, les supplier de meurtre, et réduire leurs immenses volontés à s'entremettre parmi les petites querelles des vivants !

Rassuré, il revint auprès des étrangers : « Maintenant, disaient ceux-ci, laisse-nous chanter les louanges de Iésu. » Sitôt, un péhé grêle et lent qui semblait une plainte de vieillard, plainte exhalée du bout des lèvres, tomba des maigres poitrines. Les souffles sortaient courts et rauques. La foule, à distance, prit pitié de ces voix d'enfants et s'amusa de ces efforts. Des femmes, assises sur la plage, en cercle, avaient tourné l'oreille vers les pauvres cadences ; elles y mélangeaient leurs souples mélodies. Quelques tané les entourèrent. Le chant indécis des hommes blêmes renaissait avec plus de carrure dans les bouches maori, et s'ennoblissait d'ornements imprévus : de cris sourds, poussés d'une haleine régulière ; de beaux sons clairs, tenus très aigus, qui rejoignaient d'autres sons plus aigus encore, comme implorés par les premiers, et sur lesquels, de toute la force des gosiers, s'épandaient les voix sans contrainte. Au hasard naissaient des paroles sur les lèvres promptes : elles évoquaient des danses et des joies. Ainsi l'assemblée en fête célébrait dignement les dieux insolites, comme on avait, sur la terre Matavaï, dédié leur faré-de-prières, au long des nuits, par des enlacements.

Cependant, à une pause, l'étranger se fit encore entendre. Mieux confiant, il disait sur des mots non chantés :

« Je te remercie, maître Kérito, de pénétrer le cœur de ces pauvres ignorants, et qu'ils mettent cet empressement à louanger ton nom !

— Comment appelles-tu ce péhé que tu viens de chanter ? » interrompit Haamanihi.

« Ce n'est pas un péhé pour danser ou pour boire, comme les vôtres, dit Noté, mais nous appelons cette prière un " hymne " au Seigneur.

— Un hymne ? » répéta le grand-prêtre. Les gens de la foule, qui ne pouvaient plier leur langue à ce parler dur, balbutiaient :

« C'est un himéné... himéné. » Dès lors, tous les chants se nommèrent ainsi.

*

Sur des tréteaux les étrangers disposaient des pièces de bois minces qu'ils recouvraient de nattes fines. Ils préparaient le rite : le repas des dieux, peut-être. Aussitôt, Haamanihi se leva, vif et colère malgré sa jambe énorme. Il sauta parmi les assistants et cria des injures en désignant les filles ; les chassa comme des poules, les pourchassa plus loin encore. Beaucoup s'attardaient. Il s'emporta contre elles.

Noté arrondit ses yeux clairs et demanda la raison du courroux subit : pourquoi renvoyer les épouses ? A son tour le grand-prêtre s'étonna : « Se peut-il que des hommes dignes, des chefs, surtout des gens qui parlent aux dieux, tolèrent qu'une femme, être impur et profanateur, vienne souiller un festin de sa présence obscène ! Tu les repousses de ton navire quand elles dansent pendant le jour de ton Seigneur, et tu permettrais...

— Vos femmes et vos filles, répondit Noté, sont comme vous-mêmes enfants de Kérito. Elles auront droit, comme vous, dans quelques lunaisons, à partager le rite. » Haamanihi, stupéfait, laissa revenir les femmes.

« Mais, où sont tes offrandes, enfin ! » reprit-il, en considérant les apprêts de la fête. Il savait la coutume des étrangers : d'élever, au-dessus du sol, les aliments qu'ils avalent ensuite par très petits morceaux. Or, ces tréteaux et ces bois que Noté appelait une " table pour la nourriture ", se montraient dépourvus, jusque-là, de toutes victuailles, — ou si peu chargés ! Voilà qui décevrait fâcheusement les affamés d'Atahuru dont les troupes équivoques, toujours en quête de festins solennels, surveillaient l'issue du sacrifice pour s'en disputer les vestiges, et mesuraient, par avance, la ripaille à venir : les dieux nouveaux semblaient gens d'importance — à considérer les gros bateaux de leurs disciples, et les armes : le festin offert en leur nom, par ces disciples mêmes, il s'imposait qu'il fût plantureux.

« Voici le repas préparé », dit Noté. Haamanihi ne vit point autre chose que des fruits de uru[1], maladroitement rôtis, et, dans des vases transparents, qu'il savait fragiles, une boisson rouge semblable, pour ses vertus excitantes, au áva piritané. Il enveloppa les maigres offrandes d'un regard commisérateur : « Est-ce là tout le repas du dieu ? » La foule s'agitait en ricanant. Des murmures dépités grondèrent. On ne pouvait croire à une telle misère, ou bien à une telle avarice ! Haamaníhi, de nouveau, s'offrit à suppléer à cette indigence qu'il sentait compromettre fort le prestige étranger. Noté s'irrita :

« Qu'avons-nous besoin de nourriture grossière et de remplir nos entrailles, comme vous dites, nous auxquels le mets de l'esprit est réservé ! » Puis, debout au milieu des autres, il prit en ses mains le fruit de uru, changea sa figure, leva les paupières et considéra le toit du faré. — Etait-ce la coutume des inspirés dans son pays ? Enfin il prononça :

« Iésu prit du pain, et après avoir rendu grâces, il le rompit et le donna aux disciples en disant : Prenez, mangez, ceci est mon corps. Il prit ensuite une coupe, et après avoir rendu grâces il la leur donna en disant : Buvez ceci tous, car ceci est mon sang, le sang de l'alliance qui est répandu... »

« E aha ra ! » interrompit le grand-prêtre qui tressaillit d'envie : Voilà donc le rite ! Voilà donc aussi le mot à dire pour rassasier l'attente de la foule. Ces maigres offrandes n'étaient point le repas du dieu, mais au contraire le simulacre de ce dieu, et peut-être... l'atua lui-même, offert à l'homme afin de lui communiquer des forces divines ! Le vieillard Téaé s'était changé en arbre, jadis, pour apaiser la faim dans l'île : le dieu piritané se changeait en fruit et en boisson rouge pour aider à ses disciples : quoi de plus artificieux ! Haamanihi tourna vers les impatients un visage émerveillé, et désignant les hommes à peau blême : « Ceux-là vont manger leur dieu ! » Tout aussitôt, il réclama sa part du festin.

Tous y voulurent participer. Des transfuges, convain-

1. Arbre-à-pain.

cus de sacrilèges ; des haèré-po tarés de négligences et
d'oublis ; des échappés de rives malfaisantes et toute la
racaille foraine abandonnée sur Tahiti par des pirogues
importunes ; tous ceux-là, cassant les cordes, se ruèrent
au milieu de manants, de porte-idoles, de messagers et de
pêcheurs, et entourèrent les Piritané. Les uns comptaient
bien retirer du rite plus de ruse, de force et de chance ;
d'autres, guérir certains maux inconcevables. Des femmes qui désiraient la stérilité s'approchèrent aussi puisqu'on ne les pourchassait plus. Un faux inspiré de la terre
Hitia s'acharna par-dessus les autres : ses rivaux triom-
phaient, qui recevaient dans leur ventre les souffles de
dieux impalpables : que serait-ce donc, s'il se nourrissait,
lui, de ce divin mets visible ! — les voix se réunirent :
« Manger le dieu ! manger le dieu ! » Sous la poussée, les
poteaux du faré craquèrent.

Or, voici que le Piritané, bien que généreux par
coutume, refusa rudement à tous. Il s'efforçait, dessus le
tumulte, de faire entendre ceci : l'on ne mangeait pas
l'atua ! Non ! Non ! — il hurlait ces mots en secouant la
tête avec violence : mais on partageait le fruit « en
mémoire du Seigneur »... plus tard, quand ils sauraient...
eux aussi, eux tous viendraient se joindre... — Désormais, quoi qu'il pût dire, la foule, déçue, n'admirait plus
son discours.

Entre eux, cependant, parmi les cris à peine tombés, les
étrangers mâchaient leur petite nourriture. On les vit
ensuite porter aux lèvres les coupes de boisson rougeâ-
tre : on s'attendait à quelque prodige : tout demeurait
calme. Ils se repaissaient, d'ailleurs, sans aucune avidité ;
sans exprimer la satisfaction de leurs entrailles ni le
contentement de leurs maigres appétits. On méprisa : des
chants grêles et désagréables, de sombres vêtements
étroits, la présence impure des femmes, et, pour issue, le
piteux festin ? Non ! le dieu n'était pas descendu ! Le dieu
ne pouvait pas descendre à l'appel d'aussi piètres inspirés ; et il s'irritait, sans doute, dans son ciel... Haamanihi
redouta son ressentiment, et il dépêcha deux serviteurs
vers le maraè tout proche : si les Piritané ridiculisaient de

la sorte leur Iésu, lui du moins, qui s'en déclarait déjà le disciple, l'honorerait en toute dignité. Les deux manants prirent leur course et disparurent dans les broussailles.

Les hommes blêmes se remirent à chanter. Mais l'assemblée s'en détourna : à quoi bon louanger un dieu si peu magnifique ? Sur le rivage sans écho se dispersaient pauvrement les sons de leur himéné domptés par d'autres sonorités saintes, majestueuses et fortes : voix du vent dans les branches sifflantes ; voix du récif hurlant au large. Soudain reparurent les serviteurs d'Haamanihi. Ils balançaient un grand fardeau vêtu de feuilles :

« Pour moi, dit le sacrificateur, voici mon offrande à Iésu-Kérito. Qu'il me donne, en retour, ma terre Raïatéa. » Il éparpilla les branches : un cadavre parut ; la face était verte et on avait brisé le crâne, à coups de massue. Fier de sa générosité, le prêtre de Oro attendait, dans la bouche des étrangers, des paroles flatteuses.

Mais ils s'agitèrent, sans plus. Noté considérait avec effroi l'homme mort, et ne semblait se soucier de présenter l'offrande. Haamanihi s'impatienta, jeta des ordres, et les porteurs-de-victimes, soulevant à deux le cadavre, le balancèrent un instant, bras tendus, plus haut que les têtes. Le corps tomba sur les tréteaux ; la face branla, pendit en arrière. Haamanihi porta la main pour accomplir les gestes sacrés...

« Malheureux ! malheureux ! » pleurait le Piritané, balbutiant comme un enfant épouvanté. Ses compagnons, et même les femmes, s'enhardissaient, entouraient le sacrificateur, criaient, le suppliaient de ne point troubler leur prière. Haamanihi, indigné enfin, s'ébroua de ces hommes avares : quoi donc, ils possédaient un dieu fort et bienveillant, et c'étaient là les seuls aliments présentés ! Mais lui, prêtre du rang septième et Arii des îles sacrées, des îles respectueuses, de tous les atua, il voulait rendre au dieu nouveau, apporté de l'autre face de la mer, un hommage sans pareil. — Sa voix épanouie couvrit les gloussements étrangers. Son front et ses épaules surpassaient leurs petites statures. Il arracha l'œil droit de la victime, et, s'évadant hors du faré délabré, se leva vers les nuages, criant de toute sa poitrine, afin que le dieu comprît, qui planait au firmament :

« O nouvel atua, Iésu-Kérito, fils du grand dieu Iéhova, le prêtre de Oro t'accueille en ses terres. Pour bienvenue, il t'offre cet œil d'homme, nourriture divine, en aliment pour toi. Qu'il te plaise, désormais, au ciel Tahiti ! »

Les autres se lamentaient de plus belle, disant qu'on insultait leur dieu. Noté soupira, comme empli de regrets : « Trop de hâte ! Ces gens ne pouvaient comprendre... ils ont profané ton nom, Kérito, et la mémoire de ton sacrifice. » Ses compagnons voulurent chanter encore. Leurs maigres voix irritées soufflaient faiblement. La foule avait disparu. Haamanihi marchait à grands pas vers la montagne. Seuls demeuraient les porteurs-d'offrandes, veillant comme il convient sur la victime, avant qu'on la jetât au charnier.

*

Lassées les premières, les femmes blêmes se mirent à soupirer. Elles apitoyaient : leurs vêtements incommodes, effrangés par les broussailles, salis de terre rouge, étaient indignes d'épouses de prêtres. Elles ne les dépouillaient jamais, de nuit, ou de jour, non plus qu'elles ne lavaient leurs membres, ni peignaient leurs chevelures poussiéreuses. Même l'usage du monoï onctueux leur semblait indifférent. Vraiment, elles et leurs tané figuraient d'assez pauvres hôtes pour la terre Tahiti.

Ils murmuraient :

« Le fils du dieu pardonna à ses bourreaux ; pardonne encore à ces hommes injustes ; car ils ne savent point ce qu'ils font...

— Hiè ! la faiblesse même ! » se dirent les deux porteurs-d'offrandes ; et, détournant l'oreille, ils écoutèrent dans le lointain : des rumeurs s'exhalaient du flanc de la montagne, au large de l'eau Punaáru, et bruissaient, confuses comme le bourdonnement de la mer éloignée. Elles descendaient les vallées par ce chemin familier de la brise terrestre. Elles enflèrent jusqu'à s'épandre sur la

plage. On pressentait la marche d'une foule en triomphe.
Et l'on entendait :

« Par les terres, et par les routes des eaux, nous allons en
maîtres ;
en maîtres de joie, en maîtres de vie... »

Une inquiétude sembla lever parmi les Piritané :
« Ne permets pas, Seigneur, que ta parole soit étouf-
fée par le tumulte des méchants, ni que ton nom... » Au
loin reprit :

« Nous allons en maîtres ;
en maîtres de joie, en maîtres de vie ;
en maîtres de volupté ! Aüé ! E ! »

Cela sonnait gaîment par-dessus la voix du récif, par-
dessus les gosiers tremblants qui gémissaient :
« Seigneur, délivre-nous des hommes impies !
— Préserve-nous des hommes violents — qui méditent
de mauvais desseins dans leurs cœurs ! »
Les arrivants, plus proches :

« Viennent les temps des sécheresses,
nos provendes sont enfouies.
Viennent les temps abreuvés,
nos femmes sont grasses ! »

Les étrangers, une dernière fois, supplièrent. Mais nul
ne les entendit : car le grand péhé des fêtes, autour d'eux,
éclatait sans entraves. Des taillis tout proches irruaient un
grand nombre de gens affairés, aux yeux brillants, aux
gestes prompts. C'étaient les serviteurs des Douze. Ils se
hâtaient pour le départ, et préparaient ces rites que
réclame chaque en-allée solennelle vers les îles amies ;
autour d'eux : les gardiens-d'images, les desservants, les
haèré-po et les sonneurs de conques. Tous, et leurs
maîtres, débarqués voici deux lunaisons, et gavés d'offrandes, et nourris de plaisirs, s'en retournaient vers la
terre maîtresse. La foule vagabonde, attirée par les chànts

comme les poissons par la nacre miroitante, acclamait les
survenants, — dans l'espoir, enfin, de véritables largesses. Puis les conques sonnèrent tout près des oreilles,
annonçant les Arioï du septième rang.

Ils parurent, les Douze à la Jambe-tatouée. Ceinturés
du maro blanc sacerdotal, poudrés de safran, ils marchaient, peints de jaune, dans le soleil jaune qui ruisselait
sur leurs peaux onctueuses. Leurs immobiles et paisibles
regards contemplaient la mer-extérieure ; des souffles
passaient dans leurs cheveux luisants, et remuaient, sur
leurs fronts, d'impalpables tatu. Leurs poitrines, énormes
comme il convient aux puissants, vibraient de liesse et de
force en jetant des paroles cadencées. Entourés de leurs
femmes peintes — les divines Ornées-pour-plaire, aux
belles cuisses, aux dents luisantes comme les dents vives
des atua-requins, — les maîtres figuraient douze fils
voluptueux de Oro, descendus sur le mont Pahia pour se
mêler aux mortels.

Ils passaient lentement, certains de leur sérénité.
Autour de leurs ombres, invisibles mais formels, les
esprits de la paix et du jouir peuplaient le vent environ-
nant. Les atua glissaient dans leurs haleines ; illuminaient
leurs yeux, gonflaient leurs muscles et parlaient en leurs
bouches. Joyeux et forts, en pouvoir de toutes les
sagesses, ils promenaient à travers les îles leurs troupes
fêteuses et magnifiaient les dieux de vie en parant leurs
vies mêmes de tous les jeux du corps, de toutes les
splendeurs, de toutes les voluptés.

Devant le torrent triomphal, les étrangers miséreux
avaient disparu. Au premier remous, leur faré-de-prières,
chavirant, sombrait comme une pirogue disloquée. On le
piétina. Les bambous craquaient sous les larges foulées,
et la frêle charpente éclatait comme des côtes d'enfant.
En pièces, le faré ! En fuite les nouveaux-parleurs !
qu'avaient-ils donc annoncé de profitable : qu'un dieu,
quelque part dans les autres ciels, s'occupait à sauveter les
hommes, mais les hommes, surtout les vivants Maori,
n'étaient point si pitoyables qu'il fallût s'inquiéter de leur
sort, et le déplorer… En fuite ! En fuite ! l'autre dieu, le
subtil et lumineux Oro resplendirait désormais sans

contrainte : car, avec les étrangers aux gestes ridicules, l'atua Kérito, sans doute, s'était à jamais évanoui.

*

Alors la joie grandit : les chants se dispersaient, les rythmes se mêlaient, les cris sautaient hors des gosiers. Des lueurs éclataient dans les luisantes prunelles, et les paupières, comme des bouches épanouies, souriaient. Parfois, dans la mêlée splendide, passait, d'une tête à l'autre, un même frémissement, et toutes les têtes, ensemble, se levaient pour clamer un grand cri d'allégresse. Dans les âmes légères, illuminées par l'esprit du áva, ne surgissaient que des pensers alertes et des désirs savoureux. A travers les visages pénétraient, jusqu'au fond des poitrines, les formes familières des monts, le grand arc du corail, la couleur de la mer, et la limpidité des favorables firmaments. Les brasiers, invisibles dans le jour, exhalaient une vapeur ondoyante à travers quoi palpitaient aux yeux la montagne, les hommes, les arbres. Le sable dansait en tourbillons étincelants. Et le corail, la mer, les firmaments, les brasiers et le sable n'étaient que la demeure triomphale façonnée et parée pour le plaisir des maîtres-heureux.

Car tout est matière, sous le ciel Tahiti, à jouissances, à délices : les Arioï s'en vont ? — En fête pour les adieux. Ils reviennent pour la saison des pluies ? — En fête pour leur revenue. Oro s'éloigne ? — Merci au dieu fécondant, dispensateur des fruits nourriciers. Oro se rapproche ? — Maéva ! pour le Resplendissant qui reprend sa tâche. Une guerre se lève ? — Joie de se battre, d'épouvanter l'ennemi, de fuir avec adresse, d'échapper aux meurtrissures, de raconter de beaux exploits. Les combats finissent ? — Joie de se réconcilier. Tous ces plaisirs naissaient au hasard des saisons, des êtres ou des dieux, d'eux-mêmes ; s'épandaient sans effort ; s'etendaient sans mesure : sève dans les muscles ; fraîcheur dans l'eau vive ; moelleux des chevelures luisantes ; paix du sommeil alangui de áva ; ivresse, enfin, des parlers admirables... Les étrangers — où donc se vautraient-ils — préten-

daient se nourrir de leurs dieux ? Mais sous ce firmament,
ici, les hommes maori proclament ne manger que du
bonheur.

*

Un tumulte soudain remplit la vallée où sommeillait,
paisible sous le ciel des sécheresses, la grande eau
Punaáru. Les broussailles s'ouvrirent, crevées par des
guerriers qui, pour surprendre leurs adversaires, avaient
choisi des sentiers imprévus. Ils bondirent sur la plage.

Les douze Maîtres demeuraient paisibles. Leur quiétude n'est point de celles dont un combat décide, et le
tapu vigilant qui défend leurs membres sacrés vaut plus
qu'une ceinture de pieux et de terre. — Mais la tourbe des
riverains s'agitait, inquiète, hargneuse déjà. Ils couraient
à la manière des crabes méfiants qui cherchent des abris.
Les survenants furent vite reconnus : c'étaient les gens de
Pomaré. A qui donc en voulaient-ils ? Car Atahuru,
jusqu'à ce jour, s'était montré favorable au chef ! Mais
Pomaré n'était rien autre en vérité que le voleur de la
terre Paré, l'homme au teint noir, aux lèvres grosses, le
manant privé d'ancêtres, l'échappé des îles basses, des
îles soumises ! — Les Maîtres, en riant, contemplaient la
mêlée. On hurlait :

> « *Éclate le tonnerre sur les montagnes hautes !*
> *Tout s'ébranle, tout brille,*
> *Tout se bat !* »

Les mots, passant dans les gorges frénétiques, et par
des lèvres qui grimaçaient épouvantablement, semblaient
des armes plus meurtrières que les haches de jade : des
armes tueuses de courage. Pourtant ces menaces n'effleuraient point le calme esprit des Douze, non plus que
ne touchaient leur peau les cailloux lancés par les
frondeurs et qui rebondissaient en claquant autour d'eux
sur le sol. Ils écoutaient. Ils entendirent :

« *Ce sont les appels des vainqueurs, et les cris des mourants.*
— *Qui restera pour la cérémonie des morts ?* »

Et derrière les taillis écrasés, hors de la lutte, les maîtres entrevirent un homme rapide courant à toutes jambes vers le maraè où, plus haut que l'autel, surgissaient le Poteau et les Plumes. Trois degrés, trois bonds. Sa main se hissa vers le signe protecteur. Les riverains frémirent : on s'emparait du dieu : Pomaré leur volait le dieu ! Ils se ruèrent sur le ravisseur, qui, déjà cramponné au poteau, arrachait les plumes à foison, au hasard. En même temps, sous l'assaut furieux, les quatre piliers de l'autel cassaient comme des mâts de pahi, par grand vent : et le poteau sacré, les simulacres, les Plumes, le voleur et ceux qu'il dépouillait vinrent s'écrouler sur les dalles.

Mais qu'importaient aux Maîtres ces luttes de manants conduites par un autre manant ; ces rapts inutiles, ces ruses et toutes ces frénésies, quand eux-mêmes, dans leurs îles sacrées, possédaient, sans querelles, des terres, des femmes, et la faveur des dieux ! Ils suivaient donc à peine du regard l'homme éperdu Pomaré, fuyant, crispé sur les plumes, vers ses pirogues prêtes à bondir. Ses halètements précipités battaient leurs oreilles sans pénétrer leurs entrailles : lentement, les Douze tournaient leurs calmes visages vers la mer impassible comme eux.

Ils attendaient le déclin de Oro, et que la nuit descendue, laissant monter les étoiles, donnât à leur course les guides familiers sur les chemins des flots. Le dieu lumineux tombait au large du récif dans les eaux extérieures. Avec lui s'enfuyaient ces nuées accrochées aux crêtes ; et le sommet acéré du mont que l'on dit sa demeure brillante, l'Orohéna triomphal, s'aiguisait dans le ciel limpide. Le creux des versants, les vallées broussailleuses, le chemin des eaux frémissantes et tous les replis de la terre se remplissaient d'ombres et d'esprits ténébreux. Les membres frissonnaient dans l'air affraîchi. Le vent devint plus impalpable. Les montagnes respi-

raient d'un souffle inaperçu. De la colline, un attardé
lançait encore le cri-à-faire-peur : « *Qui restera pour la
cérémonie des morts ?* » Et dans les taillis, des guerriers
maladroits, la poitrine ouverte, achevaient de mourir en
sifflant et en râlant. Ils se turent. Sur la plage rassérénée
commença de couler indéfiniment la caresse lente des
nuits. Elle emportait au large, vers les eaux crépuscula-
ires, les voix dernières du tumulte : ainsi, chaque soir,
depuis que respiraient les hommes, l'île soufflait sur eux
son haleine, ses parfums, et l'apaisement détendu de leurs
désirs-de-jour.

Les Maîtres, une fois encore, acceptaient le repas des
adieux. Des serviteurs attentifs présentaient à leurs
bouches des mets surabondants, et leurs nombreuses
épouses, habiles à tous les plaisirs, dansaient avec ces
rythmes qui éveillent l'amour et sont pour les yeux des
caresses. Les Douze regardaient et mangeaient. Le peuple d'Atahuru, revenu de ses émois, oublieux déjà du rapt
accompli, admirait la puissance de ces nobles voyageurs,
la majesté de leur appétit, l'ampleur de leur soif, la
beauté du festin. C'étaient vraiment des Maîtres-de-
jouissance : nul lien, nul souci, nulle angoisse. Les manants maigres, inquiets parfois sur leur propre pâture,
sentaient, à les considérer, leurs propres désirs satisfaits.
Que figuraient, auprès d'eux, les sordides étrangers, les
hommes blêmes aux appétits de boucs, aux démarches de
crabes, aux voix de filles impubères ! Si jamais il s'imposait de suivre des chefs, mieux valait, certes, s'abandonner à ces conducteurs de fêtes, les Arioï beaux-parleurs,
beaux mangeurs, robustes époux ; en toutes choses,
admirables et forts !

Un à un surgissaient les astres directeurs. Taürua levait
sur la mer son petit visage brillant, et si radieux que le
reflet dans l'eau jouait le reflet de la lumière Hina. Le
départ était libre, et ouvertes les routes dans la nuit. Des
centaines de serviteurs se hâtaient autour des pirogues.
Les plus grandes, à flot déjà, vacillaient sous le fardeau de
leurs quatre-vingts rameurs. D'autres, moins lourdes,
abritées sous les très longs faré bâtis à leur mesure,

sortaient de ces demeures terrestres. Sous la poussée
des fortes épaules, elles glissaient vivement sur le sable,
vers les eaux ; les pilotes grimpaient sur les plates-
formes et considéraient les étoiles. Les chefs de nage,
une perche à la main, haranguaient les pagayeurs.
Les banderoles de fête claquaient doucement, invisibles, et bruissaient parmi les feuillages enlacés de
l'aüté qui célèbre les départs, les rend propices et
pompeux.

Les Maîtres se comptèrent : l'un manquait : où donc
Haamanihi ? Il avait, en même temps que les petits
étrangers ses amis, disparu devant le torrent de fête : qu'il
reste avec ses nouveaux compagnons ! Et Paofaï, dont la
jambe tatouée illustrait le rang, vint prendre sa place au
cortège, et marcha, parmi les Douze, vers la mer accueil-
lante. Il remuait d'inexprimables craintes. Certes, quand
les Arioï, en survenant, avaient dépouillé la rive de ces
Piritané maléficieux, son orgueil de prêtre inspiré triomphait dans sa poitrine ! — Mais maintenant il redoutait
des revanches : et pour les conjurer, il partait vers les
pays originels, vers Havaï-i [1] dont Raïatéa, l'île aux
Savoirs-nombreux, faisait la première étape. — Voici
qu'un homme furtif lui parlait dans l'ombre, à voix basse.
Paofaï reconnut le haéré-po coupable, Térii au grand-
parler dont le nom se disait maintenant « qui Perdit les
mots » mais que des gens proclamaient toujours « Disparu avec Prodige ». Paofaï se souvint que c'était là son
disciple, peut-être son fils : il le cacha parmi les
pagayeurs. Courbés sur la mer, tous se tendaient vers le
signal :

« A hoé ! » hurla le chef des pilotes. Les mille pagaies
crevèrent l'eau. Les coques bondirent. D'innombrables
torches incendièrent le vent. Un cri leva, s'étendit, enfla :
le cri d'en-allée, l'appel-au-départ des heureux, pour
d'autres joies encore et vers d'autres voluptés. La clameur immense couvrit toute la mer, mangea la voix du
récif, s'épandit sur la plage houleuse, se gonfla de beaux

---

1. Savaï, des îles Samoa.

adieux retentissants, emplit tout le dessous du ciel, et, se ruant par les brèches des vallées, vint retentir et tonner jusqu'au ventre de l'île. — L'île s'éjouit dans ses entrailles vertes.

Deuxième partie

Le parler ancien

Les hommes qui pagaient durement sur les chemins de la mer-extérieure, et s'en vont si loin qu'ils changent de ciel, figurent, pour ceux qui restent, des sortes de génies errants. On les nomme avec un respect durant les longues nuits de veille, pendant que fume en éclairant un peu, l'huile de nono. Si bien qu'au retour — s'il leur échoit de revenir —, les Voyageurs obtiennent sans conteste un double profit : l'hommage de nombreux fétii curieux, et tant d'épouses qu'on peut désirer. Le grand départ, l'en-allée surtout hasardeuse, la revenue après un long temps sans mesure, voilà qui hausse le manant à l'égal du haèré-po, le porte-idoles au rang de l'Arioï septième, et l'Arioï à toucher le dieu. Certains atua, non des moindres (mais ceci n'est point à dire au peuple), n'apparaissent rien d'autre que ces voyageurs premiers, hardis vogueurs d'île en île, trouveurs de terres sans nom qu'ils sacraient d'un nom familier, et conducteurs infaillibles vers des pays qu'on ignore. Sans doute, Paofaï savait toutes ces choses ; aussi, qu'elles ne vont pas sans quelque danger : les hommes déjà dieux, jaloux de se voir des rivaux, suscitent, parfois, d'étonnantes tempêtes, ou bien, changeant de place aux étoiles, retournent, afin d'égarer les autres, tout le firmament à l'envers ! Il n'importe. Ceux qui réchappent se revanchent par le récit de belles aventures.

Même, ceux-là qui n'attendent point d'aventures prennent grand soin d'en imaginer d'avance, pour n'être pas pris de court. Ainsi, dès la première nuit de mer, Paofaï Térii-fataü et Térii, son disciple, s'efforçaient, l'un et l'autre, d'accommoder de petites histoires. Ils les composaient de mots mesurés, à la façon des Parlers-transmis.

On ne peut assurer qu'ils rencontrèrent jamais Havaï-i
qui est la Terre-Originelle [1] ; car on ne sait que ce qu'ils en
voulurent. Encore une fois, il n'importe : un beau Parler
bien récité, même sans aventures dessous, vaut certes un
repas de fête solennelle :

I

A hoé ! Le vent maraámu court sans reprendre haleine
pendant des lunaisons de lune entières. Les pahi courent
aussi devant son souffle sans répit. La mer, derrière eux,
devant eux, court de même, et plus vite encore, avec ses
petites montagnes pressées. La lame lève le pahi, coule
sous son ventre, dépasse son museau, blanchit et crève en
bruissant. Et les pagayeurs aux bras durs, les pieds croisés
sur le treillis, se reposent et bavardent en regardant filer
l'eau bleue. Mais tout reste lent et paisible aux yeux,
parce que tout, sans effort, le vent, la mer et toutes les
pirogues, marche de même allure, vers le même coin du
ciel.

A hoé ! La terre Tahiti s'enfonce plus loin que le ciel.
Les nuages la ceinturent comme un maro non serré, et qui
flotterait. Regarde, sous Hina propice, s'enfoncer aussi le
trône de Oro ; et regarde aussi tourner la terre Mooréa.
Mooréa sombre à son tour. Alors on s'en va par-dedans la
nuit, un toit nouveau dessus la tête et plus rien autour de
soi.

Deux journées de jour : devant le nez de la pirogue des
nuages montent, mais ceux-là ne naviguent pas au firmament : ils sont trois : ce sont les trois îles hautes. Les
pilotes : dressez la route ! Et l'on court sur le récif.

Elle nage sur des eaux assérénées, la terre des atua et
des hommes sages : Raïatéa, ciel-de-clarté, en face de
Tahaa jumelle. Le même corail les contient ; et, comme
deux fétii n'ont qu'un seul bol pour boire, elles boivent au
même lagon.

Déjà tu vois le Tapioï de Raïatéa : cours sur lui, — c'est

---

1. Savaï, des îles Samoa.

le poteau sacré du monde. — Pour cela dévie, d'un coup de pagaie maîtresse, ta route, de la route du vent. Alors il viendra vers toi, ce mont tapu qui soutient, plus haut que les nues, le Rohutu Délicieux. Mais n'espère point découvrir le lieu des esprits : la lumière passe sur la crête : les esprits, s'il en est là-haut, transparaissent comme le vent.

« Où vas-tu, toi, maintenant ? Je sais. Tu vas à Opoa. Tu vas voir le prêtre... » Ainsi parle vers Térii, marchant au hasard, un homme qu'il ne connaît pas.

Cet homme a dit « Opoa ». N'est-ce pas un signe qu'il l'ait dit ! Térii se met en chemin. A la tombée du soleil il touche, de son pied, la terre dix fois sacrée.

Elle est nue, rocailleuse, déserte. Les hommes l'abandonnent pour célébrer, en d'autres lieux moins bien famés, d'autres rites et d'autres maîtres. Térii s'avance, tout seul de vivant, et craintif un peu. Mais la crainte ne déplaît pas à l'esprit des dieux.

Le voici, le maraè père de tous les autres maraè ; — mais si décrépit que ses blocs de corail taillé, ébréchés comme une mâchoire de vieil homme, branlent sur la terre qui découvre leurs assises. Une pierre monstrueuse arrête le voyageur. « C'est tapu », crie un petit garçon.

Le voyageur reconnaît la pierre qui toise les chefs. Personne qu'eux-mêmes n'égalerait sa grande stature. Et voici encore la Pirogue Offerte, hissée sur un autel, et ornée de dix mâchoires pendues à des cordes. Le vent de la mer, en jouant, les fait claquer à son gré.

L'enfant : « Tu veux voir le prêtre ? Tu veux voir Tupua tané ? » Térii se souvient : Tupua est écouté des chefs, des Arii, même des Douze à la Jambe-tatouée. Et n'est-ce pas un signe que l'enfant ait dit... Il se laisse conduire : près de l'ancien faré des sacrificateurs, Tupua s'est bâti, pour y dépouiller ses jours, un petit abri. Il sommeille. « Celui-ci veut te parler. »

Le prêtre est chétif, avec une barbe maigre. Il est étonnant que tant de savoir puisse habiter ce ventre-là ! « Celui-ci veut te parler ! »

Le prêtre n'a pas bougé. — L'habileté même ! Il faut

provoquer les lèvres qui savent, par un abord ingénieux.
Le voyageur :

« Aroha ! Aroha-nui ! Je cherche ma route. De nombreux hommes ont crié que ta mémoire est bonne. Ton
père nourricier fut Tupaïa, qui naviguait si sûrement
entre les terres que l'on voit, et les terres que l'on ne voit
pas. »

Le prêtre n'a pas bougé, mais sa figure se fait plus
attentive. Le voyageur :

« Moi, je voudrais partir aussi. Mais je ne connais pas
les routes de la mer. Je discerne pourtant, parmi les
autres, l'étoile Rouge et les Six-petits-yeux. Mais je n'ai
pas de Nom, pour guide, et pas d'avéïa, et pas de coin du
ciel où regarder sans fin. Toutes ces îles et tous ces
hommes me retournent les entrailles. Par où m'enfuirai-
je ! Eh ! prêtre, enseigne-moi les routes de la mer. »

Le prêtre n'a pas bougé. Le voyageur :

« Dois-je te quitter ? » Les lèvres lourdes de savoir
s'entrouvrent :

« Reste là ! »

Un silence de paroles passe entre eux, empli de la
sonorité sainte : voix du vent dans les branches sifflantes ;
voix du récif houlant au large ; voix du prêtre enfin, qui
promet :

« Je dirai le chemin vers Havaï-i. »

II

« Écoute, voici ma parole. Les hommes qui piétinent la
terre, s'ils regardent au ciel de Tané, peuvent y dénoncer
ce qui n'est pas encore ; et trouver par quoi se conduire,
durant des nuits nombreuses, au milieu des chemins des
flots.

» Ainsi pensaient vingt pagayeurs hardis. Et ils se
mirent en route, disant qu'ils toucheraient Havaï-i, et
reviendraient, auprès de leurs fétii, avant qu'elle ne soit
abreuvée la saison des sécheresses. Et ils pagayaient
durement.

» Mais voici qu'ils perdirent les mots et qu'ils oubliè-

rent les naissances des étoiles. La honte même ! Vers où
se tourner ? On dérive. On désespère. On arrive cependant : mais la terre qui monte n'a pas de rivage.

» Ils l'atteignent, sans savoir comment, et débarquent,
en quête de féi pour leur faim, de haári pour leur soif : le
sol est limpide comme la face des eaux vives ; les arbres
sont légers et mous ; les féi ne rassasient pas. Les haári ne
désaltèrent pas.

» Ils suivent des cochons gros, leur lançant des pierres : les pierres frappent : et les cochons ne tombent pas.
Un dieu passe, avec le vent, au travers des voyageurs : il
dit : que les sorts ne sont pas bons pour eux dans l'île sans
récif et sans bord — car les fruits, les cochons et toutes
nourritures sont impalpables autant que les dieux.

» Revenus sur les rivages nourriciers des vivants, les
voyageurs se desséchèrent et moururent. Non par châtiment de leur audace, mais pour avoir, dans l'île transpa-
rente, avalé des souffles mauvais aux humains.

» A leur tour, certains atua curieux de connaître le
pays des hommes avaient imprudemment suivi leurs
traces. Ils étaient deux cents, mâles et femelles, qui s'en
vinrent aborder les îles terrestres.

» Aussitôt, l'un d'eux enfla. Les autres s'inquiétèrent,
et s'enfuirent : mais alourdis par les souffles grossiers, ils
ne pouvaient tenir la route. Depuis des lunaisons, des
années et des lunaisons d'année, les dieux perdus,
errants, devenus faibles et mortels, s'efforcent à retrouver
leur île impérissable.

» Il n'est pas bon de partir à l'aventure en oubliant les
mots. Il n'est pas bon aux dieux de se mélanger aux
hommes. Ni aux hommes de se risquer dans les demeures
des dieux.

— En vérité ! approuva Térii. Il n'est pas bon de partir
à l'aventure en oubliant les mots. Enseigne-moi donc le
chemin vers Havaï-i.

— Jeune homme (car ta voix me montre que les années
sont peu nombreuses avec toi), jeune homme, tu ne
m'écouteras pas jusqu'au bout.

— Je suis haèré-po ! Je sais écouter !

— Alors :

« *Voici le chemin vers Havaï-i : tourne ton pahi droit sur le soleil tombant.*

Qu'il souffle le maraámu. Que la mer soit bleu verdâtre, et le ciel couleur de mer.

Qu'elle plonge dans la nuit l'étoile Fétia-Hoé : c'est ton guide ; c'est le Moi ; c'est ton avéïa : tu marcheras sur elle.

Le maraámu te pousse. Ton astre te hale. A hoé ! voilà pour te guider la nuit.

Le soleil monte : fuis-le en regardant comment vient la houle. Le soleil tombe : cours après lui : voilà pour te guider le jour. »

*

Le prêtre qui parle mâche souvent les paroles pendant un long temps. Il fait bon l'écouter, si ta bouche est pleine de áva râpé que tu mâches longuement aussi, avant de le cracher dans le grand bol aux quatre pieds ; si l'air est paisible ; si la natte est souple ; si tu peux étirer tes jambes, et détendre ton alerte.

Les paroles lentes ; les souffles chauds du mi-jour ; la natte fraîche et le breuvage accalmisant, voilà qui doucement te mène au sommeil. — Ainsi rêvait Térii, entr'écoutant, lointaines et confuses, les Histoires sans égales :

*

« *Il était. Son nom Taàroa.*

Il se tenait dans l'immensité.

Point de terre. Point de ciel.

Point de mer. Point d'hommes.

Il appelle. Rien ne répond.

Seul existant, Taàroa se change en Monde.

Le monde flotte encore ; informe, vacilleux, haletant ainsi qu'un plongeur au fond de l'abîme. Le dieu le voit, et crie dans les quatre espaces :

— *Qui est sur le sol ? — Sa voix roule dans les vallées. On a répondu :*

— *C'est moi, la terre stable. C'est moi l'inébranlable roc.*

— *Qui est vers la mer ?* — *Sa voix plonge dans l'abîme.*
On a répondu :
— *C'est moi, la montagne dans la mer et le corail au fond de l'eau.*
— *Qui est au-dessus ?* — *Sa voix monte haut dans l'air.*
On a répondu :
— *C'est moi le jour éclatant ; c'est moi la nue éclatante ; c'est moi le ciel éclatant.*
— *Qui est au-dessous ?* — *Sa voix tombe dans le creux.*
On a répondu :
— *C'est moi la caverne dans le tronc, la caverne dans la base.*

Ayant consommé son œuvre, le dieu voit que cet œuvre est bon. Et il reste Dieu. »

*

« Jeune homme, tu m'écoutes encore ?
— Je suis haèré-po ! Je sais écouter. »
Le maître confiant poursuit, avec une voix cassée, le Dire des accouplements du père et du mâle.
Ainsi naissent de l'eau marine — femme du dehors — les nuages blancs, les nuages noirs, la pluie.
Ainsi de la terre — femme du dedans — germent la première racine, et tout ce qui croît, et l'homme courageux, et la femme humaine dont le nom radieux est : l'Ornée-pour-plaire.
Ainsi, de la femme du ciel, naissent le premier arc-en-ciel, et la clarté lunaire, et le nuage roux.
Ainsi, de la femme souterraine, le bruit caverneux.

*

La bouche très vieille souffle comme une conque fendue. « Car le Récit a cette puissance que toute douleur s'allège, que *toute faiblesse devient force à dire les mots. Car les mots sont dieux.* »
A mesure que faiblit le corps du vieil homme, son esprit transilluminé monte plus haut dans les Savoirs Mémoriaux ; plus haut que n'importe quels âges : et ceci qu'il

entr'aperçoit n'est pas dicible à ceux qui ne vont pas
mourir :

Dans le principe — Rien — Excepté : l'image du Soi-
même.

*

Un silence. On écoute : un crabe de terre, derrière les
bambous. L'enfant racle les bols vides. Mais il tend
l'oreille. Le maître, d'une voix ternie :
« Haèrè-po, n'oublie pas mes dires. Et puisses-tu,
comme moi, les passer à d'autres hommes, avec ton
souffle dernier... »
Un silence. On écoute : le récif, au large. Le haèrè-po
ne répond pas. Son haleine est lente. Il dort.
« Tous ! Tous ainsi, maintenant ! » Sans colère, le
vieillard a fermé la bouche.

III

Une grande ombre sur le ciel : voici Paofaï, vêtu
seulement du maro, le torse nu pour honorer le maître. Il
sait que Tupua dépouille ses derniers jours. Il vient
recueillir les paroles :
« Aroha ! Aroha-nui ! Tu as promis les paroles ? »
Le vieillard feint d'être sourd. Il est las de répéter sans
profit, pour des oreilles de dormeur, les récits originels.
Paofaï conjure avec imprécaïon les esprits qui ferment
la bouche aux mourants. Il siffle doucement les airs qui
chassent les mauvais sorts, froidissent les fièvres, et
endorment les douleurs de membres mieux que l'huile
monoï :
« Tupua tané ! Les paroles ! Les paroles ! »
Le vieillard feint d'être sourd. Près de lui, le dormeur
s'éveille.
« Tu l'as entendu, toi ?
— Il m'a dit le chemin vers Havaï-i.
— Après ?

— Aué ! il n'a rien dit après. »

Le petit garçon s'ébat, et veut raconter : comme il le raconta par la suite. Paofaï néglige le petit garçon. Il supplie encore, tout près du vieillard.

Le récif houle. Les arbres aïto bruissent de leurs branches hautes, autour du maraè. Le gros crabe survient en bâillant des pinces. Paofaï le voit et sait que la mort est proche.

Car le crabe regarde Tupua, dont il fut choisi pour esprit-familier. La poitrine vieille halète. Les lèvres tremblent un peu. Paofaï y colle ses lèvres. La bouche asséchée retombe, et pend. Les yeux se font immobiles : comme ceux du crabe qui disparaît, emportant le souffle. Paofaï connaît que les paroles sont mortes. Il hurle avec douleur et se balafre le visage d'une coquille tranchante.

*

Si ton maître meurt, tu te lamenteras durant dix journées entières et dix nuits. Tu vêtiras son corps de bandelettes, et tu le frotteras d'huile monoï.

Des filles viendront alors, bras tendus, reins agiles, et mains frémissantes. Qu'elles entourent le cadavre avec les gestes de l'amour, dévêtues, et s'offrant à lui.

Le cadavre ne palpitera point. L'une d'elles, se penchant, dira : « Il n'a pas bougé. » Alors, tu creuseras un trou dans le sol qui deviendra tapu.

Tourne le visage vers le fond du trou, si le visage est celui d'un prêtre : de peur que le regard, en perçant les germes, ne fasse mourir les petites plantes et tomber les fruits des grands arbres.

Choisis enfin pour nom d'agonie, ce qui fut dit autour du mort.

Ainsi, Paofaï se lamenta dix journées entières et dix nuits. Des filles vinrent, et l'une murmura : « Il n'a pas bougé ! » On creusa le trou. On tourna le visage. Et Paofaï, pour nom d'agonie, choisit : « Paofaï Paraümaté » qui peut se prononcer : « Paofaï les Parolesmortes » : Afin de déplorer sa venue tardive, et les parlers perdus.

IV

Les étrangers blêmes, parfois si ridicules, ont beaucoup d'ingéniosité : ils tatouent leurs étoffes blanches de petits signes noirs qui marquent des noms, des rites, des nombres. Et ils peuvent, longtemps ensuite, les rechanter à loisir.

Quand, au milieu de ces chants — qui sont peut-être récits originels —, leur mémoire hésite, ils baissent les yeux, consultent les signes, et poursuivent sans erreur. Ainsi leurs étoffes peintes valent mieux que les mieux nouées des tresses aux milliers de nœuds.

Paofaï rejette, hors de ses doigts, avec un dépit, la tresse qu'il a gardée du maître, et qui demeure aussi muette que lui, et morte comme lui : si Tupua s'était avisé de ces pratiques, il n'aurait point trahi sa tâche : de souffler, à ceux qui en sont dignes, tout les mots avalés par sa mémoire...

Or, Paofaï — ayant incanté jadis contre les hommes au nouveau-parler ; ayant dénoncé les fièvres et les maux dont ils empliraient ses terres ; les ayant méprisés pour leur petitesse et leurs maigres appétits —, Paofaï, néanmoins, se prend à envier leurs signes.

Mais leurs signes, peut-être, ne sont pas bons à figurer le langage maori ? S'il en existait d'autres pour sa race ? — Paofaï reste indécis.

Où les trouver, ces signes-là ? Havaï-i, dans la terre Havaï-i, père de toutes les autres îles ? Et qui peut savoir les mots qui mènent sur Havaï-i ?

Le haèré-po sait les mots. Mais le haèré-po se cache par prudence, et s'efforce à passer toujours pour « celui que vola le dieu ». — Il n'est pas bon de jongler souvent avec les prodiges comme un enfant avec les petits cailloux ronds. Il n'est pas bon de descendre à l'improviste des demeures nuageuses et divines où l'on vous tient pour habiter.

Cependant, on a rejoint Térii : dans une hutte, sur le flanc de la montagne, plus haut que les routes coutumières aux porteurs-de-féi :

« Tu sais le chemin vers Havaï-i ?

— *Voici : tourne ton pahi vers le soleil tombant.*

Qu'il souffle le maraámu ; que la mer soit bleu verdâtre et le ciel couleur de mer.

Qu'elle tombe dans la nuit, l'étoile Fétia-Hoé. C'est ton guide. C'est le mot. C'est ton avéïa : tu marcheras sur elle.

Le maraámu te pousse. Ton astre te hale : a hoé ! voilà pour te guider la nuit.

Le soleil monte : fuis-le en regardant comment vient la houle. Le soleil tombe : cours après lui. Voilà pour te guider le jour. »

Paofaï répond : « Il suffit, pour nous mettre en route. De l'île qu'on piétine à l'île qu'on ne voit point, il suffit de l'avéïa. Tu l'as dit : c'est l'étoile Fétia-Hoé. »

*

Voici les paroles pour les grands départs :

Choisis deux belles coques, jumelles par les formes et la taille, aux flancs luisants comme des hanches de femme parée, à la poupe tranchante comme une queue de requin.

Choisis des compagnons déjà familiers de la mer-extérieure : qu'ils soient peu nombreux : quatre fois moins qu'en porterait la grande pirogue. Car le voyage peut être long, la nourriture courte.

Dis aux femmes de cueillir, à leur maturité, les fruits de uru ; de les rôtir ; de les dépouiller ; de les écraser avec un pilon de grès dans un bol de bois dur, en arrosant d'eau de rivière.

Enterre ces fruits parmi des feuilles-Ti, au fond d'un trou bourré de bananes pour le parfum. Fais la petite incantation. Bientôt la pâte deviendra piquante : à la flairer, tes dents se mouilleront de salive. Tu auras ainsi le grand mets durable, le mahi, pour les départs sans limites.

Emplis-en le pont de ta pirogue gauche. Amarre, sur la droite, des noix de haári, pour la soif. N'oublie pas, au milieu, des femmes pour l'amour. Lace les poteaux de feuilles aüté qui célèbrent les départs. Les font propices et pompeux. — Le pahi est prêt.

Monte sur le toit où se tiennent les pilotes. Immole trois cochons, en criant très fort vers la mer : « Dieux requins, dieux rapides à la queue vive, donnez à ce pahi que je nomme — ici le nom —, donnez à ce pahi vos nageoires promptes : qu'il glisse comme Pohu ; qu'il flotte comme Famoa ; qu'il boive la mer ainsi que Ruahatu, l'irritable, dont les cheveux sont verts. »

*

Mais, avant tout, tu as donné toi-même quinze nuits à regarder le firmament. N'y cherche plus aucun présage. Ayant droit dans ta mémoire le nom de l'étoile-guide, épie le grand horizon.

Le guide plongera dans la mer : n'oublie pas l'arbre du rivage — ou la pointe du récif — auprès duquel il a paru tomber ; n'oublie pas la place véritable d'où tu l'as visé avec ton regard, comme avec une flèche.

Le lendemain, reprends ta place et retrouve le même arbre, ou bien le même récif : toute la nuit, d'autres étoiles tomberont, de la même chute, dans le même lieu du ciel : tu as donc, par le firmament qui tourne, un chemin tracé que tu suivras, quand les terres, autour de toi, auront disparu.

C'est là meilleur guide que la petite aiguille folle des étrangers marins : puisque Tupaïa, l'ami de Tuti, emmené dans le grand voyage, put conduire vers ces îles que les Piritané ne savaient pas.

Le dernier jour : un coup d'œil sur le corps onduleux du grand requin bleu mangeur-de-nuages[1]. Suivant sa courbe et son contour, tu connaîtras la marche du vent qui vient.

1. Voie lactée.

*

A hoé ! Le vent maraámu court sans reprendre haleine pendant des lunaisons de lune entières. Les pahi courent aussi, devant son souffle sans répit.

La nuit déployée, toute terre descendue, que le pilote lève les yeux et ne les dévie pas : il verra, droit devant, sous la caverne du firmament noir, décliner et tomber les dix-huit étoiles maîtresses.

Ainsi, tout d'abord, Fétia-Hoé. Puis, un peu sur la gauche, le resplendissant Toa. Voici Fétia-rahi qui s'éclaire comme une petite Hina. Horé descend juste par-devant. Ils brillent sur la droite, les jumeaux, Pipiri et Réhua — qui bondirent dans les cieux pour se venger de leurs parents goulus. — Un autre guide, par-devant. Un autre. Un autre encore. La nuit tourne. Et comme le jour va monter, l'astre véridique, Fétia Hoé, se noie dans l'horizon. Il fixe la route. Sitôt le soleil surgit par-derrière, ayant accompli, dans les régions ténébreuses, son voyage souterrain. C'est le dernier enseignement pour le jour qui va couler. Paofaï considère en un seul regard : le soleil — la marche du vent — la course de la houle.

Le vent marche en fuyant Oro. La houle afflue sur la hanche gauche, et son rythme lourd traverse les petites lames filles du grand vent régnant.

La houle est un bon guide quand on reconnaît, à l'aube, l'allure à tenir pour la couper toujours de même et garder son chemin.

Ainsi Paofaï. Alors seulement il daigne dormir. Un autre prend en main la pagaie maîtresse qui règle la dérive. Qu'il s'applique à ne pas quitter la route sur les flots fuyants !

*

Durant des journées pleines, et des nuits, et des jours, et d'autres nuits encore, rien ne change : ni le ciel, ni les eaux, ni le maraámu.

Oro conduit sa grande courbe avec un geste immense et

régulier. Mais on n'entend point encore, à sa tombée, la
mer crisser en bouillonnant — comme affirment l'avoir
entendu les gens de Pora-Pora, la plus avancée des terres
hautes. Et le dévers de ce monde maori ne se révèle pas
non plus.

A l'issue d'une nuit, la dixième, Paofaï reconnaît que le.
long requin mangeur-de-nuages a courbé sa courbe, et
qu'il tend son dos vers l'autre flanc du ciel. Il annonce,
pour le jour qui vient, une saute dans le vent.

Mais le vent reste régulier, la houle immuable. Le
chemin s'élonge, égal, paisible, indéfini.

V

Ensuite il survint des aventures incoutumières et telles
que Paofaï lui-même n'eut plus le désir ni le savoir de les
fixer par des chants mesurés. Mais réchappé à la nuit
épouvantable — la nuit-sans-visage, la nuit-pour-ne-pas-
être-vue (ainsi parlent ceux qui ont eu peur) —, il raconta
sur des mots vulgaires l'histoire qu'on va dire. Un haèré-
po de rang quatrième l'entendit quelque part dans les
milliers d'îles, et la rapporta aux gens de Tahiti :

*

La douzième nuit, ou bien la quinzième, voici que le
vent faiblit. Le jour béa tout chargé de nuages. On ne vit
pas le soleil. Avec le vent tombèrent les petites vagues ; et
les grandes — qui sont les flancs nombreux de la houle
directrice — se mirent à changer d'allure, et puis
tombèrent aussi. Sur l'eau plate, sous le ciel pesant et
proche, la pirogue tenait son immobilité. Un trouble, en
même temps, pesa sur toutes les épaules. Des gouttes
chaudes, et non point salées comme les embruns, mouillèrent les fronts, les lèvres ; on frissonna : la pluie drue sur
la peau de la mer n'est pas de la vraie pluie : c'est le
pleurer de Oro. Et l'on se mit à pagayer, en tournant les
nattes au hasard des petits souffles inconstants. L'indéci-
sion coulait dans les chairs en même temps que dans les

entrailles. Le pahi dérivait, on ne peut savoir vers où. A la chute du jour, la houle reprit, mais sa marche était décevante. On désira l'aube.

Elle fut sombre aussi, et bousculée de nuages vifs. Car un nouveau souffle se levait que Paofaï crut pouvoir nommer : le toéraü. Il fallut changer de flanc, incessamment. Quand le pilote estimait assez large la bordée, il criait, en inclinant la pagaie-maîtresse : le navire fuyait le vent et abattait avec rapidité. L'arrière, à son tour, montait dans la brise ; on changeait les nattes : les poupes devenaient avants, et Paofaï, sa grande pagaie sur l'épaule, passait d'un bout à l'autre et reprenait la route.

— Mais soudain, le toéraü fraîchit. La mer s'enfla, devenue verte et dure.

On serra les nattes. — Le vent siffla dans les haubans. La mer grossit. Les lames sautaient du travers sur la première coque, la cinglaient d'écume, éclaboussaient les entretoises en secouant la coque jumelle. Les attaches des traverses fatiguaient beaucoup, grinçaient, forçaient et fendaient les ponts. — Ceux qui n'ont pas couru la mer-extérieure et qui ne sont jamais sortis des eaux-du-récif ne peuvent pas savoir ce que c'est. — Pour soulager le navire, on dressa, bout aux vagues, les deux proues. Les provisions se trempèrent d'eau saumâtre. Puis la carène gauche creva deux bordés et remplit. Les femmes, armées de bols, s'employaient à épuiser. La mer leur couvrait le dos, giclait contre les mâts et ruisselait dans l'entre-coque en clapotant sur les poteaux du toit. Un souffle hargneux arracha les nattes. Alors seulement Paofaï commença de s'étonner.

Certes, il ne craignait rien de la mer. Par lui-même et par ses ancêtres, il en était le familier, le fétii. Il honorait, comme pères éloignés, deux atua marins et deux requins-dieux ; et son inoa personnel, il l'avait échangé avec ces hardis poissons ailés qui peuplent les embruns. Mais les esprits, par le moyen de certains présages, lui avaient promis une mer bienveillante, des vents amis : et voici que les eaux s'emportaient autour de lui, et que les vents jouaient et mordaient comme des anguilles capricieuses !

— Térii n'était pas moins inquiet. Il percevait, aussi

clairement que dans le ventre divinatoire d'une truie,
combien la tempête était châtiment et menace. Si loin que
l'on pût fuir, il n'espérait plus dépouiller sa faute : les
dieux et leurs ressentiments ne changent donc pas avec les
ciels qui changent ? — Il eut peur. Ils eurent peur. Et,
comme roulaient de plus fortes vagues, les femmes,
accrochées au pont, glapirent toutes ensemble.

La mer grossit encore. Les nuées grises et noires
couraient çà et là, très vite. Le pahi, bousculé par
d'insurmontables épaules vertes, ne gagnait plus vers
Havaï-i, ni vers n'importe quel espace ; mais seulement
levait, baissait, levait, tombait, s'abîmait dans une fosse
ronde — tout horizon disparu. Puis, d'un coup, les
coques ruisselaient en l'air, criant par toutes leurs jointu-
res. Paofaï, arc-bouté, les deux mains serrées sur la forte
hampe, tenait tête au vent. Malgré son effort, le pahi vint
en travers. Une lame frappa, dure comme une massue de
bois. La coque rebondit. Le coup passé, et l'eau pleuvant
en cascades du toit sur le treillis, on vit que les femmes
étaient moins nombreuses — et surtout que Paofaï, les
mains vides, gesticulait avec effroi : il avait perdu la
pagaie...

Dès lors, on attendit sans espoir, en se tassant. Paofaï,
prêtre et Arioï, douta décidément que les dieux fussent
propices. Afin de les interroger, il saisit, en se hissant aux
agrès, les Plumes Rouges que lui-même, avec hommages,
avait dédiées et consacrées ; et puis, tendant le bras vers
le coin du ciel d'où se ruait la tempête, il hurla, plus fort
que le vent, des imprécations suppliantes. Son maro avait
disparu. Ses robustes reins, ornés des tatu septièmes, se
cinglaient de pluie. Il se haussa, mains levées : des
plumes, échappées à ses doigts, s'enfuirent en tourbillon-
nant.

A leur divin contact, la mer sauta de plus belle, et
frémit. Mais le vent s'accalmisa. Le ciel blanchit ; puis il
devint rose ; et l'autre firmament plus lointain que celui
des nues transparut, limpide, immobile et dépouillé. La
pluie se retint dans l'air. Les narines pouvaient flairer un
peu : on devina qu'il passait par l'éclaircie l'arôme d'une
terre toute proche, d'une terre mouillée de pluie chaude,

grosse de feuillées, et fleurant bon le sol trempé : et cette haleine était suave comme le souffle des îles parfumées d'où l'on s'était enfui.

Elle parut : très haute, escarpée de roches, bossuée de montagnes, creusée de grandes vallées sombres, arrondie à mi-versants de mamelons courbes. On cria : Havaï-i ! Havaï-i ! On embrassait d'un regard de convoitise la rive désirée : ainsi, disait Paofaï, ainsi fait un homme, privé de plaisirs pendant quatorze nuits, et qui va jouir enfin de ses épouses. Les odeurs palpitaient, plus vives pour les visages lassés du grand large fade, et les yeux, qui depuis si longtemps roulaient sur des formes mouvantes, se reposaient à discerner des contours solides. Si bien que Térii, saisi violemment par les coutumes étrangères, se prit à dire des mots sans suite : « Cela est beau — cela est beau »... il se dressait, la figure détendue.

Paofaï le considéra comme on épie un insensé, et lui parla sévèrement : on était loin du récif ! Le courant écartait ; il fallait reprendre les petites pagaies, et forcer dessus. Et puis, ce n'est pas un bon présage, pour un voyageur, que d'imiter dans leurs manies les habitants des autres pays. — Térii se souvint. Il baissa la tête, tendit les bras, courba les reins et pagaya. Ses yeux ne cherchaient plus les belles couleurs aux flancs des montagnes, mais seulement à percevoir si le récif ouvrait sa ligne, et comment on donnerait dans la passe : il valait mieux ainsi.

Car la tempête n'était pas encore éteinte. Les creux houlant dans la mer-extérieure se reformaient sans relâche ; et la terre, — malgré tous les efforts, — la terre désirée, la Terre Originelle si ardemment attendue ne s'abordait pas. Le navire dérivait à distance infranchissable des vallées savoureuses, qui, l'une après l'autre, bâillaient et se fermaient. Puis, le vent resurgit, ayant changé sa route, et soufflant vers un autre coin du ciel. Le ciel rosé s'embruma. La mer bondit encore, plus harcelante : car les vagues nouvelles s'épaulaient contre la houle établie. Dans le soir qui s'avançait, dans les rafales plus opaques, dans la tempête reprenant courage et livrant une autre bataille, les errants, en détresse, virent disparaître cette Ile première, où nul vivant ne pourra jamais atterrir.

Puis, la nuit recommença ; si lourde, et si confuse, et si pleine d'angoisses, que Paofaï, ni Térii, ni les douze pagayeurs, ni les cinq femmes survivantes, ne voulurent jamais en raconter. On ne sait pas ce qu'ils virent dans le vent, ou ce qu'ils entendirent monter de l'abîme. L'une des filles, seule, se risqua, malgré sa peur, à divulguer ceci : qu'un feu monstrueux, quelque temps après la fuite de Havaï-i, avait marqué sa place sur la mer — pendant que d'horribles visages passaient en sifflant dans les ténèbres. On peut croire qu'un atua propice ou plus fourbe, faisant sauter la bourrasque, laissa voir le ciel illuminé — et que l'épouvante, alors, se démesura et remplit toute la caverne sous le toit du monde... car le maléfice avait *changé les étoiles du soir en étoiles du matin, et changé aussi les étoiles du matin en étoiles du soir...* Et nul vivant n'aurait osé chercher son guide dans le chaos du ciel à l'envers !

VI

Des lunaisons passent, les petites lunaisons de Hina. Paofaï et Térii, et quelques pagayeurs, et quelques femmes aussi, ont pu gagner un îlot sans nom où ils ont vécu de poissons pris avec la main sur le corail, en courant de flaque en flaque ; où ils ont bu l'eau rare de la pluie tombée dans des trous creusés à la coquille. Peut-être qu'une autre pirogue les a trouvés sur leur récif et conduits dans cette terre où on les rencontra longtemps après, à Uvéa ; — dont les gens sont accueillants malgré leurs appétits et leurs coutumes de manger les hommes parfois. C'est pour tenir la mémoire de ce séjour que Paofaï composa ce récit mesuré :

A hoé ! l'île Uvéa n'est pas un motu. Pourtant elle est plate, malgré ses petites montagnes, comme un dos de poisson sans ailerons. Mais les errants n'ont pas le choix.

A hoé ! n'oublie pas, en touchant le corail, les paroles d'arrivée en bienvenue pour les esprits.

J'arrive en ce lieu où la terre est nouvelle sous mes pieds.
J'arrive en ce lieu où le ciel est nouveau dessus ma tête.
Esprit de la terre nouvelle et du ciel nouveau, l'étranger offre son cœur en aliment pour toi.

A hoé ! n'oublie pas, sitôt après, la bienvenue pour les vivants : Aroha ! Aroha-nui !

Les hommes d'Uvéa te répondront : « Alofa ! Alofa-nui ! » Ne ris pas. Ne les insulte pas. Ne leur dis point : « Hommes à la bouche qui bégaie ! » — Car c'est leur langage : il est frère de ton parler.

Enfin, tourne-toi vers ta pirogue crevée dont les deux coques sur le sable sont pareilles à deux longs requins morts. Dis-lui tristement : tu restes, toi ? — Comme au compagnon de route, au fétii, que l'on abandonne.

*

Si l'on te demande : « Où vas-tu, toi, maintenant ? », ne réponds pas encore, ou bien, faussement. Attends d'avoir échangé ton nom avec les chefs de la terre nouvelle.

On te conduira vers eux. Chemine avec prudence, et ne t'étonne pas si tu vois, dans l'île Uvéa, trois larges trous ronds enfermant, dans leurs profondeurs, trois lacs paisibles. Tu demanderas seulement : « Quel atua si ingénieux et si fort a creusé ces trous pour y verser de l'eau ? »

On te répondra que, par ces abîmes, la montagne, jadis, a soufflé du feu. C'est le dire des marins piritané. Tu en trouveras partout, de ces gens-là ! nombreux comme les carangues dans la mer.

N'en crois rien : un trou plein d'eau peut-il jamais avoir soufflé du feu ! Certes, on a vu flamber la terre, quand Havaï-i a disparu. Mais ce feu ne venait pas d'un trou plein d'eau. Il n'était pas bon à voir. Il n'est pas bon à raconter.

Enfin, quand parvenu auprès du chef, tu auras changé

ton nom pour le sien, et que vous serez tous deux Inoa, alors dis ce que tu veux, non plus faussement.

Ainsi Paofaï devint le inoa de Atumosikava, chef des guerriers de Lano, dans la terre Uvéa. Cependant que le haèré-po, dont le parler est moins brillant, échange sa personne pour la personne de Féhoko, sacrificateur de rang infime.

Quant aux femmes, on sait bien que le inoa leur est superflu pour s'entendre avec les autres femmes, — si elles peuvent chanter, rire, et parler aussi.

                                    *

Alors seulement les arrivants déclarent : « Nous avons perdu Havaï-i ! Nous cherchons les signes-parleurs. » Atumosikava répond : « Havaï-i ? C'est Savaï-i des Samoa ! Mais les vents n'y conduisent point. » Les signes ? Le chef dit ignorer les signes. Il ne connaît rien qui empêche les paroles de mourir. Et puis, c'est affaire aux prêtres !

Les prêtres ? Ils disent ignorer aussi. Ne suffit-il point des petits bâtons et des cordelettes nouées ? Paofaï méprise. Tout cela, jeux d'enfants.

Mais un homme maigre, aux yeux vifs, et dont les oreilles appesanties d'anneaux traînent sur les épaules, prend le parler tout seul. Il dit connaître les signes.

« D'où viens-tu, toi ?

— Ma terre est nommée : Nombril-du-monde. Et moi, Tumahéké. Ma terre nage au milieu de la très grande mer toute ronde et déserte — ainsi qu'un nombril, ornement d'un ventre large et poli. On l'appelle aussi Vaïhu [1].

» Le sol est dur, poudroyant de poussière rouge et noire, desséché, caverneux. Seulement une petite herbe courte le revêt. Les rivières manquent. L'île a soif. Mais ses habitants sont ingénieux plus que tous les hommes de même couleur de peau. — Les arbres sont rares. Il fait froid. Les faré, on les bâtit avec de la boue et des pierres,

---

1. Ile de Pâques.

et si bas qu'on n'y entre qu'en rampant. On y brûle des herbes. Il fait froid. »

Si tu veux faire parler un homme, ne le traite pas de menteur. Ainsi Paofaï ne dit point « menteur » à Tumahéké, bien qu'il sache véritablement que le feu, imaginé pour cuire le manger, n'a jamais servi à réchauffer les hommes ! Mais il attend avec impatience que l'autre parle au sujet des signes.

Tumahéké vante sa terre : « Nous avons de très grands Tiki, taillés dans la roche des montagnes. Ils regardent les eaux, toujours, avec des yeux plats et larges, sous un front en colère : la mer a peur et n'ose pas monter trop haut, sur la rive.

» Quant aux signes, on les tatoue, avec une pierre coupante, sur des bois polis et plats qu'on nomme ensuite Bois-intelligents. Lorsque la tablette est incrustée comme une peau de chef, alors l'homme habile y trace son Rua, qui est sa marque à lui-même.

» Et l'on peut, longtemps après, reconnaître un à un les signes — comme un homme reconnaît ses fétii — par leurs noms. On dit alors : les Bois parlent.

— Ha ! » crie Paofaï avec une joie, « j'irai dans ton île ! Je vais avec toi ! Où est ta pirogue ? »

Tumahéké sourit : on n'y va pas en pirogue. Il faut trouver passage sur un gros navire étranger, donner beaucoup au chef, ou bien travailler à bord comme un manant ; parfois, l'un et l'autre.

« N'importe ! » Paofaï se lève. Mais Atumosikava l'arrête : au moins, voici le festin d'adieu : un bras de malfaiteur, rôti avec des herbes.

Paofaï refuse : ce n'est point l'usage, dans la terre Tahiti, où il est grand-prêtre. On respecte sa coutume. Il est bon que chaque peuple, même au hasard de ses voyages, garde ses tapu.

*

Térii trouve désirable de se reposer un peu. Il feint le sommeil ; et laisse partir le maître.

VII

Des lunaisons passent. Paofaï, emmené sur un pahi chasseur de baleines, n'a plus sur la tête que des ciels nouveaux, et rien autour de lui.

Il avait dit au chef étranger — que les autres marins appelaient « kapitana » : « Je suis un marin moi-même, pour t'aider à conduire ton pahi. Je sais que tu navigues vers la terre Vaïhu. J'y veux aller aussi. »

L'autre, qui reniflait une fumée âcre, en suçant un petit bambou sale, répond avec un grognement. Et son haleine s'empuantit d'une odeur méchante : l'odeur du áva piritané.

Le navire Moholélangi déplie ses voiles d'étoffes souples, plus légères que les nattes ; et, serrant le vent de près, remonte étonnamment, presque à contre-brise. Son gros nez blanc, plus robuste que les museaux des pirogues maori, crève les paquets d'écume en tressaillant à peine.

Un jour, le chef, plus répugnant que jamais, et marchant comme un homme fou, les yeux lourds, le visage rouge, a crié quelques mots sans suite. Il injurie Paofaï dans un langage de manant ; il court obliquement comme un crabe de terre, et lève son poing sur la tête inviolable.

Or, ayant frémi, le prêtre de Oro ressaisit son impassibilité. Il n'étrangle point le chef blanc comme on tuerait un animal immonde. Mais il regarde, avec un visage on dirait inspiré, la mer ouverte, menant vers l'île où les Bois, enfin, parleront.

*

Des lunaisons encore. On s'est perdu dans les Terres Basses, qui parsèment innombrablement les chemins des eaux. Sur l'une d'entre elles, pendant une nuit sans Hina, l'étranger stupide et méprisable a jeté son bateau, et puis s'est noyé.

Aué ! c'était un animal immonde. Mais Paofaï, durant

des années, doit attendre un autre navire d'étranger puant, qui le conduise à l'île Vaïhu.

VIII

Térii, chassé de la terre Uvéa, erre au hasard, ayant perdu son maître, sur la mer qu'il sait maintenant sans limites.

Il est devenu le matelot dépouillé d'orgueil des kapitana de toutes sortes. Quand le sol lui semble bon, où qu'il atterrisse, et les femmes accueillantes, il se cache dans un fourré, la nuit du départ.

Le kapitana le cherche avec des cris. Le bateau s'en va. Térii laisse fuir les saisons des pluies et revenir les temps des sécheresses. Mais avant d'abandonner chaque terre de passage, il ajoute avec soin, à son faisceau de petites baguettes, une autre de plus ; afin de conserver les noms de ces îles où il a dormi et mangé.

*

Il y a la baguette pour Rapa. C'est une île où le taro, que l'on enterre afin qu'il se conserve, et le poisson cru, sont les seuls aliments de fêtes. Pauvres appétits, pauvres gens.

Térii ne s'y attarde point. Mais il en retient une coutume avantageuse : les hommes sont tapu, même les manants, pour toutes les femmes : qui chassent les poissons, bâtissent les faré et façonnent de belles pirogues.

Il y a la baguette pour Raïvavaè. C'est une terre toute pleine d'énormes images de Tii — ils disent Tiki — taillées dans la pierre. Ils sont d'une double sorte : Tiki pour les sables et Tiki pour les rochers.

*

Il y a la baguette, encore, pour ce petit motu sans nom où Térii a rencontré, avec étonnement, quatre hommes de Tahiti et deux femmes, qu'un vent qu'on ne peut nommer avait jetés hors de toutes les routes. Mais cela n'est point croyable.

*

Il y avait enfin la baguette pour Manga-Réva. Les images de Tiki sont abondantes et hautes. Mais les hommes, quels misérables navigateurs !

Point de pirogues à vrai dire : des troncs d'arbres liés ensemble, sans forme, sans vitesse, sans pilote ; et point d'avéïa !

*

C'est de là que le haèré-po revint. Ses baguettes étaient nombreuses au point de remplir, pour sa mémoire, l'espace de dix années, les longues années du soleil ; ou de vingt années, peut-être. En vérité, c'était cela : vingt années hors de Tahiti.

Autant que les baguettes dans sa main, les plis étaient nombreux sur la peau de son visage. Et sa jambe gauche, et son pied, grossissaient un peu à chaque saison.

Un regret le prit de son île nourricière, de ses fétii, de ses coutumes, de la terre Papara. Pourquoi donc les avoir fuis ? Pourquoi ne pas y revenir ? Les prêtres se souvenaient sans doute encore de la faute : et c'est leur métier. Mais les atua ne lui tiendraient pas rigueur : n'avait-il pas changé de nom, douze fois, depuis son oubli ?

Or, voici qu'un navire passait, faisant route vers le soleil tombant. N'était-ce pas un signe ? Térii offrit au chef étranger toutes ses provisions, et deux femmes, afin d'être pris à bord et de n'y point travailler.

Troisième partie

L'ignorant

Le navire laissa tomber son lourd crochet de fer dans l'eau calme ; fit tête, en raidissant son câble, tourna sur lui-même et se tint immobile. Rassemblés sur le pont, pressés dans les agrès et nombreux même au bout du mât incliné qui surplombe la proue, les étrangers contemplaient gaiement la rade emplie de soleil, de silence et de petits souffles parfumés. Pour tous ces matelots coureurs des mers, pêcheurs de nacre ou chasseurs de baleines, les îles Tahiti recèlent d'inconcevables délices et de tels charmes singuliers qu'à les dire, les voix tremblotent en se faisant douces, pendant que les yeux clignent de plaisir. Ces gens pleurent à s'en aller, ils annoncent leur retour, et, le plus souvent, ne reparaissent pas. — Térii ne s'étonnait plus de ces divers sentiments, inévitables chez tous les hommes à peau blême. Il en avait tant approché, durant ces vingt années d'aventures ! — jusqu'à parler deux ou trois parmi leurs principaux langages... Et décidément il tenait leurs âmes pour inégales, incertaines et capricieuses autant que ces petits souffles indécis qui jouaient, en ce matin-là, sur la baie Papéété.

Lui-même considérait le rivage d'un regard familier, se répétant, avec une joie des lèvres, les noms des vallées, des îlots sur le récif, des crêtes et des eaux courantes. Puis ramenant autour de lui ses yeux, il s'étonna que pas une pirogue n'accourût, chargée de feuillages, de présents et de femmes, pour la bienvenue aux arrivants. Cependant la rade et la rive semblaient, aussi bien que jadis, habitables et peuplées : les pahi de haute mer dormaient en grand nombre sur la grève, et des faré blancs, d'un aspect imprévu, affirmaient une assemblée nombreuse de riverains. — Nul ne se montrait, hormis deux enfants qui passaient au bord de l'eau, et une femme singulière que l'on pouvait croire habillée de vêtements étrangers. Doutant de ce qu'il apercevait, Térii s'empressa de gagner la terre.

Personne encore, pour l'accueillir. De chaque faré blanc sortait seulement un murmure monotone où l'on reconnaissait peut-être un récit de haéré-po, et les noms d'une série d'aïeux. Le voyageur entra au hasard... — Certes, c'était bien là ses anciens fétii de la terre Paré ! Mais quelle déconvenue à voir leurs nouveaux accoutrements. — Ha ! que faisaient-ils donc, assis, graves, silencieux, moins un seul — et Térii le fixa longuement —, moins un seul qui discourait en consultant des signes-parleurs peints sur une étoffe blanche... La joie ressaisit l'arrivant qui, malgré lui, lança l'appel :

« Aroha ! Aroha-nui pour vous tous ! » Et, s'approchant du vieux compagnon Roométua té Mataûté — qu'il reconnaissait à l'improviste —, il voulut, en grande amitié, frotter son nez contre le sien.

L'autre se déroba, le visage sévère. Les gens ricanaient à l'entour. Roométua, se levant, prit Térii dans ses bras et lui colla ses lèvres sur la joue. Il dit ensuite avec un air réservé :

« Que tu vives en notre seigneur Iésu-Kérito. Et comment cela va-t-il, avec toi ? »

Térii le traita en lui-même d'homme vraiment ridicule à simuler des façons étrangères. Mais toute l'assemblée reprit :

« Que tu vives en notre seigneur Iésu-Kérito, le vrai dieu.

— Aué ! » gronda Térii, stupéfait d'un tel souhait. On lui fit place. Il s'assit, écoutant le discoureur.

« *Les fils de Iakoba étaient au nombre de douze :*
De la femme Lia, le premier-né Réubéna, et Siméona, et Lévi, et Isakara, Ioséfa et Béniamina... »

« C'est bien là une histoire d'aïeux », pensa l'arrivant. Mais les noms lui restaient obscurs. D'ailleurs, celui qui parlait n'était point haèré-po, et il parlait fort mal. Térii s'impatienta :

« Quoi de nouveau dans la terre Paré ?

— Tais-toi, répondit-on, nous prions le Seigneur. » Le récit monotone s'étendit interminablement. Enfin, l'inhabile orateur, repliant les feuilles blanches, dit avec gravité un mot inconnu : « Améné », et s'arrêta.

Déçu par un accueil aussi morne, Térii hésitait et cherchait ses pensers. Pourquoi ne l'avoir point salué de cette bienvenue bruyante et enthousiaste réservée aux grands retours dans un faré d'amis ? Certes, on n'avait point perdu la mémoire : on lui tenait rigueur de sa très ancienne faute, sur la pierre-du-récitant... Ou peut-être, de défaire tout le renom du prodige en réapparaissant fort mal à propos, dans un corps d'homme vieilli ! — Il interpella : Tinomoé, le porte-idoles, et Hurupa tané, qui creusait de si belles pirogues. Ainsi montrerait-il combien fort était son souvenir malgré la longue et rude absence. Nul ne prit garde. Ils semblaient sourds comme des Tii aux oreilles de bois, ou inattentifs. Et Roométua voulut bien expliquer :

« Mon nom n'est plus Roométua, mais Samuéla. Et voici Iakoba tané ; et l'autre, c'est Ioané... Et toi, n'as-tu pas changé de nom aussi ? »

Térii acceptait volontiers que l'on changeât de nom en même temps que de pays ; voire, d'une vallée à une autre vallée. Lui-même, depuis son départ, avait, d'île en île, répondu à plus de douze vocables divers. Mais les mots entendus apparaissaient inhabituels ; à coup sûr, étrangers. Il répéta : « Iakoba... » et rit au mouvement de ses lèvres.

« Roométua, c'était un bien vilain nom, continuait le discoureur, un nom digne des temps ignorants ! » Il redit avec satisfaction : « Samuéla... » et récita complaisamment :

« *Dormait Elkana près de son épouse Anna vahiné : et l'Éternel se souvint de cette femme. — Et il arriva qu'après une suite de jours, Anna vahiné conçut et enfanta un fils*

qu'elle appela " Samuéla ", parce qu'elle l'avait réclamé
au Seigneur. »

Térii n'osait point demander à comprendre. Il hasarda : « Et vous parlez souvent ainsi, en suivant des yeux
les feuilles blanches ?

— Oui. Quatre fois par lunaison, durant tout le jour
du Seigneur. En plus, chaque nuit et chaque matin même.

— Mais pourquoi les femmes, au lieu d'écouter, n'ont-
elles pas, tout d'abord, préparé le cochon pour le fétii qui
revient ? J'ai faim, et je ne vois pas de fumée... »

On lui apprit que durant le jour du Seigneur, il est
interdit de faire usage des mains, sauf en l'honneur de
l'atua, le dieu ayant défendu : « *Vous n'allumerez point*
de feu dans aucune de vos demeures, le jour du sabbat. »
D'ailleurs voici que le soleil montait. Il fallait se rendre
sans tarder au faré-de-prières, le grand faré blanc que le
voyageur avait entrevu sur la rive, sans doute.

Térii s'étonnait à chaque réponse. Surtout il rit très fort
quand une fille entra, vêtue de même que la femme
entrevue déjà sur la plage : la poitrine cachée d'étoffes
blanches, les pieds entourés de peau de chèvre. Malgré
ces défroques étrangères, elle n'apparaissait point déplaisante, et Térii déclara, comme cela est bon à dire en
pareille occurrence, qu'il dormirait volontiers avec elle.
Les autres sifflèrent de mécontentement, ainsi que des
gens offensés ; et la fille même feignit une surprise. —
Pourquoi ? — L'homme qui avait récité les noms d'ancêtres se récria :

« La honte même ! pour une telle parole jetée ce jour-
ci ! » Il ajouta d'autres mots obscurs, tels que : « sauvage » et surtout : « ignorant ».

Térii quitta ces gens qui décidément lui devenaient
singuliers.

*

Il répéta pour lui-même : « Ce jour est le jour du
Seigneur... » et soudain, à travers tant de lunaisons

passées, lui revint à la mémoire cette réponse équivoque
de l'homme au nouveau-parler, devant la rive Atahuru ;
— l'homme se prétendait fils d'un certain dieu assez
ignoré, Iésu-Kérito, et il avait dit de même : « Ce jour est
le jour du Seigneur. » Là-dessus, Térii se souvenait de
chants mornes, de vêtements sombres et de maléfices
échangés. — Hiè ! le dieu que ses fétii honoraient
maintenant d'un air si contraint, était-ce encore le même
atua ? Où donc ses sacrificateurs, et ses images, et les
maraè de son rite ?

Cependant, Samuéla, ayant rejoint le voyageur, le
pressait de marcher, disant : « Allons ensemble au grand
faré-de-prières. » D'autres compagnons suivaient la
même route, et tout ce cortège était surprenant : les
hommes avançaient avec peine, le torse empêtré dans une
étoffe noire qui serrait aussi leurs jambes et retenait leur
allure. Des filles cheminaient pesamment, le visage
penché. Elles traînaient chaque pas, comme si les morceaux de peau de chèvre qui leur entouraient les pieds
eussent levé dix haches de pierre.

« Elles semblent bien tristes, remarqua Térii. Tous les
gens semblent bien tristes aujourd'hui. S'ils regrettent un
mort, ou de nombreux guerriers disparus, qu'ils se
lamentent du moins très haut, en criant et en se coupant
la figure. Il n'est pas bon de garder ses peines au fond des
entrailles. Où vont-ils, Samuéla ?

— Ils vont, comme nous, au faré-de-prières, pour
chanter les louanges du Seigneur. Ceci est un jour de fête
que l'on nomme Pénétékoté. » Térii, dès lors, se souvint
plus profondément de cet atua sorti du pahi piritané, avec
trente serviteurs principaux, et des femmes, voici un long
temps ! Il se souvint, comprit, et il arrêta ses paroles ; et
une angoisse pesait sur lui-même, aussi.

On approchait du grand faré blanc. Les disciples de
Kérito s'empressaient à l'entour, et si nombreux qu'il
semblait fou de les y voir tous abrités à la fois. Mais,
levant les yeux, Térii reconnut l'énormité de la bâtisse.
Samuéla devinait dans le regard de l'arrivant une admiration étonnée. Pour l'accroître, il récita :

« Cinq cents pas en marchant de ce côté. Quarante par

là. La toiture est portée par trente-six gros piliers ronds.
Les murailles en ont deux cent quatre-vingts, mais plus
petits. Tu verras cent trente-trois ouvertures pour regarder, appelées fenêtres, et vingt-neuf autres pour entrer,
appelées portes. » Térii n'écoutait plus dans sa hâte à
prendre place. La fête — si l'on pouvait dire ainsi ! —
commençait. Les chants montaient, desséchés, sur des
rythmes maigres.

Samuéla, qui ne semblait rien ignorer des coutumes
nouvelles, s'assit, non pas au ras du sol, mais très haut, les
jambes à demi détendues, sur de longues planches
incommodes. Térii l'imita, tout en promenant curieusement ses regards sur la troupe des épaules, toutes vêtues
d'étoffes sombres. Il s'en levait une lourde gêne : les bras
forçaient l'étoffe ; les dos bombaient ; on ne soufflait
qu'avec mesure. — Néanmoins, malgré la liberté plaisante de son haleine et de ses membres, Térii ressentit
une honte imprévue. Il admira ses fétii pour la gravité de
leur maintien nouveau, la dignité de leurs attitudes : les
figures, derrière lui, transpiraient la sueur et l'orgueil.

Les chants se turent. Un Piritané fatigué, semblable
pour les gestes et la voix aux anciens prêtres de Kérito,
mais vieux, et la chevelure envolée, monta sur une sorte
d'autel-pour-discourir. — Il s'en trouvait trois dans le
grand faré, et si distants que trois orateurs, criant à la
fois, ne se fussent même pas enchevêtrés. L'étranger
tourna rapidement quelques feuillets chargés de signes —
ne savait-on plus parler sans y avoir interminablement
recours ? — et recommença :

« *Et il rassembla ses douze disciples, leur donnant
pouvoir sur les mauvais esprits afin qu'ils pussent les
chasser, et guérir toute langueur et toute infirmité...* »

« Histoire de sorciers, de Tii, ou de prêtres guéris-
seurs », songea Térii. Lui-même guérissait autrefois.
L'autre poursuivait :

« *Voici les noms des douze disciples. Le premier :
Timona, que l'on dit Pétéro, et Anédéréa, son frère. —*

*Iakoba, fils de Tébédaïo, et Ioane son frère ; Filina, et
Barotoloméo, Toma et Mataïo... »*

Douze disciples : l'atua Kérito s'était peut-être sou-
venu, dans le choix de ce nombre, des douze maîtres
Arioï, élus par le grand dieu Oro ! Térii s'intrigua de cette
ressemblance. Il soupçonna que si les hommes diffèrent
entre eux par le langage, la couleur de leur peau, les
armes et quelques coutumes, leurs dieux n'en sont pas
moins tous fétii.

Le dénombrement des disciples s'étendait : l'arrivant,
depuis le matin même, connaissait que les gens, quand ils
discourent au moyen de feuillets, ne s'arrêtent pas
volontiers. Pour se donner patience, il considéra de
nouveau l'assemblée. Les femmes, reléguées toutes
ensemble hors du contact des hommes — voici qui
paraissait digne, enfin ! — avaient, sitôt entrées, lissé
leurs cheveux, frotté leurs paupières et leur nez, et
soigneusement étalé près d'elles les plis du long vêtement
noir qui s'emmêlait à leurs jambes. Elles tinrent, durant
un premier temps, leur immobilité, et feignirent d'observer l'orateur dont la voix bourdonnait sans répit. —
S'imaginait-il donc égaler, même aux oreilles des filles,
ces beaux parleurs des autres lunaisons passées ? Les plus
jeunes se détournaient vite pour causer entre elles, à mots
entrecoupés, du coin des lèvres. Mais leurs visages
restaient apparemment attentifs. De légers cris s'étouffaient sous des rires confus. Çà et là, des enfants
s'étiraient, se levaient et couraient par jeu. Térii les eût
joyeusement imités, car cette insupportable posture lui
engourdissait les cuisses. Il hasarda vers son voisin :

« Est-ce la coutume de parler si longtemps sans danser
et sans nourriture ? »

Samuéla ne répondit. Il avait abaissé les paupières et
respirait avec cette haleine ralentie du sommeil calme et
confortable. Mais Térii admira combien le torse du fétii
demeurait droit, son visage tendu, et comment toute sa
personne figurait un écouteur obstiné, malgré l'importu-
nité du discours. Que n'allait-il plutôt s'étendre sur des
nattes fraîches ! — Un bruit, une lutte de voix assourdies,

sous l'une des portes : des gens armés de bâtons rudoyaient quatre jeunes hommes en colère, qui, n'osant crier, chuchotaient des menaces. On les forçait d'entrer. Ils durent se glisser au milieu des assistants, et feindre le respect. L'orateur étranger, sans s'interrompre, dévisagea les quatre récalcitrants ; et Samuéla, réveillé par le vacarme, expliqua pour Térii que c'était là chose habituelle : les serviteurs de Pomaré, sur son ordre, contraignaient toutes les présences au faré-de-prières.

L'on clabaudait maintenant d'un bout à l'autre de l'assemblée. Les manants aux bâtons bousculaient rudement, çà et là, ceux qu'ils pouvaient surprendre courbés, le dos rond, la nuque branlante : beaucoup d'assistants n'avaient pas l'ingénieuse habileté de Samuéla pour feindre une attention inlassable. Les réveilleurs frappaient au hasard. Ils semblaient des chefs-de-péhé excitant à chanter très fort les gosiers paresseux. — Mais il est plus aisé, songeait Térii, de défiler dix péhé sans faiblir, que d'écouter, sans sommeiller, celui-ci parler toute une heure ! Malgré la volonté de l'Arii, malgré les bâtons de ses gens, un engourdissement gagnait toutes les têtes. Samuéla, dont la mâchoire bâillait, désignait même à Térii la forte carrure du chef, balancée comme les autres épaules, d'un geste assoupi, sous les yeux de l'orateur : Pomaré seul avait droit au sommeil.

Le Piritané persistait à bégayer sans entrain les tristes louanges de son dieu, et Térii s'inquiétait sur l'issue du rite. Son ennui croissait avec la hâte d'un appétit non satisfait. Comment s'en irait-il ? — Les gens aux bâtons surveillaient toutes les portes ; et la présence des chefs, de quelques-uns reconnus pour Arioï, donnait à l'assemblée, malgré tout, une imposante majesté. Il patienta soudain : l'orateur changeait de ton.

Cette fois il se servait du langage tahiti, et il mesurait chaque mot, pour que pas un n'en fût perdu, sans doute : il avertit de ne point oublier les offrandes : ces offrandes promises devant l'assemblée des chefs, en échange des « grands bienfaits reçus déjà du Seigneur ». — A ces paroles, Térii connut quelle différence séparait en vérité des dieux qu'il avait imaginés frères : l'atua Kérito se

laissait attendrir jusqu'à dispenser tous ses bienfaits
d'avance, cependant que Hiro, Oro et Tané surtout,
exigeaient, par la bouche des inspirés, qu'on présentât
tout d'abord les dons ou la victime, et ne laissaient aucun
répit. Le nouveau maître apparaissait trop confiant aux
hommes pour que les hommes rusés ne lui aient déjà
tenté quelque bon tour. On pourrait en risquer d'autres,
et jouer le dieu ! — Les chants recommençaient. Mais
Térii vit enfin la porte libre, et s'enfuit.

Il cheminait sur la plage, longeant avec défiance les
nombreux faré nouveaux. Tous étaient vastes et la
plupart déserts. Çà et là, des hommes vieux et des
malades geignaient, sans force pour suivre leurs fétii, et
sans espoir que, durant ce jour consacré, l'on répondît à
leurs plaintes. L'un d'eux s'épouvanta — car un grand feu,
conservé malgré les tapu sous un tas de pierres à rôtir,
flambait dans l'herbe et menaçait. Il cria vers le passant
inattendu. Térii prit pitié du vieil homme et éteignit le feu
sous de la terre éparpillée. L'autre dit : « Je suis
content » et ajouta sévèrement : « Mais pourquoi n'es-tu
point occupé comme tous ceux qui marchent à célébrer le
Seigneur, dans le faré-de-prières ? » Et le vieillard regardait avec dédain le maro écourté, les épaules nues de
Térii qui ne sut point lui répondre et poursuivit ses
pas.

La vallée Tipaèrui s'ouvrait dans la montagne. Il
marcha près de la rivière en s'égayant à chaque foulée
dans l'herbe douce, en goûtant la bonne saveur du sol
odorant. Les faré vides n'atteignaient point très haut sur
la colline. Il en trouva d'autres, mais ceux-là recouverts
de feuilles tressées, avec des parois de bambous à claire-
voie. Et Térii reconnut les dignes usages. Car des fétii,
nus comme lui, libres et joyeux autour d'un bon repas, lui
criaient le bon accueil :

« Viens, toi, manger avec nous ! »

Sitôt, il oublia l'étrangeté de son retour.

*

Comme il redescendait au rivage, voici que l'entoura la
foule des gens graves sortis du faré-de-prières, à l'issue du
rite.

Par petits groupes, ils croisaient son chemin, échan-
geant entre eux de brèves paroles, et soucieux, semblait-
il, de quitter au plus vite leurs imposants costumes de
fête. Un homme avait dépouillé les étroits fourreaux dont
s'engainaient ses jambes : il marchait plus librement ainsi.
Mais les femmes persistaient à ne vouloir rien dévêtir.
Cependant, chacune d'elles, en traversant l'eau Tipaèrui,
relevait soigneusement autour de ses hanches les tapa
traînantes, et, nue jusqu'aux seins, baignait dans l'eau
vive son corps mouillé de sueur. La ruisselante rivière
enveloppait les jambes de petites caresses bruissantes.
Comme les plis des tapa retombaient à chaque geste, les
filles serraient, pour les retenir, le menton contre
l'épaule, et riaient toutes, égayées par le baiser de l'eau.

Et voici que plusieurs, apeurées soudain, coururent en
s'éclaboussant vers la rive. D'autres, moins promptes,
s'accroupissaient au milieu du courant — pour cacher
peut-être quelque partie du corps nouvellement frappée
de tapu ? — A quoi bon, et d'où leur venait cette alerte ?
Un étranger au visage blême, porté sur les épaules d'un
fétii complaisant, passait la rivière et jetait de loin des
regards envieux — comme ils le font tous — sur les
membres nus, polis et doux. N'était-ce que cela ? et en
quoi l'œil d'un homme de cette espèce peut-il nuire à la
peau des femmes ? Elles feignaient pourtant de fuir
comme on fuit la mâchoire d'un requin. Et leur effare-
ment parut à Térii quelque chose d'inimaginable.

Décidément, tout n'était plus que surprise ou même
inquiétude, pour lui : ses compagnons, tout d'abord —
ces hommes si proches autrefois de lui-même — n'avaient
rien gardé de leurs usages les plus familiers. Les vêtements couleur de nuit, le silence en un jour qu'on
déclarait joyeux et solennel, la morne assemblée sans
festins, autour d'une maigre parole, sous une toiture
brûlante, et ceci, par-dessus tout : qu'on pût réciter les
signes... Ho ! encore : la honte des femmes dévêtues...
Tout se bousculait dans l'esprit du voyageur ; et son

étonnement égalait celui de ce pilote qui, pour regagner la terre Huahiné, s'en fut tomber sur une autre île, dans un autre firmament ! — Térii se demanda sans gaieté si la terre Tahiti n'avait point, en même temps que de dieux et de prêtres, changé d'habitants ou de ciel ! Il se reprit à errer au hasard, plus indécis que jamais.

*

« E Térii ! voici ta femme ! » cria l'obsédant Samuéla, qui survenait à pas pressés. « Voici ta femme et tous les fétii de la terre Papara.

— Quelle femme ? » retourna Térii. Les épouses avaient été nombreuses près de lui, comme les écrevisses dans les herbes des rivières. Et celle-là qui le rejoignait très vite bien qu'elle fut grasse et d'haleine courte, il ne pouvait lui donner un nom... « Aué ! Taümi vahiné ! » se souvint-il enfin, non sans joie. C'était la plus habile à bien tresser les nattes souples. — Il l'avait fortement battue, la nuit de l'incantation ! Il rit à ce souvenir. Près d'elle il apercevait une fille nubile à peine ; derrière, un homme piritané. Térii vit tout cela d'un coup d'œil et dit :

« Aroha ! Taümi no té Vaïrao ».

Elle reprit avec une contenance réservée :

« Que tu vives, en le vrai dieu ! » Puis elle baisa des lèvres le tané retrouvé, sans même en flairer le visage. Ensuite elle plissa le front, cligna des paupières et parla joyeusement avec des larmes de bienvenue. Elle ne se nommait plus Taümi no té Vaïrao, mais bien « Rébéka ». La fille était sa fille, « Eréna », née pendant la saison où Pomaré-le-Premier, puni par le Seigneur, avait trouvé la mort sans maladie. Enfin, elle prit la main du Piritané, qui montra un visage de jeune homme, des cheveux clairs, des yeux roux timides :

« C'est mon enfant aussi, dit-elle, c'est le tané de Eréna. Nous l'appelons " Aüté ".

— Aroha ! » insinua Térii avec une défiance. Et voici que l'étranger prononça :

« Aroha ! aroha-nui pour toi !

— Eha ! s'étonna le voyageur, celui-ci parle comme un

haèré-po ! Je suis ton père, moi-même. Où est le faré pour vous tous ? Je vais rester avec vous maintenant. »

Les nouveaux fétii marchaient ensemble vers la mer. Rébéka, malgré son désir, n'interrogeait pas encore l'époux revenu. Elle n'ignorait point que les voyageurs aiment à réserver, pour les raconter à loisir, au long des nuits, les beaux récits aventureux gardés en leur mémoire. Elle nommait seulement, au hasard du chemin, les vieux compagnons rencontrés et commençait des histoires dont bien des paroles demeuraient obscures pour Térii.

Devant eux allaient les jeunes époux. Eréna, de la main et du coude, relevait sa longue tapa blanche que balançaient à chaque pas ses fermes jambes nues. Son bras serrait la taille d'Aüté ; et lui-même, incliné sur elle, caressait ses cheveux luisants. Les doigts courbés rampaient autour de son cou, effleuraient la gorge et la nuque, enfermaient l'épaule ronde, et, se glissant dans l'aisselle, venaient, à travers l'étoffe limpide, presser le versant du sein. Le corps de la fille cambrait sous l'étreinte vers la hanche de l'ami. Ils allaient d'un pas égal, d'un pas unique. Même, l'étranger avait perdu cette déplaisante et dure démarche des hommes qui n'ont point les pieds nus.

Térii les considérait. Aüté, d'une voix priante, implorait : « Tu n'iras pas... Tu n'iras pas ? »

Eréna riait sans répondre. Il répétait : « Tu m'as promis de ne plus jamais aller à bord des pahi où l'on danse. Il y a là de vilains hommes que je déteste. Tu n'iras pas ?

— Je ne parlerai pas aux matelots, assura la petite fille. Je ne quitterai pas mon nouveau père. Je reviendrai très vite. » Aüté la regardait avec tristesse ; sa main pressa plus fort. Elle-même se serrait davantage pour effacer, par la caresse de son corps, la crainte qu'elle sentait confusément couler entre eux. Elle disait aussi de jolis mots familiers inventés tout exprès pour murmurer les choses qu'on aime. Lui restait inquiet :

« Tu n'iras pas... » La mère survint et reprit les mêmes

paroles. Car elle chérissait le jeune homme doux et généreux qui lui prouvait, par le don de belles étoffes neuves, la tendresse portée à Eréna. — Celui-là fâché et perdu, la fille ne trouverait point de tané semblable, parmi les turbulents marins de passage ! Mais, en dépit de tous les efforts, et que l'amant promît une belle plume bleue pour orner le chapeau de fête. Eréna ne convenait point que sa promenade au navire ferait peine, une lourde peine aux entrailles d'Aüté. — Pourquoi réclamait-il ainsi disposer d'elle ? Ses tané tahitiens, indifférents à ses jeux de petite fille, lui demandaient seulement sa présence pour les nuits, et de leur tresser les fibres de fara qui donnent de si jolies nattes. A quoi bon s'occuper du reste et s'inquiéter de ses amusements ? Ces navires étrangers sont toujours pleins de beaucoup d'objets curieux que les marins vous laissent emporter, surtout quand ils sont ivres, en échange de si peu de chose : quelques instants passés près d'eux, dans le ventre du bateau...

Mais voici qu'il pleurait maintenant, son amant chéri ! et c'était une autre affaire : les larmes ne sont bonnes que pour les petites filles, et si l'on peut les entourer de cris, de sanglots, et de certains mots désolés. Au contraire, les hommes blancs affirment n'en verser jamais que malgré eux, et devant un vrai chagrin. Elle eut pitié, cette fois. Elle voulut consoler et dit, tout près de lui : « Pauvre Aüté », et plus bas, d'autres parlers caressants. Il s'apaisa, sourit, et reprit sa marche confiante.

Le soleil montait droit sur les têtes. Il tardait à tous de parvenir au faré commun : « Là-bas devant », montra Samuéla, « au bord de l'eau Tipaèrui, quand elle rejoint la mer. » La foule retardait leurs pas, et se pressait, confuse autant qu'autrefois pour les grandes arrivées. Ces gens venaient des vallées environnantes. Quatre fois par lunaison, après cet espace de sept jours que l'on appelait désormais « semaine », ou encore « hébédoma », il leur fallait se réunir afin d'honorer le Seigneur. Or, ils n'avaient point, sur leurs terres, de faré pour l'assemblée : « Bien peu nombreux encore, malgré les efforts des Missionnaires et des chefs », soupira Samuéla.

« Les Missionnaires ? » questionna Térii. L'autre, sans répondre, le regarda d'un air soupçonneux...

Et l'on devait abandonner sa rive, ses fétii malades, la pêche, et les petits enfants qui ne courent pas sur deux jambes. D'ailleurs, l'atua Kérito n'avait-il point enseigné : « *Celui qui aime son père ou sa mère plus que moi n'est pas digne de moi.* » Ces mots, Samuéla les vêtit d'un grand respect.

Térii, cependant, considérait avec stupeur que des gens avançaient, sans marcher eux-mêmes, et plus élevés que la foule, et plus haut que les Arii qu'on portait jadis à dos d'esclaves. Ils montaient des sortes de cochons à longues pattes, à queue chevelue, dont Térii savait l'existence, mais dont il n'avait pas imaginé l'usage. Samuéla renseignait de nouveau : « Ce sont les cochons-porteurs d'hommes, les cochons-coureurs, débarqués par les Piritané. On ne les mange pas d'habitude. Les étrangers les nomment chevaux. Comme ils vont très vite d'une vallée à l'autre, tous les fétii veulent en avoir, et ceux qui ne peuvent pas s'en procurer par échanges, sautent sur le dos des petits cochons maori, qui en crèvent... E ! voici le faré ! »

Térii aperçut une bâtisse blanche, close. Il poussa la porte. Une mauvaise bouffée d'air chaud en sortit, comme d'une bouche malsaine. Nul n'y pénétra : c'était seulement le faré-pour-montrer, que l'on avait construit pour construire, parce que le travail est agréable au Seigneur. Mais on n'y habitait point. Tout proche, et dressé selon les coutumes anciennes, bambous et feuillages, Térii reconnut le faré-pour-dormir et se coula vivement, et tous les autres avec lui, sous la fraîche toiture. — Mais il ne put assoupir ses yeux ni son esprit.

Il parlait en lui-même, au hasard, se répétait stupidement les propos entendus, remâchait les interdits révélés, et s'en interloquait : ne pas manger, en ce jour, de repas apprêté, ne pas danser, ni chanter, sauf de bien pauvres péhé, ne pas caresser de femmes ; quoi donc aussi ? — Malgré que la lumière, triomphante et bleue, fût épanouie encore ; malgré que, les montagnes paisibles et abreuvées d'eau courante, il les vît encore descendre à sa droite, à sa gauche, vers les confins des rives, malgré que le visage tumultueux des sommets eût gardé des formes familières, malgré que le récif coutumier n'eût point changé de voix, Térii sentit violemment, avec une angoisse, combien les hommes, et leurs parlers, et leurs usages, et sans doute aussi les secrets désirs de leurs entrailles —, combien tout cela s'était bouleversé au souffle du dieu nouveau ; et quelles terres surprenantes, enfin, ce dieu avait tirées des abîmes, par un exploit égal à l'exploit de Mahui, pêcheur des premiers rochers !...

Il sursauta :

« J'irai vers le maraè ! »

Les dormeurs soulevèrent un coin des paupières, et, comme il répétait son désir, s'esclaffèrent bruyamment :

« Païen ! Païen ! » dit Rébéka. Elle plia le coude et se rendormit.

« Ignorant ! mauvais ignorant ! » ajouta sans rire Samuéla. — Mais, dans le grand voyage, personne ne l'avait donc tiré de cette erreur lamentable, de cette nuit de l'esprit ? Il n'y avait donc point de « Missionnaires » dans ces îles ?

Térii soupçonna que l'on désignait ainsi, désormais, les hommes au nouveau-parler ; il s'étonna de l'importance et du respect donnés à de si piètres compagnons ! Mais il n'osa point questionner encore, non plus qu'il n'osa raconter comment deux hommes, quelque part dans son voyage, avaient annoncé l'atua Kérito. — Pas longtemps : on les avait tués ou chassés. — Il s'arrêta, par dépit.

Près de lui reposaient les jeunes amants que ne troublait plus aucune parole triste. La main d'Eréna berçait les yeux d'Aüté pour ensommeiller toutes les peines. L'étranger murmurait : « Je suis content, tu n'iras pas au navire...

— Il rêve », dit la fille. Elle sortit doucement du faré.

*

Ses compagnes l'attendaient au milieu de l'eau Tipaè-rui, la mine satisfaite, le corps affraîchi déjà, et toutes empressées au bain de la tombée du jour. Elle-même, frissonnant de plaisir à regarder la froide rivière, dénouait en hâte, sous le cou, les liens de sa tapa. Elle dépouilla de même un second et un troisième vêtement moins ornés mais plus épais : comme il est bon, disent les Missionnaires, d'en revêtir, afin qu'à travers la légère étoffe ne se décèlent point les contours du ventre, ni le va-et-vient des jambes. Un grand paréü blanc et rouge, serré sur les seins, couvrait toute sa personne. Elle en assura l'attache, secoua ses cheveux, s'élança.

Elle goûtait longuement la caresse de l'eau. Mais les autres, arrêtant leurs jeux, se levaient, mouillées à mi-hanches, pour rire et parler entre elles. On devisa du navire survenu ce matin-là. C'était un Farani [1] : cela se reconnaît aux banderoles toutes blanches qui pendent du troisième mât. Les Français sont plus gais que les marins d'aucune sorte ; et bien que les Missionnaires et les chefs les tiennent en défiance, ils se montrent joyeux fétii.

Pour mieux voir le bateau, les filles, s'étant revêtues, marchaient vers la mer jusqu'à piétiner le corail. Le soir tombait. Des lumières jaillirent de la coque noire ; d'autres luisaient sur le pont. Un bruit de joie et de rires parvint, comme un appel, jusqu'au rivage.

Eréna sentit combien l'on s'amusait là-bas. — Certes, elle n'irait pas au navire : Aüté pleurerait encore et serait si fâché ! Il ne la battrait point, malheureusement, mais il gémirait, trois nuits de rang, et des jours... Et c'est bien lassant, quand on est gaie soi-même, de consoler un tané qui pleure ! Non, elle n'irait pas au navire : elle en ferait le tour en pagayant lentement, afin d'écouter les himéné, de voir les danses de toute la suite. Elle courut vers sa pirogue, la traîna sur l'eau, en tâtonnant dans le creux pour saisir sa pagaie. Ses doigts se mouillèrent dans un peu de pluie tombée au fond ; — et point de pagaie. Aué ! le méchant Aüté l'avait cachée, sans doute, pour déjouer la promenade défendue !

« Tu viens au pahi Farani ? Tu viens ? » crièrent les trois amies. Eréna montrait son dépit.

« Eha ! riaient les autres, il est bien rusé, ton Aûté.

·1. Français.

chéri, et bien exigeant. Mais, puisque ce navire-là t'a rapporté le vieux tané de Rébéka... le vieux tané qui est ton père, maintenant... mais viens donc ! »

Eréna plissait tristement la bouche, honteuse devant ses compagnes.

« Nous n'avons pas de pirogue, nous autres, nous allons nager... Tu viens ? »

Elles plongèrent. Leurs épaules, d'une même glissade, filaient dans l'ombre calme, et leurs trois chevelures sillaient, en frétillant, la face immobile de l'eau.

« Je ne monterai pas au navire », se redit Eréna. « Je regarderai seulement. » C'était un jeu de nager d'une traite jusqu'au récif, et le pahi s'en tenait à moitié route. Elle rejoignit les autres en quelques brassées, et toutes, insoucieuses de leur souffle — car la mer vous porte mieux que l'eau courante —, s'en allaient très vite vers le navire éblouissant. Les poissons fluets, à la chair délicate, aux couleurs bleues et jaunes, nagent vivement aussi vers les grands feux de bambous, jusqu'au temps où l'homme au harpon, penché sur l'avant de la pirogue, les perce d'un grand coup qui les crève et les tue. Les petites filles s'amorcent et se prennent comme les poissons curieux — pensaient peut-être les Farani, embusqués dans leurs agrès noirs.

L'un d'entre eux avait aperçu les quatre nageuses, et leur criait des appels dans son comique langage. Éréna se laissa distancer. Les trois autres sautèrent à bord, ruisselantes ; les tapa leur collaient aux seins, aux genoux. Ce fut une bourrasque de joie : tous leur faisaient fête. Mais elles, décemment, séparaient de leur peau l'étoffe alourdie, et en disposaient les plis d'une façon tout à fait bienséante. Éréna saisit l'échelle pour reprendre haleine, et s'ébroua. Les marins la réclamaient aussi ; car malgré la chevelure épandue sur les yeux et la bouche, ils devinaient une plaisante fille, désireuse de joindre ses compagnes, mais effarouchée ou moins hardie. Un homme alerte s'en vint jusqu'au ras de l'eau, près d'elle, et prit sa main. Elle se cambra sur le premier échelon, afin de rajuster sa tapa qui découvrait l'épaule. Et comme le marin, lui entourant la hanche, la pressait de monter, et qu'il se penchait tout entier vers l'eau pour lui laisser passage, elle dit avec raison : « Non ! non ! va le premier, toi ! » Car il n'est pas bon de précéder à l'escalade un homme étranger dont le regard glisse au long des jambes. Lorsque le marin fut en haut, elle décolla, comme ses amies, ses vêtements mouillés ; hésita un peu, puis sauta sur le pont en serrant les plis, de ses pieds joints.

On l'entraîna. Comme ils étaient enjoués, ces matelots Farani ! Les femmes, en parures de fête et nombreuses venues, riaient déjà sans défiance, et commençaient à s'agiter. Tous les jeux, chassés de la terre de l'île, se réfugiaient là, plus libres et plus nobles que jamais. Il s'inventait de nouvelles danses, frappées de pas et de gestes imprévus, et quelques-unes se marquaient de noms moqueurs. Il y avait le ori-pour-danser « *Tu es malade parce que tu bois le àva* », et le péhé-pour-chanter « *Tu es malade parce que tu as travaillé pendant le jour du Seigneur* ». Le chef de bande, en feignant une gravité, criait ces parlers plaisants ; et l'on sautait. Vraiment il ne fallait pas dire cela aux oreilles des Missionnaires ! Les étrangers, surtout les prêtres, entendent malaisément la moquerie. Mais à bord de l'accueillant navire, les Piritané n'avaient plus rien à voir ! Et les filles, rassurées, dansaient de plus belle, inventant, après chaque figure, une autre bien plus drôle encore. Elles avaient surpris cet usage des hommes Farani qui répètent, à tout propos, le mot « *Oui-oui* » pour affirmer leurs paroles, au lieu de relever simplement les paupières ainsi que les gens de Tahiti — ce qui est plus clair et bien moins ridicule. Pour railler aimablement cette manie de leurs hôtes, les petites filles commencèrent le « *Ori des oui-oui* ». — Les étrangers ne comprenaient point.

Sans trop oser réclamer, les femmes acceptaient volontiers la boisson qui enivre. C'était mauvais à goûter, âcre, brûlant. Elles avalaient péniblement, les yeux grands ouverts, les lèvres serrées, avec une secousse du gosier, des hoquets, des toux. Mais aussitôt, une fumée joyeuse leur soufflait dans la tête ; leurs regards se balançaient dans une brume où pétillaient toutes les lumières, où se tordaient les mâts et les agrès. Voici même que le pont du navire, bien que l'eau fût paisible, devenait onduleux comme une houle... Et c'était fort amusant.

Éréna buvait avec hâte. Son amant était loin, en vérité, très loin. Avait-elle encore un tané... Un tané Farani, ou bien de sa couleur ? Mais tous ceux-là qu'elle avait enserrés de ses jambes, depuis le temps où elle était petite et maigre de corps, tous ceux-là se mélangeaient en un seul, imaginé au seul moment de l'amour et lui donnant, par toute la peau, d'agréables frissons. Peu lui importait d'en connaître le visage.

Soudain, elle entrevit son nouveau père et courut à lui, craintive un peu. Mais Térii avait déjà, dans le creux du bateau, festoyé parmi ses compagnons de voyage. Il ne parut point irrité à la voir. Même, il dit à Éréna, montrant à la fois un matelot qui passait et une coupe vide : « Demande pour moi du áva Farani... ils ne veulent plus m'en donner ! »

Éréna en obtint vite un plein bol, et le rapporta fièrement ; ainsi se ménagerait-elle les bonnes grâces du tané de sa mère. Celui-ci but avec prestesse, en grimaçant beaucoup. Il souffla : « Je suis content » et tendit une seconde fois la coupe. Mais Éréna avait disparu, entraînée par le bon matelot généreux.

« Excellents Farani ! Excellents fétii ! » proclamait maintenant Térii, dont la reconnaissance débordait avec d'abondantes paroles. Sous la vertu de la précieuse boisson, il lui venait aux lèvres des mots de tous les langages entendus au hasard de ses aventures. Il remerciait tour à tour en paniola[1] et en piritané. L'on s'égayait beaucoup. Alors, il imagina de raconter aux bons Farani la déconvenue de son arrivée, les rites stupides, la tristesse, l'ennui. Il feignait de considérer, dans le creux de sa main, des feuillets à signes-parleurs. Il levait le bras comme l'orateur du matin. Les matelots, autour de lui, secouaient leurs entrailles. Excité par leur bonne humeur, il chanta, d'un gosier trémulant, quelque himéné mélangé d'injures et de moqueries. Puis il s'arrêta,

1. En espagnol.

inquiet soudain. Car une voix pleine d'angoisse, toute proche, appelait de groupe en groupe : « Éréna... Éréna... »

Il vit le jeune Aüté, les yeux rouges dans les lumières, et qui lui-même aperçut Térii : « Où est Éréna ? » Térii se garda bien de montrer le creux du bateau. Sans répondre, et comme sollicité par tous les rieurs, il se remit à danser en raillant, cette fois, la démarche sautillante des femmes étrangères, et leurs gestes étroits. Des cris amusés s'envolèrent à la ronde, se mélangeant à la joie qui grondait partout : les pieds frappaient le pont à coups pressés ; les mâts tremblaient ; le navire entier, secoué comme de rire, agitait toutes ses membrures. Mais parmi la foule turbulente et le tumulte, le jeune étranger réclamait toujours son épouse chérie.

Elle apparut devant lui, tout à coup, toute seule. Une lueur tomba sur la petite épaule nue. Aüté balbutiait très vite : elle était là ! malgré lui, malgré la promesse : oh ! qu'il en avait de la peine ! — Éréna, souriant à demi, entourait de son bras le jeune homme survenu elle ne savait pas très bien comment, et subissait avec patience les reproches longs, habituels aux étrangers. Lui, s'écartait. Alors elle espéra des coups... Non. Il la regardait gravement, avec d'autres parlers inutiles et ennuyeux, encore : « Tu m'avais promis de ne pas venir, petite Éréna chérie... Pourquoi es-tu venue... Comment es-tu venue... Tu es mouillée... Comme tu as été méchante. Et qu'est-ce que tu as fait ici ? Tu n'as pas dansé devant les matelots ? Ces Farani sont mauvais pour les petites filles... Oh ! tu es toute mouillée ! » Il la pressait doucement, la voyant tremblante un peu. A travers leurs vêtements que l'eau faisait transparents à la peau, ils sentirent, à nu, leurs deux corps approchés. Eréna se cambra, membre à membre, avec tant de souplesse que le cher contact humide et froid le fit tressaillir. Les yeux attachés sur elle, il tordait en silence les beaux cheveux encore suintants que la mer avait emplis de paillettes poisseuses.

La fille se taisait, rassurée à peine : qu'avait pu deviner son amant ? peut-être rien du tout ; et pourquoi risquer de lui apprendre... Et puis, cela, c'était déjà si lointain, si épars, si confusément entrevu : le bain, les chants, les matelots et ce qu'ils demandaient, et son père, très drôle ! et sa tapa défaite. Surtout, elle tâchait à tenir éveillées ses paupières étonnamment pesantes, cette nuit-là. C'était le plus difficile. Le bateau lui parut soudain se mettre à l'envers. Elle serra son amant qui lui rendit son étreinte. Des matelots couraient autour d'eux ; et celui qui pour un bol de boisson l'avait caressée à loisir, jeta en passant : « Allons ! tu es une bonne fille. Tu reviendras demain ? »

Aüté sursauta, et voulut s'enfuir en entraînant son amie. Mais le petit visage pencha au hasard, et tout le corps se mit à vaciller. Comme leurs deux bouches se touchaient, il sentit l'haleine trouble ; il vit les lèvres frissonner, et les jolis yeux noirs — qu'il appelait si tendrement « lumières dans la nuit » — chavirer vers le front en roulant leurs couronnes blanches. Il la souleva violemment, la tenant dressée comme on tient un cadavre. Elle se cramponnait sur l'échelle. Il l'arracha avec rudesse et l'étendit au fond d'une pirogue.

A demi relevée, elle pesait de sa poitrine sur les genoux d'Aüté, et disait, d'une voix entrecoupée : « Mon cher petit tané chéri... » Les seins tressaillaient et tout le corps hoquetait avec de petites plaintes.

*

Les bons Farani menaient toujours une grande gaîté. Térii continuait à lever les rires, les femmes à danser, les couples à s'ébattre. Les chants et les cris ne faiblissaient pas, qui sont nourriture pour les hommes en liesse. Soudain, le voyageur songea : qu'avait-il donc imaginé, tout au long de ce jour d'arrivée ? La joie perdue ? L'île changée ? Il considéra longuement, en clignotant beaucoup, le navire en fête, le plaisir soufflant sur tous. Il vit la baie se parsemer de torches ; près de lui s'offrir des femmes dévêtues, cependant que d'incroyables provisions pour manger s'amoncelaient sur le pont. Il reprit : « Quoi

donc avais-je pu rêver, la terre Tahiti n'a pas changé ! pas
changé du tout ! »

Il respira fortement et, rassuré, se remit à boire, à
danser, à s'égayer sans contrainte.

Les baptisés

Mais dès son réveil, le lendemain, Térii sentit sa bouche nauséeuse, son visage tour à tour suintant et sec, ses membres engourdis, ses entrailles vides. Il se prit à déplorer les festins de jadis, où malgré qu'on ignorât la boisson brûlante, le plaisir coulait à flots dans les rires, dans les chants, dans les étreintes vigoureuses. On bâillait ensuite à l'aube naissante ; on se tendait dans un grand étirement ; on courait à la rivière — sitôt prêt à d'autres ébats. « Les étrangers feraient piètre figure s'ils devaient, comme les Arioï, jouir toute une vie dans les îles, et toute une autre par-dessus le firmament ! »

Térii dit ces paroles à voix haute, sous le faré de Rébéka devenu son propre faré. La femme prit un air improbateur, et Samuéla qui s'éveillait considéra longuement le fétii bavard. Il ne cacha point sa tristesse : Térii était bien l'ignorant, l'aveugle, le païen que ses discours avaient déjà dénoncé. Il importait de lui dessiller les yeux, de l'instruire, de le guider. Lui-même, Samuéla, aidé par le Seigneur, le mènerait dans la voie véritable.

Térii n'osait pas répliquer : son oubli néfaste pesait donc toujours sur lui ! toujours, puisque ses compagnons, des femmes, et le premier venu parmi les manants, pouvaient l'insulter en lui jetant tous ces vocables obscurs... Il dit :

« D'autres haèré-po que moi ont perdu les mots : le peuple les a laissés tranquilles. Voici des dizaines d'années que tout cela est fini ! »

Samuéla comprit la confusion, et son maintien se fit plus sérieux encore : « A vrai dire, Térii, ton esprit est brouillé par-delà ce qu'on aurait pu croire ! Ce n'est pas la vieille erreur sur l'infâme pierre-du-Récitant qui nous paraît aujourd'hui déplorable : ne l'avions-nous pas oubliée ? et faut-il garder des parlers aussi ridicules que celui-là ? mais nous regrettons la nuit de tes pensers d'à présent, et n'aurons point de répit que tu ne sois éclairé enfin. »

Le voyageur, bien que surpris, songeait que l'homme Samuéla était peu digne à se poser en maître. Quoi donc ! un fabricant-de-pirogues prétendait instruire un prêtre maintenant ? D'ailleurs, malgré son moment d'oubli, Térii savait fort bien, encore, ce qu'il savait, sur les dieux, les chefs, le culte, les tapu. Il n'entendait recevoir aucune leçon : « Vous m'appelez ignorant, conclut-il, vraiment ! je veux rester l'ignorant que je suis !

— Hié ! » Samuéla eut un petit rire : les Missionnaires ne pensaient point ainsi, et les Missionnaires, on devait les écouter et les croire. Des gens, comme Térii, avaient, pendant quelques lunaisons fait la sourde oreille : « Eh bien !...

— Eh bien ? »

Samuéla, sans répondre, cria le nom d'un homme qui raclait, à dix pas du faré, une coque sur le sable. L'interpellé tourna la tête et s'approcha. On aperçut une marque ignoble tatouée sur son front :

« Lui non plus ne voulait rien entendre », dit simplement Samuéla ; et il ajouta : « D'ailleurs, tu ne pouvais mieux trouver que moi, parmi les fétii de Paré. Voici douze semaines que je suis Professeur de Christianité ; et professeur de premier rang... »

Térii ne répliqua point. Et dès le soir, et durant les veillées qui suivirent, on s'efforça de l'éclairer. Aux longs avis précieux de l'ancien façonneur-de-pirogues, à la « Bonne-Parole » ainsi que l'on disait avec un respect, se mélangeaient d'autres histoires non pas ennuyeuses, où renaissaient toutes les années d'absence. Au début de la nuit, on allumait les graines de nono enfilées sur de petites baguettes, et l'huile, coulant de l'une sur l'autre, pénétrait toute la tige ; la flamme, alors, se prolongeait d'elle-même, comme les beaux récits qui se suivaient, indiscontinûment.

*

Ainsi Térii put connaître par quelle suite de prodiges l'atua Kérito — que l'on nommait également « Le Seigneur » — s'était manifesté favorable aux armes de Pomaré ; et se convaincre en même temps à quel point toute aventure dépendait de ce nouveau dieu. — Pomaré, d'abord, s'était vu repoussé de ses nouvelles conquêtes. Même les terres qu'il tenait auparavant le récusaient pour leur chef. Battu de vallée en vallée, fuyant au hasard vers Mooréa, redébarquant à l'improviste, aué ! c'était alors un bien petit personnage !

« Ce ne fut jamais qu'un indigne voleur », affirma Térii, en songeant à la noble lignée des Arii de Papara que l'autre avait dépossédée. Les assistants murmurèrent : « Voilà qui n'est pas bon à dire ! » — « Non, reprit le conteur, si Pomaré, en ce temps-là, portait une telle misère, c'est qu'il demeurait encore païen. Il persistait à tuer des hommes pour les offrir aux dieux de bois ridicules ; il observait des rites exécrables ; il dormait sans dissimuler avec d'autres femmes que la sienne. Enfin, il n'aimait point les prêtres étrangers, ou Missionnaires, qui sont les envoyés du vrai dieu ; et tous les gens qu'on leur savait favorables étaient certains de l'expier aussitôt. Par exemple, Haamanihi no Huahiné... »

Térii se souvint de ce grand-prêtre qui feignait avec persévérance le respect des étrangers, afin de gagner leur aide : il apparaissait bien ingénieux ; mais les Arioï l'avaient chassé de leur troupe.

« Eh bien ! Haamanihi fut attiré, avec adresse, hors de la vue de tous, auprès de la colline " de l'arbre isolé ". Là, un homme blême, un méchant matelot dont Pomaré suivait parfois les avis, s'agitait pour qu'on tuât le grand-prêtre. Nul n'osait. Il ne faut point réfléchir trop long-temps à un meurtre : abattre un guerrier à la guerre, bon cela ! mais hors la guerre, les coups portent mal. L'homme blême prit une hache et courut sur Haamanihi. Le vieux, sans armes, se sauvait en traînant sa grosse jambe. L'autre le joignit, et, par-derrière, lui ébrécha l'épaule. Haamanihi roula sur le dos. Comme il hurlait,

on lui écrasa la mâchoire et l'on s'enfuit. Le vieux cria
jusqu'à la tombée du soleil.

— En vérité, il avait un bon gosier ! » ricana Térii,
heureux de savoir son ennemi en pièces, mais il interrogea : « Pourquoi donc l'atua Kérito, que Haamanihi
servait par ruse, le laissa-t-il succomber ainsi ? »

Les Missionnaires avaient répondu à cela, que le prêtre
était frappé sans doute en raison de grandes fautes
passées : pour avoir troublé peut-être leur premier sacrifice, en offrant à Kérito des cadavres d'hommes. « Et
puis, conclut Samuéla, Ses desseins sont impénétrables »,
et il poursuivit :

« Alors, les envoyés du vrai dieu furent pris d'une
grande peur que Pomaré ne rejetât sur eux le crime
ordonné par lui-même. Ils abandonnèrent Tahiti. Deux
seulement osèrent demeurer. Mais voici que leur vint une
autre disgrâce : Pomaré l'ancien, Vaïraatoa, qui ne leur
était point ennemi, comme il montait un jour en pirogue,
chancela soudain, étendit les bras, tomba, mourut. — De
nouveau ils proclamèrent la marque du dieu très-puissant : le chef périssait manifestement sous Sa main, pour
ne point avoir assez fortement pris la défense de Ses
envoyés. Certes, il n'apparaissait pas un atua qu'on put
traiter avec dédain ! L'ignorant devait reconnaître, par
tous ces exemples depuis lors fidèlement conservés,
combien il fallait compter avec Lui ? »

Térii, au contraire, eût volontiers raconté cette mort
comme une vengeance de Oro, dont Pomaré le fils avait
enlevé les simulacres, les Plumes Rouges, et dépouillé le
maraè sur la terre Atahuru : tout cela, sur les conseils de
Vaïraatoa. N'était-ce point le véritable mot à dire là-
dessus ? — Mais il garda prudemment ce penser par-
dedans sa bouche. Il suffit que, de part et d'autre, les atua
rivaux se tiennent satisfaits et tranquilles : explique
ensuite qui pourra !

« Toutes ces choses, poursuivait le Professeur, et tant
d'autres maux, secouaient les entrailles de Pomaré qui ne
comprenait pas encore : ses yeux étaient fermés —
comme les tiens, Térii — à la lumière de vie. Non ! il ne
pouvait pas comprendre, et il s'obstinait dans ses erreurs.

Il disait n'avoir rien négligé des rites ; il multipliait les offrandes et entassait les vivres sur l'autel du dieu le plus obligeant. A son passage, les charniers se comblaient de victimes et s'entouraient, comme d'un mur, d'ossements propitiatoires. Scrupuleux plus que jamais de toutes les coutumes, de tous les tapu, il avait, avec piété, empoisonné son premier fils dès le ventre de la mère, si bien que l'épouse Tétua n'avait point survécu aux manœuvres sacramentelles : tout cela sans issue que des combats malheureux, des abandons, des embuscades ! Cependant, il gardait à son service plus de quarante petits mousquets, qu'on porte sur l'épaule, et deux autres, fort gros, montés sur des bateaux ronds. Et malgré ses mousquets, malgré ses nouveaux amis — de rusés hommes blêmes, racaille échappée aux navires de passage —, malgré ses atua mêmes, il se voyait toujours battu, pourchassé, traqué... Eha ! se serait-il donc trompé de dieu ? »

Térii ne put tenir : « Mais enfin, il avait les Plumes ! »

Samuéla jeta, sans s'interrompre, un regard de mépris.

« Alors, le chef misérable eut cette idée heureuse de raconter ses craintes au prêtre Noté qui ne l'avait point, malgré tous les dangers, délaissé comme les autres. Inspiré par Kérito, le prêtre enseigna Pomaré. D'abord il lui montra l'usage des petits signes parleurs ; et bientôt l'Arii put les expliquer aussi vite que glissent les yeux — ce qui s'appelle " lire " ; quelque temps après, les retracer lui-même — ce que l'on nomme " écrire ". Par-dessus tout, il en venait à connaître, de la bouche de Noté, les pouvoirs de ce nouveau dieu, de ce dieu Très-Puissant qui tient les îles et les peuples dans Sa main, écrase ceux qui lui déplaisent, exalte ceux qui nomment Son nom. Le chef, dans un grand enthousiasme, promit à Kérito dix maraè pour lui tout seul, et quatre cents yeux de victimes.

— Bien ! bien ! » approuva Térii, qui espérait d'admirables fêtes.

Samuéla se récria : « L'impiété même ! au contraire, Kérito tient en horreur ces coutumes sauvages. Les offrandes qu'il réclame ne doivent point être mouillées de sang : et il célèbre tous ses sacrifices dans le cœur de ses fidèles. Ainsi Noté dissuadait le chef impie. En même temps, il le pressait d'en finir avec toutes ses erreurs, de mépriser des dieux impuissants, imaginés par les plus vils sorciers, et qui n'avaient pas prévalu à lui conserver ses terres. Qu'il brûle leurs autels, leurs maro consacrés, leurs simulacres et les plumes ; et qu'il en piétine avec dégoût les débris, pour se vouer tout entier au seul maître qui pourrait jamais lui rendre tous ses biens, toutes ses vallées, et disperser les plus terribles ennemis !

» Pomaré s'obstinait dans sa défiance : que deviendraient ses dieux familiers ? Brûleraient-ils en même temps que leurs simulacres ? Et tous ces troupeaux d'esprits, les anciens et l'arrivant, n'allaient-ils pas se battre autour de sa personne, peut-être même dans son ventre ou sa poitrine ? Le prêtre l'éclairait avec sagesse, et lui révélait comment des tribus réduites à rien, en d'autres pays, s'étaient relevées avec le secours du Seigneur — qui toujours rendait à ses fidèles justice. Et la justice de ce dieu-là, on la nommait pillage, massacre et dispersion des peuples qui le dédaignaient ! " Maéva ! Maéva pour Iéhova ! " criait alors Pomaré, dont les yeux s'ouvraient lentement à la véritable lumière. Il ne se lassait plus d'entendre indéfiniment ces beaux récits pleins d'assurances. — Enfin, à bout de ruses, déçu, tout seul, sans espoir et manifestement négligé par ses dieux, il décida de s'en remettre à l'autre, au nouveau, afin de tâter son pouvoir. Il vint dire au prêtre Noté : " Vite ! baptise-moi ! " »

Térii ne comprenait point. Il fallut, avec une complaisance ennuyée, lui apprendre qu'on nommait « baptême » une cérémonie destinée à… mais c'était une autre histoire. Et l'on reprit le cours du bon récit.

« Le prêtre Noté refusa le baptême. Personne, parmi les païens, avoua Samuéla, n'avait encore reçu le rite ; et nul ne l'a reçu depuis. Cependant nous l'attendons avec désir. Il faut s'y préparer fort longtemps d'avance, changer de noms et de vêtements, et donner des preuves publiques de ses bonnes intentions. — Lorsque le prêtre eut dit cela, Pomaré se mit en colère : un rite, après tant d'autres, ne lui coûtait pas. Mais ces marques à divulguer devant tous les manants le laissaient plus indécis. Noté ne voulut rien abandonner : l'Arii concéda la " preuve de la Tortue ". »

Térii doubla son attention : la Tortue, mets divin par excellence, ne doit pas être touchée avant que les dieux en aient reçu la meilleure part. Les en priver, c'est appeler des calamités sans nom !

« Donc, Pomaré assembla les derniers chefs qui le suivaient encore, fit pêcher une grande tortue, la dépeça, et, s'arrogeant la première part, mordit à même — non sans trembler ni jeter à la dérobée des coups d'œil épieurs vers le maraè voisin.

— Ho !

— Les dieux ne bougèrent pas. Pomaré ne mourut point, ni personne parmi ses fétii. Et tous les chefs, après avoir frémi, s'empressèrent à donner aussi des marques de bon vouloir, en insultant ces dieux qui ne se regimbaient pas. Comme on ne parvenait point à saisir de nouvelles tortues — elles sont rares, en cette saison, dans la baie Papétoaï —, ils s'ingénièrent à tenter autre chose, et mieux : certains s'en allèrent troubler une fête païenne. Ils reçurent des coups. Le prêtre Noté les combla de belles paroles, et, leur donnant le titre admirable de " martyrs du Seigneur ", déclara : " Le sang des martyrs a toujours été la bonne semence. " Plus encore : le grand-prêtre Pati, au milieu d'un concours de gens épouvantés, saisit les images divines, le poteau sacré, le poisson, les plumes, fit allumer un grand brasier : les y jeta...

— Ho ! Ho ! cria Térii, stupéfait. Et quoi donc ensuite ? »

Samuéla ricanait : « Ensuite ? rien du tout. Les dieux de bois étaient de bois, comme plaisantent les Missionnaires. Ils brûlèrent donc, en craquant, avec un peu de fumée. » Térii ne pouvait cacher son ébahissement.

« Et dès lors, sur la terre Mooréa, la Bonne-Parole se répandit. Pomaré, de nouveau plein d'espoir, réconfortait à son tour les siens, plus assidus puisqu'ils le sentaient plus robuste. Parfois, il lisait pour eux dans le Livre : " *Après ces événements, la parole du Seigneur fut adressée à Abérahama, dans une vision, et il dit : Abérahama, ne*

*crains point, je suis la quadruple natte qui te protège la
poitrine, et ta récompense sera grande.* " D'autres temps, il
feignait d'avoir reçu, dans un double sommeil, des leçons
prophétiques. Il racontait : " *Moi, et les chefs ignorants,
nous récoltions du féi dans la montagne. Et voici : les tiges
coupées de mes mains se levèrent, et se tenaient debout ; les
autres féi et tous les arbres à la ronde les entouraient, en se
prosternant devant elles ! Et voici encore : le soleil, la lune
et douze étoiles, les douzes maîtres Arioï, je les ai reconnus,
se balançaient autour de moi !* " Chacun de ces mots, bien
que jeté d'une voix malhabile, suscitait de nouveaux
partisans, et par là on mesurait d'avance la vertu de ce
Livre dont les vocables demeurent efficaces jusque dans
les plus médiocres bouches.

» Pomaré suppliait encore, pour obtenir le baptême. Il
voulait convaincre les Missionnaires : n'avait-il point
annoncé leurs triomphes, leurs bienfaits, avant que nul
homme au nouveau-parler ne fût débarqué sur sa terre ?
" J'ai rêvé la Bonne-Parole. J'ai rêvé ! J'ai rêvé ! " leur
affirmait-il, sur un air inspiré. Mais Noté, qui savait peut-
être combien il est aisé d'annoncer les choses à venir
— quand elles sont venues —, résistait aux désirs du chef.
En revanche, l'Arii reçut un jour, de la terre Piritané, un
message où il était nommé : " le grand Réformateur " et
" le grand roi Chrétien d'un peuple sauvage ". Pomaré se
gonfla d'orgueil et répondit : " Amis, je suis content de
vos paroles. Mais envoyez en même temps beaucoup de
mousquets, et ce qu'il faut pour tuer les païens ; les
guerres sont nombreuses dans ce pays : si j'étais battu par
mes ennemis qui sont aussi les vôtres, on chasserait tous
vos fétii. "

» Il importait, en effet, d'essayer un dernier grand
coup. Sans attendre les provisions de guerre implorées,
on s'ingénia pour en trouver d'autres. Les feuillets à
signes qu'on avait fabriqués dans l'île, en grand nombre
déjà, au moyen de petits morceaux de plomb noircis, on
les déchiquetait pour en rouler des cartouches ; et ces
petits morceaux lourds, on les fondait pour en façonner
des balles. Et quelles vertus meurtrières n'auraient point
ces armes, puisque le Livre même dont elles étaient

faites leur prêtait sa puissance. Or, le Livre disait :
" *J'enverrai ma terreur devant toi ; je mettrai en déroute
tous les peuples chez lesquels tu arriveras, et je ferai tourner
le dos à tous les ennemis.* "

» Enfin, l'île Mooréa tout entière fut prête, et se mit
debout. Comme on marchait vers la mer, le prêtre Noté
parla, mieux qu'un orateur-de-bataille, et récita : " *C'est
peu, que tu sois mon serviteur — pour relever les tribus de
Iakoba. — Je t'établis pour être la lumière des nations —
Pour porter mon salut jusqu'aux extrémités de la terre —
Ainsi parle le Seigneur, le Sauveur, le Saint d'Israëlé...* ".
Pomaré frémit, en criant : " *Je suis ton serviteur, pour
relever les tribus de Iakoba — Pour être la lumière des
nations...* " Et il fit bondir sa pirogue. Soixante autres,
portant plus de cent mousquets, le suivirent. On se jeta
sur l'île Tahiti. Le rivage était désert. On s'en empara.
Pomaré loua le Seigneur de ce premier succès. »

*

Samuéla prit un instant de répit. Les lumières devenaient fumeuses. L'épouse Rébéka, secouant les noix
brûlées, fit tomber les cendres. Les flammes jetèrent
d'autres éclats. La nuit fraîchissait. Les corps immobiles
frissonnèrent un peu, et l'on s'étira, sans dormir encore,
sous des étoffes chaudes fabriquées selon l'usage piritané,
de poils de chèvres ou de semblables animaux. A l'écart,
dans un recoin du faré, se caressaient Eréna et son amant
— réconciliés comme il en arrive toujours.

On leur avait donné, pour eux tout seuls, une natte
qu'Aüté dissimulait derrière un coffre. Car les tané de son
pays, et presque tous les hommes blêmes, ont coutume de
se cacher quand ils caressent une femme. Ils ont bien
d'autres manies encore. Eréna, dans son parler amusant,
ne finissait pas de les narrer à ses compagnes. Elle était
fière d'avoir si bien dérouté son ami : car il ne savait rien
de ses vrais ébats sur le navire si plaisant. Et quand, repris
de son inquiétude, il hasardait : « Mais, qu'est-ce qu'ils
t'ont fait les matelots... Au moins, tu n'es pas descendue
dans le bateau avec eux ?... » Eréna jurait que « Non ! sur

le vrai Dieu ! » — bien que ce parler fût interdit par les Missionnaires. Or, ce soir-là, une amie de jeux, ignorant ce qu'il faut taire ou raconter devant des oreilles d'amant à peau blême, interrogea : « Tu as dû recevoir de bien jolis présents, du matelot qui t'a menée dans le ventre du pahi, et qui t'a gardée si longtemps ? »

Aüté sauta sur la natte ainsi qu'un homme réveillé trop vite, et dévisagea son amie. Il ne parut point encore décidé à la battre, mais il la repoussa de lui, et sanglota longtemps, étendu à cette place où, d'habitude, il l'enlaçait avec frissons. Parmi ses larmes revenaient toujours d'ennuyeuses paroles : « Il t'a prise, il t'a prise comme moi, le sale matelot ! Il t'a embrassée partout, hein ? Et tu l'as serré dans tes bras... » Il jetait, avec reproche, des regards perdus sur le souple corps de la fille qui n'osait point se couler près de lui ; le tané s'apaiserait tout seul, et bien vite sans doute, mais il fallait se garder de rire pour ne pas le peiner davantage. Il répétait : « Tout près, tout près du matelot... » Voilà qui semblait le chagriner, que l'autre ait pu toucher de ses mains... Mais Eréna, fâchée qu'il la supposât aussi éhontée, reprenait vivement : « Près de lui ? Hiè ! pas du tout ! J'avais gardé ma tapa ! » Quoi donc lui fallait-il de plus ? Il ne parut point consolé. Décidément, elle eut pitié : soulevant le visage de l'ami qui pleurait à travers ses mains, elle glissa son bras sous la gorge tressautante. Vraiment, il avait une vraie peine. Leurs larmes à tous les deux se mélangèrent. Elle le frôla, disant : « Aüté... Pauvre tané chéri... » Et l'on ne savait pas, dans le sombre, si leurs voix étaient plaintives seulement. Néanmoins, comme cela détournait l'attention, Rébéka dit avec rudesse : « Eh ! les enfants, la paix, sur votre natte ! Samuéla, reprends la Bonne-Parole pour Térii et pour nous-mêmes. »

*

« En ce temps-là, Pomaré venait donc de reconnaître son erreur. Il lui fallait encore persuader les païens demeurés obstinément païens et par là même fort inquiétants. Il importait de les battre, afin d'affirmer la vertu des rites nouveaux. Mais, de leur propre gré, en un jour manifestement choisi par l'Éternel, puisque c'était le jour du Seigneur, ils vinrent au-devant du combat. Souviens-toi de ce jour, Térii. Les Missionnaires, qui dénombrent avec grand soin le cours des lunaisons, l'appellent " Jour inoubliable de l'année mil huit cent quinzième après la naissance de Kérito ". Depuis lors, il est passé trois autres années. Ainsi, tu peux dès maintenant répondre à ceux qui te le demanderont : que tu vis dans la mil huit cent dix-neuvième année des Temps Chrétiens. »

Térii, point curieux de parlers aussi confusément inutiles, somnolait en attendant la suite du récit.

« Le chef, et tous ses fétii, prenaient part aux cérémonies conduites par un Missionnaire dans le faré-pour-prier du lieu Narii, pas loin du rivage Atahuru. Les païens, comme de vils crabes de terre, longeaient le récif et contournaient la pointe Outoumaoro. On les aperçut, et, dans une forte indignation l'on voulut se jeter sur eux. Mais Pomaré, pris de peur, cherchait dans le Livre un enseignement belliqueux et subtil. Il savait au hasard qu'un grand guerrier comme lui, jadis attaqué par des hordes idolâtres au milieu d'un sacrifice au vrai dieu, ne s'était pas détourné du rite, mais, confiant dans le Seigneur, avait paisiblement achevé sa louange, et puis écrasé les païens. Le stratagème était bon à suivre. Le chef reprit courage. Si bien que l'hymne terminé, il fut des premiers à bondir.

» Ses meilleurs partisans, munis de mousquets tout prêts à craquer, venaient derrière lui ; et plus loin, surveillés par le Missionnaire, marchaient les nouveaux disciples : ceux-là dont les desseins n'étaient pas bien affermis — et qu'on avait munis d'armes peu méchantes par crainte de les voir changer de but. Malgré leur aveuglement et qu'ils servissent encore d'absurdes idoles, les païens n'étaient pas ennemis à dédaigner. Leur chef, Opufara, les menait avec une grande hardiesse. Mais les gros mousquets de Pomaré, portés sur des pahi amarrés au rivage, tonnèrent. Les grosses pierres qu'ils jetaient, renversaient, en un seul coup, plus de trois combattants ! Opufara hurlait : " Ceux qui sont morts, c'est par leur faute ! La honte même ! Voyez-vous pas qu'on vise trop haut ou bien trop bas ? Baissez-vous ! ou sautez par-dessus les grosses pierres ! '' Sitôt, une petite le perça lui-même : mais il bondit en avant d'une manière si terrible que Pomaré, qu'il menaçait, tourna sur ses jambes et s'encourut au hasard.

— La ruse même ! » dit Térii, sachant combien il est plus digne, pour un guerrier, de fuir avec adresse, que de recevoir quelque mauvais coup sans profit : Pomaré s'était montré là bien avisé.

« Les Missionnaires ne disent pas cela, reprit Samuéla. Ils condamnent ces ruses, et n'en ont pas de meilleures. — Cependant, Opufara ne put aller loin ; il tomba sur les genoux en étreignant un tronc de haári. Les mousquets faisaient merveille, toujours, et les païens, ayant vu trébucher leur chef, comprirent, par ce signe, que les dieux n'étaient plus avec eux. On les dispersa vite. Les guerriers du Seigneur, frémissant de joie, cherchaient Pomaré pour acclamer son nom. Mais Pomaré avait si bien couru, et si loin, qu'on ne put, de quelque temps, le découvrir. Des gens le joignirent enfin, assez haut sur la montagne, couché sous un abri de feuilles ; ils eurent peine à le convaincre du triomphe et que les païens n'existaient plus devant lui. Le chef vit ses fétii tout ruisselants de joie. Il reconnut la grande victoire, et bénit le Seigneur, disant : '' Mon rêve était bon : l'atua Kérito a combattu dans ma personne et les païens ont disparu à mon regard. '' Puis il lança vers l'île Mooréa deux pirogues messagères, dont les véa devaient crier partout : '' Battus ! Ils sont battus ! par la Prière toute seule ! '' Enfin, il surprit autour de lui quelques prisonniers dont il ordonna le massacre.

» Car il est dit, dans le Livre : '' *Tu dévoreras tous les peuples que l'Éternel, ton dieu, va te livrer, et tu ne jetteras point sur eux un regard de pitié.* '' Mais le Missionnaire, ayant parlé vite, avec colère, Pomaré dut arrêter ses gens. » Samuéla, baissant la voix, poursuivit : « Eha ! il eut tort : les épargnés trouvèrent bien ridicule ce chef qui les gardait en vie ! — En revanche, dans la saison qui vint, on brûla tout ce qui se pouvait brûler ; on démolit tout ce qui se pouvait démolir. Car il est dit dans le Livre encore : *" Vous renverserez leurs autels, vous briserez leurs statues, vous abattrez leurs idoles, et vous brûlerez au feu leurs images taillées !* " En place, on bâtit des " écoles ". Après quoi, Noté promit le baptême. Et dans l'île, et dans les îles, tous attendent depuis lors cet autre jour plein de promesses. »

Samuéla se tut. Térii, sans contester, admira les hauts faits du chef aimé de Kérito. — Un homme vieux, dans le faré plein de silence et de sommeil, dit la prière de chaque nuit, et l'on s'endormit, les oreilles rassasiées de la Bonne-Parole.

*

Une par une, et interminables au gré des bons disciples de Iésu, les nuits passaient, et d'autres nuits, cheminant vers l'aube où s'éveillerait enfin ce jour du baptême annoncé par les Professeurs de Christianité comme sublime, resplendissant, et pareil à une seconde naissance plus précieuse mille fois que l'autre naissance. Et tous les heureux que la bonne récitation du Livre faisait dignes à partager le rite n'avaient plus d'autres pensers que pour lui. — Térii ne savait point exactement s'il rirait de cet enthousiasme, ou s'il devait le jalouser : il ressort, parfois, tant d'imprévu profitable des coutumes les plus saugrenues. Beaucoup des nouveaux usages lui devenaient d'ailleurs familiers, malgré parfois leur incommodité. En même temps, une honte l'étreignait depuis son retour, honte diverse et tenace, qui sortait de son maro de sauvage, de ses gestes surannés — bien que libres —, de ses paroles « ignares et païennes » comme ils disaient tous autour de lui. Il aspirait à dépouiller cela ; à n'être plus différent des autres fétii, ni traité comme un bouc fourvoyé dans un abri de cochon mâle. — Était-ce donc si difficile ? Que demandait à ses disciples ce dieu mis en vogue, au hasard peut-être, par les Piritané : se morfondre sans pêcher ni danser tout au long des journées tapu ; ne posséder qu'une seule épouse ; et s'en aller parfois dormir, avec une feinte d'écouter, au faré-de-prières... Pas une de ces piètres exigences ne pouvait arrêter longtemps. A quoi bon s'en occuper tant de lunaisons par avance !

Cependant, les fétii redoublaient leur empressement, et les efforts des muscles n'étaient pas moins grands que l'entrain des paroles. Les faré s'éveillaient au bruit des marteaux de bois martelant, sur un autre bois sonore, la tapa frappée sans répit. Les chanteurs, appliqués à conformer les ébats de leurs gosiers aux dures mélodies prescrites, psalmodiaient — comme ils disent — à perte de salive. Des gens — que leur métier d'autrefois désignait pour cette tâche : dérouler sans erreur les beaux récits du Livre, les haèré-po des temps ignorants — étouffaient avec joie leur mémoire païenne. Et désormais, c'était les séries d'ancêtres de Iésu-Kérito, fils de Davida, qu'ils répétaient sans trêve, les yeux clos, le cou tendu, avec des lèvres infaillibles. Si bien que les Missionnaires émerveillés ne cessaient de rendre grâce au Seigneur : « Par qui ces hommes avaient été choisis, dénoncés, élus pour conserver la Bonne-Parole. » Et la Bonne-Parole, en effet, bruissait dans toutes les bouches. Les fabricants de signes-parleurs — que ne troublaient plus les guerriers en quête de balles — s'étaient remis à l'œuvre et livraient, par centaines, plus vite qu'on aurait imaginé, ces feuillets blancs tatoués de noir. On les roulait ensuite sur eux-mêmes. Mieux encore : on coupait ces feuillets en morceaux d'égale grandeur, pour les coudre entre deux lames de bois recouvertes de la peau d'un chat.

Tous en réclamaient ; même les aveugles. Comme les fétii hésitaient à leur confier ces objets inestimables — inutiles, croyait-on, à des gens dont les yeux regardent la nuit —, le prêtre Noté avait parlé sur un mode véhément : « Donnons le Livre à ceux-là qui ne voient point. Car c'est vraiment la Lumière de vie, plus précieuse cent fois que la lumière du jour, comme l'esprit est plus précieux que le corps et l'éternité plus importante que le temps. » Il se répandait, en outre, une histoire merveilleuse, propre à faire tressaillir ceux-là dont le regard est mort : Hiro, prêtre païen de Hiro le faux dieu, venait de « trouver, comme Taolo, encore appelé Paolo, son chemin de Tama » : Il marchait, plein de pensers impies, dans une vallée tout encombrée de grands arbres. Une branche s'abattit et le frappa au front. Il tomba, se releva aveugle, et, comme Taolo, dut être reconduit à son rivage par ses compagnons apeurés. N'était-ce point là le signe où se marquait la colère du vrai dieu ? Il l'avait reconnu avec des larmes, et il désirait le baptême. Pour mieux affirmer son regret et son espoir aussi, il réclamait le nom de Paolo, assuré que le Seigneur, après le rite, lui rendrait la joie de ses yeux. Tous les aveugles avec lui espéraient le même prodige.

Dès lors, ce fut un enthousiasme avide et pieux : les fabricants ne pouvaient plus satisfaire ces affamés de la nourriture divine. La valeur des échanges croissait. La « Bonne-Parole », ou Evanélia, « selon Mataïo », que l'on pouvait, trois lunaisons auparavant, acquérir toute cousue pour dix bambous d'huile de haári et deux cochons moyens, ne fut plus échangée à moins de quinze bambous et quatre cochons forts. L'Evanélia selon Ioané, très recherché dans les autres îles, tenait encore plus de fidèles sur la terre Tahiti. Les livres selon Marko et Luka comptaient partout des demandeurs. On venait en implorer de fort loin : des voyageurs, sortis de la mer, arrachaient avec transport les feuillets aux mains des fabricants, laissaient une fort belle offrande, et s'en retournaient, sans penser même à emplir leurs entrailles. Quelques-uns se réunirent, pour charger une pirogue à deux coques de tapa, de cochons mâles et d'huile parfumée : afin qu'on leur donnât seulement la moitié d'un livre entre eux tous... Alors, les Professeurs de Christianité déclarèrent qu'on devait se réjouir grandement : non point que l'abondance de ces offres et de ces dons importât en vérité aux Missionnaires ! mais parce que le prix qu'on attachait à posséder le Livre rendait manifeste, et indiscutable à tous, la valeur du Livre.

Sous le faré de Térii, chacun, selon sa manière, préparait le grand jour : Samuéla, marchant sans repos de la montagne à la rive, amassait pour le festin d'énormes

tas de féi roux. Sous les marteaux de Rébéka, les tapa
s'allongeaient, gluantes d'abord. Eréna les étalait au
soleil, et se privait d'autres besognes ; afin, disait-elle, de
ne plus quitter son ami. Elle entendait bien assister à la
fête mieux parée que toutes ses compagnes, et réclamait
de belles chaussures, et surtout un vêtement dur, un
vêtement qui étrangle les hanches, comme en portent les
épouses Piritané. Aüté refusa. Elle supplia, dès lors, pour
un chapeau surmonté de belles plumes frisées, l'obtint, et
accourut se faire admirer de son amant. Il se mit à rire et
retourna le chapeau : elle l'avait placé, « comme un
poisson qu'on ferait nager à l'envers ». Ces hommes
blêmes sont parfois déconcertants : les fétii, en revanche,
la déclaraient jolie dans sa parure neuve.

Les derniers soirs furent consacrés, dans tous les faré, à
répéter la « *Réponse du Candidat qui demande le Baptême* ». Si l'on interroge : « *Qu'est-ce que l'Assemblée
Chrétienne ?* » il faut réciter :

« *Une Assemblée Chrétienne est une société d'hommes
pleins de foi, réunis volontairement dans le but d'un culte
public, d'une édification mutuelle, de la participation à la
nourriture du Seigneur, et de la propagation de la Christianité.* »

Mais les baptisants ne lèveraient point cette question-
là. Ils diraient plutôt avant d'imposer le rite : « *Reconnaissez-vous Iéhova comme seul vrai dieu et Iésu-Kérito
comme seul sauveur des hommes ?* » On répondrait : « *Je
reconnais Iéhova comme seul vrai dieu et Iésu-Kérito
comme seul sauveur des hommes...* » Samuéla, qui récitait
tout d'une haleine et alternait ingénieusement demandes
et réponses, s'arrêta plein d'orgueil. Il savait encore
beaucoup de parlers du même genre, de la même utilité
— mais assez différents : car s'il n'y a qu'un seul vrai dieu,
il n'y a pas qu'un seul vrai Missionnaire ; et tous ne
s'entendent pas dans la seule vérité. Mais on doit
satisfaire chacun, en variant les cérémonies et les discours. Térii décidément admira. Il conserva soigneusement tous ces dires en sa mémoire, parmi beaucoup
d'autres pensers nouveaux, non moins profitables.

Cependant, un soir, Samuéla apparut déconcerté : il s'était mêlé à une Assemblée de Professeurs et s'en retournait indigné : les Missionnaires, après avoir annoncé, promis et rendu désirable le Baptême, ne venaient-ils point déconsidérer le rite en affirmant que nul bénéfice n'en était plus à attendre ! mieux encore : que le Baptême ne se devait pas nommer un « rite », mais le « souvenir », seulement, de ce que Iésu lui-même avait fait : « Les Professeurs, s'ils vantent encore des vertus et des prodiges, ne sont que des imposteurs, des impies : presque des païens comme les autres ; surtout, qu'on n'accorde point à un peu d'eau la grâce contenue seulement dans le cœur du Candidat quand il récite : " *Je crois à Iésu-Kérito, seul sauveur...* " » — Samuéla se décevait : voilà qui n'était pas bon à dire maintenant que tous espéraient de si grandes choses. Térii, cependant, comprit et ricana : les Missionnaires demeuraient donc les gens parcimonieux qu'ils avaient su déjà se montrer ! Les rites, les festins, les réjouissances leur déplaisaient encore. — Cependant peu de gens s'en inquiétèrent : une fête ! on préparait une fête ! pour quel nom, pour quel but et sous quelles paroles, il importait vraiment assez peu. On reprit l'entrain. On démesura l'enthousiasme. Enfin, parmi les désirs et l'attente de tous, l'aube joyeuse resplendit.

*

Dès avant le plein soleil, la foule environna le grand faré-de-prières — que l'on disait aussi Cathédrale — et jeta, contre les murailles blanches, ses premiers appels. Mais, ainsi qu'il convenait, pas un seul des mauvais usages dépouillés ne se laissait plus discerner. On les repoussait comme néfastes et ridicules : pas de conques ni de tambours, aucune victime ; et pour cortège, rien qui pût rappeler les agitations coupables d'autrefois : mais on se montrait avec respect le double défilé lent et taciturne des Écoles. A droite, marchait l'École des Tané, à gauche, l'École des Filles. Dans la première, de nombreux haèré-po — maîtres eux-mêmes jadis — témoi-

gnaient de leur zèle en se faisant disciples et en se mêlant
volontiers aux enfants. La foule en reconnut plusieurs, et
les acclama : or les gosiers eux-mêmes avaient mué leurs
voix en même temps que leurs cris : on chantait :
« Huro ! Huro ! » à la façon piritané, ou bien « Hotana !
Hotana pour le Seigneur ! » sur un ton particulier, imité
des disciples de Kérito dans la terre Iudéa. Parmi tout cet
entrain neuf, Térii l'Ignorant se sentit démesurément
isolé. Samuéla et les fétii du faré commun l'avaient quitté
sans paroles, comme on s'écarte d'un manant mangé
d'ulcères, et s'en étaient allés tenir place, au meilleur rang
qui fût, parmi les candidats empressés. Toute l'assemblée
houlait et refluait à l'aventure. L'Ignorant, bien qu'il
n'osât s'égaler aux autres, voulait voir, et entendre, et
jouir de la fête — et il errait dans les remous agités.

Il se trouva soudain poussé, sans piétiner lui-même, à
toucher cette estrade bâtie près de l'eau Faütäüa, et de
laquelle Pomaré, les Missionnaires et les chefs domi-
naient la multitude. Le prêtre Noté dont le visage, malgré
tant de saisons douloureuses, apparaissait limpide et
triomphal, demanda qu'on arrêtât les cris. Térii se souvint
que de coutume celui-là parlait sans mesure durant de
bien longues heures. Il se repentit de sa curiosité. Pressé
par la foule, il dut écouter le vieil homme.

« *Et Iésu, s'étant approché, leur parla ainsi : Tout
pouvoir m'a été donné dans le ciel et sur la terre. Allez,
instruisez tous les peuples, les baptisant du nom du père, du
fils, et de l'esprit bon, et enseignez-leur d'observer tout ce
que je vous ai prescrit. Et voici, je suis avec vous tous les
jours jusqu'à la fin du monde.* » Puis le discours s'étendit
confusément. Comme les rumeurs, au bout d'un long
temps, se faisaient impatientes et aigres, il précipita ses
paroles, vanta prestement le Livre, et s'arrêta, couvert
par la multitude qui hurlait vers le Baptême.

Pomaré, avant tout autre, devait recevoir le rite. Non
pas que les chefs fussent, aux yeux de Kérito, différents
de leurs serviteurs — mais l'Arii s'était montré le plus
empressé parmi les disciples nouveaux du vrai dieu : il
importait de consacrer sa hâte et son rang : car ce qui se
fait sur la terre doit être ratifié dans le ciel du Seigneur. Et

l'on accommoda la cérémonie au besoin de sa dignité : sans qu'il descendît, comme le peuple, à se plonger dans la rivière, il courba seulement sa noble tête sous la main de Noté le baptiseur. Celui-ci, répandant un peu d'eau, dit fortement les mêmes paroles qu'avait dites Iésu : « *Je te baptise au nom du père, et du fils, et de l'esprit bon.* » Puis un autre Missionnaire plus âgé proclama Pomaré « Roi des Iles Tahiti et du Dessous-du-Vent », l'engageant à se montrer « digne toujours de sa haute profession et de l'éminente situation qu'il occupait devant les anges, les hommes et le Seigneur lui-même ». Enfin, il lui donna le nom de « Pomaré-le-deuxième dit le Réformateur ».

Aussitôt, la foule se rua vers l'eau sacrée, et remplit le creux de la rivière d'un autre torrent hâtif et tumultueux. On se trempait jusqu'aux épaules et presque jusqu'aux yeux, pour que le rite fût plus efficace. Les baptisants, sur le bord, allaient de l'un à l'autre : « *Reconnaissez-vous Iésu-Kérito pour le seul sauveur des hommes ?* » Les Candidats répondaient sans erreur, recevaient le baptême et s'en venaient avec des cris d'allégresse. Et tous, mêlés sans dignité — manants et chefs, haèré-po d'autrefois, guerriers et femmes —, couraient à la rivière en chantant « Hotana ! Hotana ! »

Le Réformateur, cependant, marchait vers le faré-de-prières. Il passa tout près de Térii qui le dévisagea : rien ne transparaissait en lui de la vertu du rite : ses pas allaient sans noblesse ; ses cheveux broussaillaient encore, seulement un peu collés par l'eau purifiante ; et son nez ne s'était point ennobli. Soudain, d'autres figures — visions immémoriales peut-être des temps oubliés — s'imposèrent devant les yeux de l'Ignorant : il entrevoyait un superbe homme nu, non point mouillé d'un peu d'eau sous une main de vieillard, mais baigné dans la forte mer houleuse, à Mataväi de Tahiti. Des pirogues, par centaines, ceinturaient la béante baie, et tenaient l'écart, attentives à ne point troubler les monstrueux et bienveillants requins, dieux autant que les dieux du firmament septième, qui venaient laver le chef, et le sacrer de leurs dures nageoires bleues. L'homme nu, ramené sur la rive avait volé jusqu'au maraè sans toucher le sol : car, au long du cortège onduleux et sonore, les prêtres, en criant, portaient les dieux ; les chefs portaient le chef, devenu lui-même dieu. Il avait ceint le Maro Rouge : il avait mangé l'Œil : on ne lui parlait plus qu'avec les grands mots réservés.

Ha ! Térii tressaillit et chassa, d'un grand effort, ces inquiétants souvenirs. Il prit peur qu'on ne vît clair dans ses entrailles : une honte lui survint. N'était-il pas le seul, dans cette foule, à remuer encore de tels pensers ? Il tenta de les mettre en fuite. Mais il les sentait savoureux et nobles, et resplendir en lui-même au-dessus des spectacles présents... Et les Missionnaires, à vrai dire, n'étaient rien de pareil aux grands Arii d'autrefois.

Mais c'était là parlers sauvages — avait dit Samuéla ; — parlers périlleux désormais : le chef se manifestait baptisé, et tous les fétii : Térii, contre tous les autres, n'aurait donc pas reçu le rite ! Ne pouvait-il aussi bien qu'eux répondre les « Paroles du Candidat » ? Se laissant aller à la foule, il se retrouva bien vite dans l'eau jusqu'aux épaules, comme les autres. Un baptisant commençait : « *Reconnaissez-vous croire à Iésu-Kérito comme au seul sauveur des hommes...* ? » Térii répondit à peine : déjà l'autre lui avait inondé le visage, et jeté les paroles. Comme de nouveaux arrivants attendaient impatiemment sur le bord, il dut leur faire place.

Il s'ébroua sans bien comprendre, mais satisfait et mieux attentif à sa personne : il était chrétien ! non plus Térii l'Ignorant. Térii... quel nom stupide ! Aussitôt, il voulut s'en dépouiller, et comme il murmurait au hasard le premier mot qui l'eût fait rire à son retour, et qu'il eût retenu, « Iakoba », il dit gravement : « Je me nommerai Iakobal. » Ensuite il tâta ses membres, ainsi qu'il avait fait jadis dans la nuit du prodige : ses membres gardaient leur forme et leur couleur. Il ne lui parut point que son haleine fût plus longue ni ses yeux plus habiles à lire les présages, dans le ciel. Une grosseur qu'il portait sur le pied gauche n'avait pas rapetissé. Ses dents ébréchées ne s'étaient point aiguisées de nouveau. Une fois de plus, malgré son double effort, le prodige et le baptême, rien ne changeait

dans son corps d'homme vivant... que son nom peut-être.
Il en conçut une fierté, avec un dépit.

*

Or, les promesses et l'espoir avaient été si grands et si
fervents parmi ses compagnons qu'il se reprit à attendre
encore, et considéra la foule : tous les gens autour de lui
restaient semblables à eux-mêmes par la démarche, le
nombre de leurs pieds et les gestes de leur figure. Quoi
donc ! Etait-ce seulement les pensers cachés des entrailles
qui devaient s'illuminer ?... « La lumière de vie... »
avaient assuré les envoyés du dieu... Il s'inquiéta de ne
point s'en éblouir encore. Bien qu'à dire vrai, mieux eût
valu jouir par toute sa personne, plutôt qu'en paroles
obscures, des bienfaits promis. — Un court gémissement
lui fit tourner la tête : l'aveugle Hiro, baptisé suivant son
désir sous le nom de Paolo, revenait de la rivière, et
toujours aveugle. Derrière lui tâtonnait la longue file des
hommes aux yeux morts, et toujours morts. — Ceux-là
non plus n'avaient pas rencontré la Lumière.

Les hérétiques

Ce jour-là, comme bien d'autres jours nombreux déjà depuis la cérémonie, Térii — qui ne se disait plus Térii, mais Iakoba — s'employait à louer le Seigneur. Tous les hommes Lui doivent d'interminables remerciements ; et, plus que tous les hommes, celui qui tiré au hameçon d'un tel abîme d'ignorance avait été, presque à son insu, conduit vers le baptême, et revêtu sitôt du beau nom fort avantageux de chrétien. Iakoba était celui-là. Non plus que ses compagnons il ne percevait exactement encore les profits de sa dignité nouvelle. Néanmoins, d'une lunaison à l'autre il s'obstinait à les attendre sans défiance ; car le Livre disait :

« *L'Éternel est mon partage et mon calice. — Un héritage délicieux m'est échu.* » L'on ne pouvait savoir, de l'héritage ou du calice, ce qu'il fallait désirer par-dessus l'autre, mais, pour être obscurs, l'un et l'autre de ces mots promis n'en restaient pas moins admirables. Le chrétien répétait donc sans lassitude :

« *Un héritage délicieux m'est échu...*

— E ! Térii ! é ! » interrompit mal à propos un petit garçon essoufflé, glissant la tête entre deux bambous. Le chrétien méprisa ce stupide enfant qui venait jeter, au milieu de la prière, un vieux nom désormais perdu... L'autre se reprit :

« E ! Iakoba ! Voici Paofaï tané, Paofaï Térii-fataü qui marche près de l'eau... Il dit que tu es son ancien fétii. Viens le voir, et parler... »

Une grande vision brève des courses d'autrefois, par les chemins de Havaï-i, sauta devant les yeux du converti, comme avait surgi déjà, pendant le baptême, le mauvais

souvenir païen. Iakoba serra les paupières : il voulait
étrangler ces niaiseries, les chasser loin de son regard,
parce qu'elles déplaisent au Seigneur. Mais il les sentit
s'enfoncer en lui-même, et dit avec rudesse à l'enfant :
« Vois, je répète les prières ; laisse-moi ! » Puis il tourna
le feuillet. Il hésita devant les nouveaux signes : malgré la
vertu de son rang et que, ces trois lunaisons passées, il les
ait tout entières données à contempler le Livre, certains
mots le rebutaient encore ; il répéta :

« *L'Éternel est mon partage et mon calice — un héritage
délicieux...*

— Aroha ! Térii a Paraürahi ! » Paofaï parut. Sa
bienvenue sonna fortement. Mais le chrétien, sans trouble, continua de parler au Seigneur :

« *Un héritage délicieux m'est échu — une belle posses-
sion m'est accordée...* » Décidément, ses yeux malhabiles
le décevaient. Il feignit quand même, devant l'autre, une
grande assurance en récitant au hasard. Enfin, pliant le
Livre : « Améné », prononça-t-il sans hâte. Puis il répondit au salut de l'arrivant : « Que tu vives en Kérito le vrai
dieu. » Et il lui tendit la main.

Le vieillard ricana : « Toi aussi, Térii, comme tous les
autres ? La honte même ! Les gens de Tahiti sont devenus
les petits chiens des étrangers ; des petits chiens bons à
rôtir ! » Il siffla de haine et vint s'asseoir sur les nattes.
Son dos était penché comme un tronc de haári fléchi par
le vent maraámu : mais le vieil homme lui en imposait
encore. Bien que l'accoutrement fût resté celui d'un païen
sans aveu, il traînait dans les plis du maro blanc sacerdotal
une imprescriptible noblesse. Iakoba fut saisi d'un respect
inattendu. Il n'osait interroger. Tous deux se considéraient sans paroles. Enfin Paofaï conta son retour.

Il dit, avec des gestes dépités, le grand voyage sans
profits et sans compagnon : puisque son fétii, son disciple, l'avait si tôt laissé en route. Il dit son arrivée
étonnamment tardive dans la terre Vaïhu, et la déception
de cette arrivée : un instant, il avait cru les signes-parleurs
tout pleins d'enseignements... d'ailleurs, il en ramenait
avec lui. — Et il prit à sa ceinture une palette de bois
brun, polie par la peau des doigts, et sur laquelle

s'incrustaient des centaines de petites figures, si confuses, si pressées, qu'elles pétillaient toutes et dansaient devant les yeux.

Iakoba parut s'impatienter. Sans répondre il considérait le chemin et la plage ainsi qu'un homme qui attend ou redoute la venue d'un autre homme. Paofaï parlait toujours pour soi-même :

« Chacune de ces figures, bien chantée, désigne un être différent : ce poisson-là, nageoires ouvertes, est un dieu-Requin. Ceci représente : Trois-chefs-savants. On voit en plus la Terre, la Pluie, le Lézard mort. Voici la Baleine, et toute la suite des dieux-fardés : le dieu peint-en-rouge, le dieu peint-en-jaune, le dieu à l'œil-contourné. D'autres signes — Paofaï les indiquait avec une hésitation — sont moins discernables : Éclat-du-Soleil — une Chose-étrange — les Yeux-de-la-terre — Homme excitant le vent — deux Projets en tête… Hiè ! » siffla-t-il enfin, « mais après ? après tout cela ? Comment fixer, avec ces mots et ces figures épars, une histoire que d'autres — qui ne la sauraient point d'avance, — réciteraient ensuite sans erreur ? » Il se tapotait la cuisse du bout de la planchette-incrustée, et son regard passait, avec un dédain, sur Iakoba, toujours indifférent, et sur les signes illusoires : « Non ! ce n'est pas là autre chose que les tresses nouées, si faussement nommées " Origine-de-la-Parole " et bonnes seulement à raconter ce que l'on sait déjà ! et impuissantes à vous enseigner davantage… Les Bois-intelligents ? mieux vaudrait en façonner des bordés de pirogue, car dans cette misérable terre Vaïhu, on s'arrache le moindre tronc d'arbre ; toutes ces promesses autour des signes… inventions de pagayeur-fou ! »

Le chrétien daigna répondre : « Les signes, veux-tu que je te les enseigne ? » Fier de son nouveau savoir il montrait le Livre. Paofaï avec un grand mépris refusa :

« Non ! les signes piritané ou n'importe quels autres ne sont pas bons pour nous ! Ni aucun de tous vos nouveaux-parlers ! Prends garde, Térii, la chèvre ne renifle pas comme le cochon, et le bouc n'aboie pas comme le chien. Quand les bêtes à quatre pieds échangent leurs voix, prends garde, c'est qu'elles vont mourir. » Il poursuivit avec tristesse : « Les hommes maori, voici maintenant qu'ils essaient de siffler, de bêler, de piailler comme les étrangers. En même temps que leurs propres langages, voici qu'ils changent leurs coutumes. Ils changent aussi leurs vêtures. Ha ! tu n'as pas vu des oiseaux habillés d'écailles ? Tu n'as pas pêché des poissons recouverts de plumes ? J'en ai vu ! J'en ai pêché ! Ce sont les hommes parmi vous qui s'appellent " convertis ", ou bien " disciples de Iésu ". Ils n'ont pas gardé leurs peaux : ils ne sont plus bêtes d'aucune sorte : ni hommes, ni poules, ni poissons. Reprends ta peau, Térii que je déclare plus stupide qu'un bouc ! Reprends ta peau ! »

Le chrétien marqua, en haussant les épaules ainsi qu'il avait vu faire les Missionnaires, que ces dires ignorants restaient pour lui sans importance. Néanmoins, il montrait une inquiétude : car le prêtre Noté ne tarderait point à paraître, marchant, selon qu'il avait coutume tous les jours, vers le faré-de-prières. Il surprendrait Paofaï et s'indignerait. Celui-ci ne semblait pas songer à s'en aller vite, car il reprit :

« Oui ! Partout ils font ainsi, maintenant, les hommes maori ! Ils honorent les étrangers ; les étrangers acceptent les hommages, et leur haleine empoisonne tout.

— Les étrangers sont parfois des envoyés du Seigneur, répliqua le chrétien. D'ailleurs, on ne peut les mépriser sans risquer bien des ennuis. »

Paofaï murmura par-dedans ses lèvres avec cette voix assourdie des Maîtres qui, sous le couvert de paroles plaisantes, répandent de justes avis :

« Qu'ont-ils fait, les hommes de Moüna-Roa ? Ils n'ont pas méprisé le chef blanc Tuti.

» Qu'ont-ils fait, les hommes de Moüna-Roa ? Ils ont honoré leur grand ami Tuti durant deux lunaisons.

» Qu'ont-ils fait, les hommes de Moüna-Roa ? Au commencement de la troisième, ils l'ont dépecé avec respect, afin de vénérer ses os. »

Il plissa le cercle de ses paupières :

« Les hommes de Moüna-Roa ont été bien avisés ! Pourtant, le chef Tuti ne lançait pas de maléfices ! mais vous, depuis — non pas deux lunaisons — des centaines, vous honorez avec persévérance les maîtres survenus. Quand vous partagerez-vous donc leurs os ? »

Iakoba frémit avec cette horreur prescrite au chrétien qui doit subir de telles impiétés. Il n'ignorait pas que le vieillard entendait seulement frapper, par ces paroles violentes, l'esprit de ceux qui les recueilleraient. Mais tant de gens pouvaient les redire aux chefs... Noté lui-même allait survenir, et les entendre... Cependant, Iakoba n'osait, malgré tout son ennui, chasser le vieux discoureur, et il dut écouter d'étonnants parlers de songe : Paofaï se savait malade — comme un homme qui nourrirait dans ses entrailles un atua justicier. Au milieu d'un sommeil double, il avait connu Tahiti-nui et toutes les îles de même race, de même ciel, se lamentant sous le regard de Hina sans pitié. Les terres, plus que jamais plantureuses et grasses, étaient vides, privées d'hommes vivants et de femmes pour cueillir les beaux fruits ; les cimes désertes ; les cavernes emplies de silence ; la mer-abyssale immobile et sans rides. Il répéta : « La mer sans rides, sans souffles, sans bruits, sans ombres, morne, et morte aussi. »

Puis, fermant la bouche, il regarda soudain avec défiance par-dessus l'épaule de Iakoba qui tressaillit, tourna et aperçut le Missionnaire entré à l'improviste. Le visage de Noté ne parut point surpris ni fâché.

« Que tu vives..., quel est ce fétii ? »

— Son nom est... » L'autre hésitait, sachant qu'un nom païen mordrait les oreilles du Piritané aussi durement qu'un appel de conque ou de tambour défendus. « Son nom est... Ioséfa. »

Le vieillard sauta, en dévisageant le chrétien au parler faux :

« Homme menteur ! mon nom est Paofaï, Térii-fataü ! Me crois-tu si débile que je perde le souvenir de mes mots, comme tu le fis, Térii au grand-Parler, sur la pierre-du-Récitant ? » Il ajouta : « Je suis sacrificateur au maraè Papara ! »

Noté répondit avec douceur :

« Mon frère, il n'y a plus de maraè sur la terre Papara,

ni sur aucune autre terre. Car l'Arii-rahi, inspiré par le Seigneur, les a fait démolir et jeter à l'eau.

— Aué ! vieux prêtre fourbe ! Pas de maraè ! » Paofaï, hurlant d'épouvantables menaces, secoua les épaules ainsi qu'un insensé, creva derrière lui la barrière de bambous, et s'en alla, marchant à grands pas irrités vers la mer.

Noté soupira. Puis il dit :

« Térii, mesure l'abîme qui sépare ce méchant païen de toi-même, bien qu'ignorant encore ; et redouble ton zèle, afin d'être admis bientôt, comme les autres, à professer ta foi, à dépouiller toutes tes erreurs en même temps qu'à changer ton nom. »

Eha ra ! le Missionnaire pouvait méconnaître cette belle évidence : que Térii n'était plus Térii, mais Iakoba, et baptisé, et chrétien ! Mais cela ne transperçait donc point dans les yeux, dans les narines, et n'éclairait donc pas le corps entier ? Certes, le converti se souvenait avec trouble de sa témérité, et que, mêlé comme un voleur à la foule, il avait surpris le rite sans en avoir auparavant rempli toutes les épreuves. Mais l'assurance du prestige nouveau surmonta ses inquiétudes. Il dit avec orgueil :

« Je suis baptisé, et chrétien de premier rang ! »

Noté ne se récria point. Mais seulement :

« Le Seigneur fait bien ce qu'Il fait. Si j'ignorais ton nouveau titre, je t'en savais du moins tout près d'être digne, et t'aurais moi-même, sans tarder, convié parmi les disciples de Kérito. Et quel est ton nom de chrétien ?

— Iakoba. » Comment un homme sur la terre Tahiti pouvait-il ignorer...

« Eh bien ! Iakoba, rends grâces, en vérité, au Seigneur. Bien que tu sois le plus tardif de tes frères à être venu vers nous, et vers Lui, tu me parais l'un des plus excellents parmi Ses nouveaux disciples, et l'on peut, sans craindre, se confier à toi pour tout ce qui regarde Son triomphe et la gloire de Son nom. Ainsi, je m'en remets à ton aide. Voici qu'on achève de construire un grand faré-de-prières, sur la terre Punaávia. On y placera deux chrétiens sûrs et habiles. Ils auront le titre de " Diacres du second rang dans l'église chrétienne des Iles Tahiti ". Tu peux devenir l'un d'entre eux. »

Iakoba se sentit pénétré d'une fierté solennelle, et d'un grand espoir. Il se recueillit :

« Aurai-je un maro noir, comme ceux qui aident les Missionnaires ?

— Tu auras un maro noir et un autre vêtement, noir aussi, pour habiller tes épaules. Tu prendras place à côté du Missionnaire. Tu visiteras les malades avec lui. Quand il sera loin, tu réuniras toi-même toute l'assemblée-de-prière, et tu liras, dans le Livre, devant tous tes compagnons.

— Serai-je inspiré ? » hasarda encore Iakoba. Car si Iésu, le dieu véritable, descendait en lui, quel ne pourrait pas être son mépris des stupides sorciers d'autrefois, tout pleins de Oro, le dieu sans valeur.

« Certes, dit Noté. Le Seigneur habitera dans ton cœur.

— Dans mon ventre.

— Non ! non ! dans ton cœur. » Noté expliqua longuement que les plus nobles parties de l'homme n'étaient point les entrailles, mais la tête, où naissaient les paroles non encore parlées, et le cœur, d'où sortaient les sentiments généreux : la foi, l'amour...

« Pourtant, quand je suis triste, ce sont mes entrailles qui s'agitent ?

— N'importe. Le Seigneur habitera en toi. »

Iakoba sourit d'avance à tous les honneurs attendus. Il y eut un répit. Noté regardait vers la mer-extérieure, et semblait prendre intérêt à écouter crever la houle sur le récif. Puis il dit assez vite, en examinant le nouveau converti :

« Quoi de nouveau sur les " Mamaïa " ? »

Les fous ? On savait bien qu'il y en avait toujours, nombreux ou rares, selon que le peuple les honorait en les déclarant " illuminés-du-dieu " ou bien les pourchassait à coups de massue, comme imposteurs. Pourquoi le Missionnaire s'en inquiétait-il ?

Noté répondit que les fous dont il entendait parler n'étaient point ces pauvres insensés plutôt dignes de pitié que de haine, dont les paroles, divaguant sans mesure, restent néanmoins innocentes — mais qu'il désignait par ce vocable méprisant ces Mamaïa d'autant plus détestables qu'ils savaient leur folie, et s'y plongeaient abominablement. Au moins les ignorants d'autrefois avaient pour eux leur ignorance même — bien qu'à dire vrai, la loi du Seigneur soit empreinte au cœur de tous les hommes ! — Mais ces gens-là mélangeaient les rites, en inventaient d'autres, et leurs impiétés ne savaient pas de bornes. Les chrétiens, indignés, avaient raison de crier : « Mama-i-a ! ce sont des fous ! » Et les Missionnaires, avec plus de raison encore, renchérissaient : « Bien pis ! ce sont des " hérétiques " ! »

Térii prit un air grave et réservé, et dit ne point connaître « ces gens-là ».

« Hélas, avoua Noté, nul ne les connaît avec certitude. Ils se dérobent, se cachent, se dissimulent avec une déplorable habileté. On sait qu'ils se rassemblent la nuit dans la montagne, en suivant des chemins incoutumiers ; personne encore n'est parvenu à surprendre, ni leurs actes — qui sont probablement réprouvables — ni leurs noms, qui demeurent cachés. »

Noté poursuivit, sans perdre de vue le baptisé :

« Alors, Iakoba, les chefs ont pensé à toi — car il faut que tous les chrétiens véritables, même ceux de la dernière heure, s'unissent et se défendent : ta conversion et ton baptême furent manifestement providentiels. On te dit, parmi tes compagnons, habile et rusé. Peu de gens encore devinent ton nouveau titre et tes vrais sentiments. Tu n'es pour tous qu'un voyageur indifférent, et nul ne s'inquiétera de ta présence dans la montagne où ils se réfugient. Tu écouteras donc leurs paroles, que tu retiendras aisément, et leurs noms. On dit qu'ils se réuniront ce soir dans la vallée Tipaèrui.

— Mais, ce sont peut-être des hommes malfaisants ? » observa le chrétien. Noté le rassura : le Seigneur n'abandonne point ceux qui se remettent en Lui. Le disciple prêt à risquer, pour Le servir, un très faible danger, devient l'objet de toutes les faveurs

« Alors, vraiment, demanda Iakoba, vraiment, j'aurai un maro noir ? »

Une seconde fois Noté promit.

*

Soudain, le faré vibra de rires, de voix amies, d'appels, de petits cris amusés, et s'emplit de la troupe joyeuse des fétii de chaque jour. Ils revenaient du bain avec un grand délassement des membres, de la figure, des yeux, de toute la peau rafraîchie. Les oreilles d'Eréna se paraient de fleurs rouges, ouvertes elles-mêmes comme d'autres oreilles parfumées. Ses cheveux étaient ceints de feuilles menues et odorantes aussi, et sa poitrine respirait à travers la tapa ouverte. Aüté la pressait, tout étreinte, si bien qu'ils se glissèrent à la fois entre les poteaux d'entrée. Rébéka portait les maro mouillés, tordus à la hâte, et qui ruisselaient. Samuéla, fier d'un plein panier d'écrevisses, chantonnait un petit péhé jovial. Ils aperçurent le Missionnaire : sitôt Eréna-aux-Fleurs cacha les grandes corolles et couvrit son sein nu. Le pêcheur assoupit sa chanson. Toute joie tomba.

Noté reconnaissait depuis longtemps Samuéla pour l'un des premiers et des plus certains disciples de Iésu ; et il lui serra la main avec une grande bonté. Cependant, le visage de Rébéka semblait inquiet, et plein de cette confusion nouvelle que les gens nommaient « haáma », d'un mot piritané, faute de pouvoir la désigner en leur langage. Cela prenait soudain les filles en présence des étrangers. « Quelle est cette femme ? » demanda le Missionnaire.

« C'est la femme de Iakoba », répondit vivement Samuéla. « Il est son tané depuis longtemps.

— Le dire est vrai, consentit Iakoba, mais je pense qu'elle dort aussi bien auprès de Samuéla qu'avec moi-même ». Ils continuèrent tous deux à parler ensemble sans pouvoir se mettre d'accord. Rébéka restait indifférente au partage de ses nuits. Le Missionnaire insistait pour être renseigné là-dessus.

Iakoba ne s'expliquait point cette curiosité, ni que l'on

disputât sur ses enlacements. Il entendait bien en disposer lui-même. Mais le Professeur de Christianité, empris d'un grand zèle, s'efforça de le détromper : ces actions-là ne sont permises que précédées d'un nouveau rite — il disait « mariage » — qui, d'abominables et impies, les rend tout aussitôt excellentes aux yeux du Seigneur. Voici quelle était la célébration : d'abord, le Missionnaire déclarait, devant l'assemblée chrétienne : « celui-ci, et celle-là, désirent être unis en mariage ». Alors la foule décidait s'il était bon de les unir, ou mauvais. — Puis, quelques jours après, on se rendait au faré du Missionnaire, ou bien d'un homme appelé magistrat. Le magistrat disait au tané de prendre, dans sa main droite, la main droite de la femme, et demandait encore...

« Bien ! bien », interrompit Noté. Il conclut : « Iakoba, tu dois épouser cette femme. »

En vérité Iakoba n'eût pas imaginé de telles mœurs. De tous les imprévus surgis depuis son retour, ce rite lui semblait le plus stupéfiant. Quoi donc ! les Missionnaires avaient, avec un juste mépris, aboli de grandes coutumes : la part-aux-atua pendant le festin, les victimes avant la guerre, le rite de l'Œil, et tant d'autres, et voici qu'ils entouraient de réticences et de cérémonies ce passe-temps : dormir avec une femme, le plus banal de tous ! bien qu'assez plaisant. Mais cela, Iakoba devinait bon de ne pas l'exprimer. Il consentit :

« J'épouserai donc la femme Rébéka. » Puis il ajouta : « Alors, elle ne pourra plus s'en aller du faré, maintenant ?

— Jamais. Vous serez joints devant le Seigneur, jusqu'à votre mort. »

Iakoba se réjouit. Car Rébéka se montrait toujours ingénieuse en habiletés de toutes sortes. Il aurait désiré accomplir aussitôt le rite profitable. Mais Noté s'éloigna, non sans avoir, avec des mots obscurs, rappelé au chrétien le service attendu pour cette nuit même, et la dignité promise en retour.

*

Iakoba vit tomber le soir avec une inquiétude. Il dissimula, jetant à ses compagnons du faré que le poisson donnerait, cette nuit, pour la pêche avec des torches. Mais il ne prit pas de torches : deux nattes fines, seulement, et à la dérobée. Puis il s'esquiva. Hors de vue, il vêtit les nattes : couvert ainsi qu'un vil ignorant d'autrefois, il ne risquait point de lever la défiance des fous. Il atteignit l'eau Tipaèrui. Il tourna brusquement sa marche vers les terres-du-milieu.

Ainsi, durant une autre nuit, déjà, voici tant d'années, lui-même avait mené, le long d'une autre rivière, vers le lac dont les eaux sommeillent, une foule enthousiaste pendue à ses pas. — Mauvais souvenir, et parler païen ! Le vieux Paofaï avec ses histoires de sorcier en était la cause. Il est des gens dont l'approche équivaut à tous les maléfices. Mais qu'importaient les racontars et les erreurs de temps bien oubliés déjà — à juste titre ! Cette nuit, que voilà, le chrétien n'avait plus rien à faire qu'à servir le Seigneur.

Aussi bien, la remontée de la rivière devenait-elle ardue : un vivant, même un baptisé qui sait à quoi s'en tenir sur les esprits-rôdeurs, ne marche point dans l'obscur du même entrain qu'au plein jour levé ! L'haleine s'angoisse très vite, et s'écourte ; les jambes vacillent ; les oreilles s'inquiètent à n'entendre que le bruit des pas dans l'eau ou sur les feuilles humides ; et les yeux s'effarent qui ne servent plus à rien. Le marcheur indécis s'alarmait du silence, de l'ombre épanchée autour de ses pieds, et surtout du ciel éteint par-dessus sa tête : Hina-du-firmament était morte pour deux nuits encore, et de lourdes nuées, étouffant les petits regards des étoiles, approfondissaient les ténèbres sur le sol.

Iakoba se prit de peur : peur d'être seul : plus grande peur à n'être point seul : car des êtres imprécis — pouvait-on dire vivants ? — et venus on ne savait d'où, commençaient à frôler le chrétien épouvanté dont les pas se précipitaient — vers quel but, il ne devinait pas encore. Comme il tâtonnait au hasard, ses doigts touchèrent des cheveux. Aussitôt, tâtonnantes aussi, des mains, d'autres mains que les siennes, passèrent le long de sa

propre figure et descendirent sur son manteau de nattes.
Il étendit les bras, trouva des corps autour de lui, les
sentit nombreux, hâtifs, vêtus de nattes eux-mêmes.
Quels insensés, vraiment, que ces Mamaïa, pour se
hasarder ainsi dans la nuit ! Mais quel courage ne
montrait-il pas lui-même, à se mêler à leurs troupes
équivoques ! Soufflant d'orgueil, il s'enhardit ; et il osa
palper ces furtifs rôdeurs du sombre dont la multitude, à
chaque enjambée, croissait.

Il en venait à l'improviste, de toutes les faces de
l'obscur, et par des routes inconcevables. Leur approche
seulement se décelait par un bruit bref de fourré crevé, et
un remous dans les marcheurs qui se serraient pour
accueillir les autres. Car on allait, coude à coude, par un
étroit sentier couvert. Et rien ne marquait le défilé de
tous ces gens, que le frémissement des feuilles froissées et
le pétillement des petites branches.

Mais, à mesure qu'on gagnait sur la montagne, et que
l'on s'écartait des demeures des hommes, la foule laissa
bruire ses bouches nombreuses et avides de parler. Il se fit
un murmure continu de mille petits souffles, de claque-
ments légers de langues, d'appels de lèvres menus comme
des battements de cils. Par-dessus tout, la voix sifflante
des cimes d'aïto — qui cernent les lieux tapu — s'épandit ;
la foule s'arrêta, houla comme une vague qui s'étale, et
remplit le creux de la vallée. Malgré l'éclaircie dans le
fourré, malgré qu'il fît bâiller toutes grandes ses paupières, Iakoba ne put rien discerner encore, sous la caverne
du ciel noir, que des formes indécises d'arbres balancés.
Autour de lui, à hauteur d'humain, la haie de ténèbres
demeurait impénétrable. Il songea qu'on disait dans les
récits :

> « *C'est la Nuit, la nuit sans visage,*
> *la nuit pour ne-pas-être-vue...* »

Soudain, tous les souffles étaient tombés hormis le
sifflement des branches, une voix surgit :
« Qui suis-je, pour vous tous ? »
Iakoba, épouvanté, s'affirma que ce n'était point là

paroles dites par une bouche d'homme. Non ! pas un homme n'aurait parlé avec cet accent-là !...

« Qui suis-je, pour vous tous ? » On se mit à répondre sourdement :

« Tu n'es plus l'homme Téao ! Tu es l'atua descendu !

— Qui suis-je pour vous tous ?

— Tu es encore l'esprit du prêtre Paniola, dont on a fouillé les os sous la terre. Dis la prière, comme lui, la prière ! »

Ainsi, c'était le prodige : la voix insoupçonnable venait d'une poitrine d'inspiré ! Mais que voulaient dire les autres voix, et pourquoi ce prêtre oublié qu'ils mêlaient à leurs invocations comme un secourable génie ? — Ha ! le chrétien se souvenait... l'effarante histoire, on ne pouvait se la remémorer au milieu du sombre et des grands arbres. Pourtant, Téao la rappelait, impitoyable, et récitait comment deux hommes Paniola [1] vêtus de longues tapa blanches étaient venus vivre, jadis, parmi les gens de la presqu'île ; comment, pour la première fois — si longtemps avant les Missionnaires —, ces premiers maîtres avaient mis sur les lèvres, avec une ferveur, le nom de Iésu-Kérito. — Était-ce bien le même atua ? — Avec lui, par-dessus lui peut-être, ils disaient honorer une femme divine, sa mère, que nul homme jamais n'avait touchée. Ils invoquaient parfois un être subtil : « Souffle-du-dieu ». Leurs paroles étaient bonnes. Mais l'un d'eux, malade sans blessures et sans maléfices, mourut au bout d'une année. Deux lunaisons de plus, et l'on avait rouvert le sol, jusqu'à son cadavre, et arraché, avec piété, les clous des bois qui l'entouraient, et disputé ses moindres vêtements, et décidé que ses os seraient tapu. Alors on s'était demandé : le fantôme ! qu'est-il devenu ? Le fantôme vaguait depuis : Téao sentait parfois le recueillir dans ses propres entrailles. — Et tout cela qu'il n'était pas bon même de penser sans paroles, Iakoba dut l'écouter, mot par mot, dans l'implacable nuit. Son angoisse grandissait. Il tressaillait à chaque bruissement nouveau. Il aurait voulu ses oreilles sourdes. Il aurait voulu

1. Espagnols.

s'enfoncer dans la terre humide… Il n'avait pas eu cette épouvante, seul, bras levés, jambes droites, au bord du Vaïhiria : il s'était enfui de tout son être. Ici, l'effroi du vent nocturne pesait sur ses membres et les engourdissait. Cependant, la voix se tut. Une grande clameur monta de la foule suppliante vers l'inspiré qui haletait d'allégresse ; et qui se retint, pour dire avec douceur :

« *Je te salue, Maria, le maître est avec toi. Tu es choisie parmi toutes les femmes. Iésu, le fruit de tes entrailles, est béni.* »

La foule, doucement, reprit les mêmes paroles. Un apaisement tombait parmi les mots inattendus. Téao, sur la même voix confiante, priait encore :

« Souffle-du-dieu ! Souffle-du-dieu ! descends au milieu de nous ! donne-nous de chasser les imposteurs et ceux qui ont volé ton nom ! O Kérito qui me pénètre, Kérito que nous avons connu bien avant qu'ils ne t'apportent, et invoqué bien avant qu'ils ne t'invoquent, donne-nous de faire périr tous les chrétiens ! Qu'ils meurent par ton nom ! par ta force ! ceux-là qui se servent injustement de toi. »

Changeant d'haleine, il cria :

« Les chrétiens et leurs prêtres nous appellent les fous ! En vérité, qui sont les fous, d'eux-mêmes ou des nôtres ? Où sont les vrais disciples, les enfants du dieu ? A tout instant du jour nous l'appelons, nous l'attendons, et nous vénérons, avec nos mains jointes et nos fronts baissés, la seule parmi les femmes qui ne connut point l'homme, Maria, que nous disons la Parétènia ! »

La foule reprit :

« *Nous te saluons, Maria Parétènia.* »

Ces paroles, ces rites étaient inattendus pour l'homme Iakoba dont l'esprit vacillait au milieu de tout cet inconnu, autant que ses yeux hésitaient dans le noir impénétrable. Le Souffle divin, l'Esprit bon, déjà les Missionnaires en avaient enseigné le culte, et les secours à tirer. Mais cette femme, génitrice du dieu, d'une race tellement inouïe que sa chair était demeurée libre de l'homme, et d'un être si indicible qu'il avait fallu, pour l'invoquer, ce verbe sans égal dans le parler maori : la

Paréténia — cette femme, le chrétien peureux s'empressa
de la nommer aussi, confusément, comme un recours à
l'épouvante. Sans mesurer l'impiété commise — car il
mélangeait sa voix à celle des fous détestables —, il se
surprit à murmurer :

« *Je te salue, Maria Paréténia.* » Il se réjouit de la
divinité nouvelle, et d'être venu.

L'obscurité, moins lourde, ne rasérénait pas encore.
Dans une indécise vision s'agitaient des ombres, on eût
dit sans forme. Surtout, l'oreille percevait, à travers le
grand bruit de prières, des voix mieux affirmées : le
bourdonnement des gosiers d'hommes ; les sifflements
des filles, des souffles doux, de petits sanglots... — Mais
non, le calme ne se pouvait tenir. Tous ces bruits, divers,
multiples et profus, étaient-ils bien haleines de vivants ?
— Le chrétien, pour se rassurer, remâchait les dires de ses
nouveaux maîtres : les génies-rôdailleurs avaient fui
devant le dieu piritané : on n'avait plus à craindre leurs
passades, leurs morsures, leurs maléfices. Néanmoins,
Iakoba épiait les moindres frôlements autour de lui : en
vérité, les errants sans visages n'auraient pas respiré
d'une autre sorte... ils étaient là... à l'effleurer : au ras de
terre comme lui, un souffle haletait, anxieux, répété,
parfois mélangé à la grande voix de la foule, et parfois
s'envolant tout seul. Puis un autre s'éleva dans un autre
recoin de la nuit. Puis d'autres au hasard. Malgré son
assurance, le chrétien désira qu'une grande lumière, en
éclatant à l'improviste, dissipât ces exhalaisons mauvaises, ces voix du sombre sourdant de toutes parts. Son
front se mouillait et s'affroidissait ; toute sa peau ridait sur
ses membres sans vigueur. Bien que dressant les oreilles,
il n'osait plus même écouter...

« Ha. » Ses entrailles se tordirent : il se ramassa,
bondit en arrière : une main froide, aux doigts on eût dit
innombrables, avait touché ses cuisses et son ventre, et
montait sur sa figure. Une autre main surgit. Deux bras
l'étreignirent. Il tomba, roula, renversé sous un corps
entier agrippé à son corps : et deux seins durs pesaient sur
sa poitrine. Il étouffait, sans espoir d'être vivant, sous

l'emprise de cette Femme-des-ténèbres qui s'acharne aux
tané vigoureux, les enlace, les épuise. Des jambes le
saisirent. Des mains le fouillèrent, avides, violentes.
Alors, couru d'un grand sursaut, il tressaillit malgré la
crainte, et, tendant les reins par habitude, s'arc-bouta,
surmontant l'être équivoque — et brusquement éclata de
rire : il tenait un corps de femelle vivante, aux chairs
grasses et tièdes, aux flancs onduleux et hâtifs sous les
caresses arrachées, sans plus rien du fantôme imaginaire !
Sitôt, la peau sèche encore de peur, il frissonna de plaisir ;
il desserra sa gorge anxieuse : pris d'un grand désir
haineux il secoua, de tous ses membres, la femme
étendue, stupide maintenant, et abandonnée.

Au même instant, tous les bruits chargés d'inquiétude
s'éclaircirent pour son oreille avertie. Ces râles et ces
gémissements, c'étaient les milliers de voix de la volupté !
Ha ! l'on pouvait respirer à son aise : rien que des vivants,
bien vivants, empressés de joie : la joie le gagnait lui-
même : dans son dos, dans tous ses membres, coulait,
avec un délice, l'apaisante certitude d'être sauf, et de
jouir encore. Il serra plus durement, dans un dernier
sursaut, cette épouse de hasard et d'effroi qui gémissait
elle-même doucement ; et la laissa tomber. Puis il s'étaya
sur ses poings, dominant la nuit, comme s'il avait, en
écrasant les hanches de la femme, dompté sur son corps
tout l'obscur et toutes les épouvantes.

La voix de l'inspiré ne s'entendait plus. On sait que les
filles se disputent tous les mâles qu'un dieu, il n'importe
lequel, anime et rend puissants. Téao, sans doute, ne
pouvait à la fois parler et les réjouir. Mais, en sa place,
d'autres voix répétaient la calme prière, et d'une lèvre à
l'autre lèvre passaient d'ineffables hommages vers la
femme qui n'avait jamais subi le poids d'un époux. Pour
elle, et vers elle, montait dans l'air aveugle l'envol de ces
plaisirs, de ces cris, de ces ressauts de voluptés d'autant
précieux à son rite qu'elle avait dû les ignorer. L'on ne
taisait son nom, et la louange de son nom, que pour
s'enlacer encore jusqu'à l'épuisée détresse. Et ceux-là qui
gisaient, vides de désirs et sans forces pour de nouveaux

ruts encore, se redressaient dans un autre élan pour dire, avec une joie fervente :

« *Je te salue, Maria Paréténia.* »

Ainsi la femme auprès de Iakoba se cambra, seins tendus, dressant la gorge et tournant la bouche vers le firmament caché : comme ses compagnes elle prononça : « *Je te salue, Maria Paréténia.* » Puis, n'entendant point la voix de son tané, elle flaira en lui un douteux compagnon, peut-être un équivoque envoyé des chrétiens... et lui cria dans la figure : « Dis la prière, aussi, toi ! » Il hésitait, maintenant que rassuré, à partager ces pratiques détestables. Elle se coula sous lui, baissa la tête et lui mordit le flanc. Ses jambes nouèrent la cuisse de Iakoba qui la sentit menaçante, hargneuse, prête à le dénoncer. Il céda :

« *Je te salue, Maria Paréténia.* »

Elle s'obstinait : « Dis aussi la prière-pour-exterminer les Missionnaires : ô Kérito ! donne-nous de chasser les voleurs de ton nom ! de faire périr tous les chrétiens ! » Il répéta : « Donne-nous de chasser les voleurs de ton nom ! de faire périr tous les chrétiens ! » Alors, elle lâcha, en quête d'un nouveau tané.

Lui, retomba. Une faible et pâle lueur vaguait enfin par la vallée. Mais l'esprit de Iakoba restait noir et confus, ses entrailles entremêlées. Autour de lui, des formes à peine discernées s'enlaçaient toujours sans trêve. De nouvelles imprécations s'épandaient sur des modes indécis, chargées de rites et de noms inattendus. L'une d'elles, plus incroyable parce que plus familière à la fois et vieille comme le firmament sans âge, le fit tressaillir :

« *Sauvez-moi, sauvez-moi, c'est le soir des dieux ! Veillez près de moi, ô dieu ! près de moi, ô maître...* »

« Paofaï ! Térii-fataü ! » hurla Térii, redevenu, par le prodige des mots et de la nuit, le haèré-po soumis et le fils de ce vieillard qu'il avait, au grand jour, méprisé comme païen. Saisi d'un indicible étonnement, il écoutait la forte voix grave :

« Voici ma parole vers vous — vous que les hommes au nouveau-parler appellent insensés : je suis venu : je vous ai trouvés sages. Mais gardez-vous, dans vos discours, de mélanger les dieux ! Quand on les convie ensemble, les atua se battent ! alors les hommes pâtissent, le corail mange la montagne, les îles meurent, et la mer se tarit ! »

Certains arrêtaient leurs propres supplications. D'autres invoquaient toujours la Paréténia. Paofaï cria plus durement :

« Laissez dans ses nuages le dieu Kérito qui n'est pas bon pour nous. Laissez dans sa lune, qui n'est pas notre Hina, l'autre déesse, que l'on dit Maria ! Elle ne parle point notre langage ; comment nous entendrait-elle ! Mais nos montagnes et nos vents, jusqu'au firmament septième, et nos eaux, jusque par-dessous l'abîme, sont pleins de grands dieux secourables qui savent nos parlers, qui mangent nos offrandes, qui fécondent nos terres et nos femmes, qui prévoient tous nos désirs. Chassez les autres ! Brûlez leurs faré-de-prières comme ils ont brûlé nos simulacres... Brûlez, ou bien ils vous dévoreront... »

La foule grondait, indécise. On réentendit de toutes parts :

« Iésu-Kérito, notre père, donne-nous de faire mourir tous les chrétiens !

— Hiè ! hiè ! » siffla Paofaï : « Dites : Oro ! dites : Tané ! dites : Ruahatu ! ou bien : dieu-peint-en-rouge ! dieu-peint-en-jaune ! dieu à l'œil-contourné ! Mais ne changez pas de noms, ne changez pas d'atua, ne changez pas... »

Ses imprécations se perdirent dans le tumulte croissant, comme une rivière, même gonflée, disperse impuissamment sa limpidité dans la vaste mer saumâtre. Malgré qu'il égalât les plus grands parleurs de tous les temps oubliés, les Mamaïa, sans écouter plus, poursuivaient leurs prières équivoques. Téao, sans doute épuisé par l'emprise du dieu et les faveurs des filles, avait tu ses paroles. Mais d'autres inspirés se levaient de tous côtés, et dans chacun de ces inspirés, surgissait un dieu. Certains criaient : « Le souffle est sur moi de Iohané le Baptiseur ! Il annonça le Kérito ! J'annonce un autre... un autre ! » — « Paolo, proclamait-on, Paolo me conduit et m'enseigne : j'éclairerai les yeux aveugles que les Missionnaires n'ont pas su rouvrir ! » Des cris d'humains sans sexe, sans années : « Mikaëla ! — L'Esprit Bon ! le Souffle... — Salomona ! tu m'aideras : je dirai des parlers nouveaux ! la Bonne-Parole n'est pas close ! — Oro est mort — Abérahama redescend parmi les hommes ! — Oro est mort — Iohané ! — Iésu — Iéhova — C'est le soir, c'est le soir des dieux. »

Docilement, avec toute la foule, Térii ou Iakoba, devenu Mamaïa lui-même, répond à tous les appels. Sa voix n'est plus la sienne ; il la disperse au hasard des autres voix. Son corps, aussi hagard que ses paroles, chancelle et continue d'étreindre des femmes ; mais il ne les rassasie plus. Enfin, il désire étendre ses épaules, et s'assoupir : la nuit blêmit. L'aube point.

*

D'un effort, il se leva : quel danger à se laisser connaître par ces Mamaïa dont il avait surpris le culte et les abominations ! Il dévala vite le sentier si péniblement gravi, aperçut des porteurs-de-bananes et se mêla parmi eux. Il remémorait : « Le chef des " hérétiques " ? Téao tané. Leurs paroles ? exterminer les chrétiens. Leurs actions ? enlacer des femmes en dehors du " mariage ", comme avait dit Noté. » Aucun doute sur tout cela : ces tapu qu'on venait d'inventer, cette Loi nouvelle que l'on attendait d'un jour à l'autre, pourraient châtier ces impies, maintenant qu'il les avait épiés et surpris. Le chrétien se réjouit de montrer ainsi son zèle. Les Missionnaires seraient contents.

La Loi nouvelle

Un chrétien, choisi pour ses vertus et sa forte voix, cria sur la foule assemblée auprès du grand faré-de-prières : « Le chef-de-la-justice va parler ! » Nul ne savait quel homme, ou quel Missionnaire, peut-être, était ainsi désigné. Mais un possesseur-de-terres de chétif aspect, et assez inconnu, se leva tout droit sur ses jambes. On espéra que ce titre imposant et obscur — dont jamais personne ne s'était revêtu — prêterait à son discours une inhabituelle majesté. Il donna seulement l'ordre d'amener les « cinq grands coupables ».

La foule s'éjouit dans l'attente d'un spectacle neuf. Pour la première fois allait siéger le Tribunal. On nommait « Tribunal » cette compagnie de possesseurs-de-terres, de chefs, et même de bons chrétiens de bas ordre, chargée de représenter, dans les îles Tahiti, la volonté du Seigneur Kérito. Pour ce faire, ils montaient sur une estrade : aussitôt leurs paroles et leurs conseils prenaient une vertu singulière : des reflets de l'Esprit divin passaient dans leurs esprits : ils ne parlaient plus qu'au nom de cette loi sans défaut dont le nom, d'après la Loi du Livre, se disait Turé[1]. Au milieu de ces gens appelés « Juges », et dans une chaire bâtie à sa corpulence : Pomaré-le-Réformateur.

Et les cinq grands coupables parurent. Leurs poignets étaient noués sur les reins par des tresses de roa. Ils gardaient une forte assurance malgré toute l'infamie dont on les sentait chargés. Le premier, ce Téao de la vallée Tipaèrui, tenait les yeux calmes et sans haine sur la foule

1. Torah

injurieuse. Il n'avait point, au lendemain de la nuit
sacrilège, tenté d'échapper aux serviteurs des prêtres qui
l'entourèrent et le saisirent. Mais, comme Iésu dont il se
disait l'inspiré, le fou avait donné ses deux bras, pour
recevoir les liens. — Paofaï, qui marchait derrière lui,
montrait, en revanche son grand torse d'homme vieux,
tatoué de coups. Les trois autres, on ignorait leurs noms.
Ils suivaient, de plein gré, leur maître Téao, et se
vantaient d'en être les « apôtres ». L'un d'eux boitait, le
pied brisé d'un coup de bâton. On les poussa devant
l'estrade, au milieu d'une place vide. La foule se ferma
sur eux.

Iakoba regardait les criminels avec une fierté dont lui
seul était digne : quel autre aurait eu ce courage à suivre,
dans la nuit, jusqu'au fond de la vallée, les redoutables
Mamaïa ? Il comprit, à l'œil sévère des juges, la gravité de
la faute des fous, et bénit Kérito, par une courte prière
non parlée, de l'avoir préservé lui-même. Il oubliait
volontiers, au milieu du jour éclatant, ses peurs et son
trouble nocturnes : douze nuits avaient passé depuis !

Au milieu d'un grand silence, le chef-de-la-justice
interpella Téao :

« Téao no Témarama, par ton baptême, Ezékia, tu es
conduit devant nous sur l'ordre du roi Pomaré. On sait
que tu insultes les chefs. Car malgré la défense, tu tiens
des assemblées secrètes avec tes frères. De nombreuses
gens t'ont surpris, dans la vallée Tipaèrui, chantant
d'abominables himéné et priant le Seigneur pour qu'il
renverse le Roi. »

Téao répondit doucement :

« Je ne suis plus Téao no Témarama. Mon nom fut
peut-être Ezékia. Mais cela n'importe plus : ma parole est
désormais parole de l'atua Kérito. C'est en moi qu'il
demeure ; à travers moi qu'il transparaît. C'est par sa
volonté que me voici devant vous. »

Les juges le considéraient avec une curiosité. La foule
houla vers lui, toutes oreilles tendues. Le chef-de-la-
justice, prenant un long rouleau chargé de signes, lut avec
force tous les crimes dont on accusait le fou, et tous les
noms dont on pouvait le flétrir : le moindre en était

odieux. La bouche du parleur ne les prononçait qu'avec mépris.

D'abord, l'homme était dit « hérésiarque », car il honorait, à l'égal du dieu même, sa mère, Maria. Qui donc lui avait enseigné ce parler faux ?

Téao rappela l'histoire des premiers prêtres à longues tapa blanches, les deux Paniola peureux et doux : celui qui s'enfuit : celui qui mourut, et dont on avait fouillé les os. Il dit leur manière de prier, mains jointes, et de chanter dans un langage qui n'était rien qu'on parlât sur n'importe quelle autre terre. Puis :

« Quand vous êtes venus, vous autres, et vos pareils avec vous, nous avons cru au retour dans notre île de frères éloignés ou de fétii des deux Paniola : vous disiez les mêmes choses, avec moins de douceur. Mais quand vous avez changé vos lèvres et vos langues, et défendu ce qu'ils ne défendaient pas, et ordonné ce qu'ils n'avaient jamais réclamé, pourquoi donc aurions-nous suivi vos discours et non les autres, déjà familiers ? »

La foule, étonnée, ne marquait point de haine. La lecture dénonciatrice reprit : Téao, de plus, était dit « adultère », car, bien que marié, prétendait-il, suivant la loi de Kérito, il acceptait d'autres femmes que la sienne, et en grand nombre, autour de lui. Alors, il répondit avec assurance :

« Le livre que vous honorez raconte comment le chef Salomona posséda jusqu'à sept cents épouses. Le Seigneur ne l'appela point adultère ; mais le sage par-dessus les sages.

— Ce qui fut bon pour Salomona, jadis », répondit une voix parmi les premiers assistants, « et en d'autres pays, n'est pas bon pour nous, maintenant... » Et Noté le Missionnaire, perdu jusque-là parmi la foule, se rapprocha des marches de l'estrade. On s'étonna qu'il ne prît point sa place parmi les juges. Il se tint à mi-chemin du Tribunal. Téao le vit et lui jeta :

« Ce qui est bon pour vous, vous autres, les hommes à peau blanche, l'est-il donc également à nos yeux et à nos désirs ? Et si les tané dans votre terre sont à ce point vieillards et impuissants qu'une femme suffise à leurs

maigres appétits, pourquoi se contenter ailleurs de cette
disette ridicule ! » Et Téao, précipitant son discours avec
adresse :

« Qu'importent, après tout, à l'atua ou aux troupes des
dieux de tous les pays, qu'importent les enlacements des
petits hommes qui halètent : et quelle est donc l'oisiveté
de votre Seigneur, pour que, du firmament où vous le
juchez, il descende à compter des épouses, à tarifer des
ruts que l'on paie à ses disciples avec de pleins bambous
d'huile, à épier ces grands coupables qui, le jour du
sabbat, ont planté un clou dans une pirogue, ou dormi
sous vos discours pesants ! Je sais bien que l'atua Kérito,
le mien, qui m'illumine, et le Souffle divin, et la Paréténia, ne s'abaissent jamais à de tels travaux. — Ce sont des
œuvres de prêtres... œuvres de serviteurs rusés ! mais Ils
volent très haut, dans le ciel du ciel de Tané, et les
prières, et les discours, et les paroles chantées avec un
mode suppliant vont seuls, de tous nos actes, les joindre
et les toucher ! » Il leva les épaules ; ses mains liées firent
crier les cordes : « Leur nourriture et tout ce qu'ils
réclament, ce sont nos désirs, nos louanges, le meilleur de
nous-mêmes, le plus léger, le plus divin. Le reste, ce que
nous faisons au ras des terres où piétinent les hommes, ce
que nous buvons, ce que nous massacrons, les grossiers
aliments dont on se rassasie... laisse aux misérables
sorciers le soin d'en repaître les Tii, qui sont la racaille des
dieux ! »

Le visage clair, détendu, l'inspiré de Iésu continuait
superbement d'une haleine. C'était un beau parleur. Les
trois disciples, à toucher ses flancs, respiraient plus
largement eux-mêmes. Paofaï levait ses grands sourcils.
Pomaré, les yeux rouges, pleins d'ennui, regardait lourdement tour à tour les coupables, les juges, les coupables
encore. La foule se taisait, comme jadis aux temps des
beaux récits. Mais le chef-de-la-justice, imposant sa voix
par-dessus l'autre voix sonnante, accusait enfin Téao d'un
dernier méfait, le plus grave, peut-être, à en croire le
maintien des juges : Téao avait « attenté à la forme du
Gouvernement », c'est-à-dire qu'il avait voulu « renver-

ser le Roi, et chasser les chefs » ! Pomaré frémit des
oreilles et leva la paupière droite.

L'inspiré se récria : les chefs ! mais il déclarait devant la
foule et devant tous ses disciples les avoir en grand
respect, les tenir en haut hommage, mieux que ne pouvait
faire n'importe quel manant parmi la troupe des chrétiens... Les chefs ! qui donc les avait, plus que les
Missionnaires, desservis aux yeux de tous, et déconsidé-
rés ! Qui donc avait enseigné avec plus de force et de
succès le mépris des maîtres anciens ! « Autrefois, quand
l'Arii demandait au manant : " A qui est ce cochon ? " —
" Notava ! " répondait l'homme avec empressement, " à
toi, comme à moi ! " Et l'on se hâtait à changer de mots,
pour mieux honorer le chef, reflet du dieu. On n'eût pas
osé lui dire : " Aroha ! " comme au simple prêtre, mais :
" Maéva-nui ! " Si l'on faisait sa louange ; si on le
suppliait, si on le nommait heureux à la guerre et puissant
auprès des femmes, même si par improviste on le
déclarait menteur et lâche, n'usait-on point du mot noble,
du mot réservé ! Car le chef était divin par sa race et par
son pouvoir. — Maintenant, les Piritané ne sont-ils point
venus dire : " Ce sont des hommes à deux pieds, comme
vous ! " et depuis, les chefs à deux pieds ont besoin de
mendier les offrandes, ou de menacer, pour que leur
ventre ne reste point affamé. Ils ne réclament plus des
vocables superbes, et se contentent des paroles soufflées
par tous les esclaves et salies dans les plus vils gosiers ! Ils
ne chargent plus les porteurs-de-chefs de leurs fardeaux,
majestueux à l'égal des simulacres divins : les prêtres
portaient le dieu ; les hommes portaient le chef ! — mais,
s'ils n'agitent pas encore leurs petits membres sur le sol,
ils consentent à grimper sur les cochons coureurs : des
hommes à deux pieds ? bien mieux : à quatre pattes ! Ha !
Et ils étaient dieux ! »

Pomaré plissa le front comme un auditeur surpris à la
fois et tout près de se laisser convaincre. Noté, comme
contraint par les remous des assistants, atteignit les hauts
degrés du Tribunal. Il semblait transporté par une juste
indignation :

« Les chefs ne sont pas dieux. Nul n'est dieu, hormis

l'Éternel. Mais l'Éternel a donné son pouvoir aux Rois qui le représentent sur la terre.

— A quoi bon ? Ne l'avaient-ils point déjà par la vertu de leur personne, la majesté de leur allure et de leurs appétits ? — Quand l'Arii-rahi », la voix de Téao se couvrit de respect, « quand l'Arii-rahi, que vous traitez maintenant de " roi ", s'enfuyait de Mooréa la tumultueuse, alors qu'il était seul, indécis, inquiet, nous avons, mieux que tous les autres qui se parent aujourd'hui de son ombre et de ses regards, accueilli sa venue sur notre terre. Nous avons fait siffler les lances et claquer les pierres de nos frondes. Nous honorions la foulée de ses pas, comme vestige d'un dieu descendu !

— Cependant », reprit Noté avec assurance — il touchait maintenant la troupe des juges, et semblait partager leurs discours — « n'as-tu pas réclamé du Seigneur Kérito qu'il chassât les Missionnaires et qu'il exterminât les chrétiens ? »

Téao ne pouvait nier : c'était sa prière habituelle. Mais il cria : « Je n'ai pas élevé les Missionnaires au rang des Arii que je respecte !

— Eh bien, dit l'autre avec triomphe, sache donc que si Pomaré-le-Réformateur gouverne en ce jour bienheureux comme durant sa longue vie ; et que si, dans les années futures, ses enfants sont encore les possesseurs de l'île, comme les fils du Roi Piritané restent depuis des milliers de lunaisons maîtres de leur pays, — c'est de la volonté seule du Maître des Rois. C'est lui qui nous envoya pour rétablir par les mousquets de nos frères, par nos conseils, par la vertu du Livre, le pouvoir du chef que voici. S'en prendre à nous et à nos disciples, c'est donc vouloir s'en prendre au Roi. C'est mépriser, en même temps, la Loi qu'il vient de donner à son peuple ! » Et, se tournant vers une partie des juges qu'il appela d'un autre nom nouveau, la « troupe des jurés », Noté leur assigna : « Vous aurez donc à prononcer si vraiment, ou non, Téao no Témarama, par le baptême Fzékia, est coupable d'avoir, au cours de nombreuses assemblées secrètes, attenté à la forme du Gouvernement. » Les jurés se levèrent, et, pour mieux discuter — bien que l'infamie de Téao ne fît plus aucun doute —, ils se retirèrent à l'écart.

Les trois disciples de l'hérésiarque se mirent alors à parler à la fois, mais Noté et le chef-de-la-justice les dominèrent aisément. On apprit cependant qu'ils se prétendaient inspirés par Ioané-le-Baptiseur, par Salomona, et par l'apôtre Paolo ; ils s'indignaient qu'on les accusât : préservés par leurs souffles familiers, ils ne pouvaient commettre la moindre faute : qu'importait la manière dont ils jouaient de leurs corps, puisque leur esprit restait innocent et bon ? — On leur répondit que, disciples de Téao, ils partageraient le châtiment du maître ; quant à Paofaï, il cria de lui-même :

« Je ne suis point avec ceux-là, bien que beaux-parleurs. Mais les dieux qu'ils honorent ne sont pas les miens.

— Quels sont tes dieux ? » demanda Noté, dont la bouche parut mordre dans un ennui. Il se pencha vers le roi : « Un hérésiarque de plus ! »

Paofaï ne répondit pas sans détour :

« Dis-moi le nom de la terre où je mange.

— Tahiti ! » murmura le juge avec étonnement.

« Mes dieux sont donc les dieux de Tahiti. Cela n'est-il point éclatant ? Pourrais-je en avoir d'autres ? Si je parle, n'est-ce pas avec ma propre bouche, et pourquoi voler aux autres leurs lèvres et leur souffle ! Quand les bêtes changent leurs voix, c'est qu'elles vont mourir !

— Cela, interrompit Noté, ne fait pas connaître ta conduite, ni ce que tu prétends être... »

Paofaï se découvrit le torse, et, baissant les paupières, chanta sourdement :

« Arioï ! Je suis Arioï... » Dans la stupeur immobile de la foule, il acheva, sans récris, l'incantation des grands-maîtres passés.

Mais, sitôt l'ébahissement tombé, ce fut une bourrasque de rires, de sifflements hargneux et méprisants, de parlers ricaneurs, de gestes de moquerie : Païen ! C'était donc un païen ! Il y en avait encore ! Encore un ! Le beau reste des temps ignorants ! Ha ! Ha ! Ha ! il adorait les dieux de bois ! il avalait avec respect les yeux de cadavres,

auprès des maraè démolis ! On criait : Mangeur d'œil !
Sauvage ! Homme stupide ! Homme sans pudeur ! Vieux
sorcier ! — la gaîté se levait, sans bornes, gaîté permise,
plaisante même aux yeux des Missionnaires et de Kérito.
On n'eût pas figuré, sur une estrade à danser, d'histoire
aussi imprévue ! Et point baptisé, sans doute, l'Arioï, le
va-nu-pieds, l'homme aux épaules dépenaillées ! Et
digne, alors des feux de l'enfer ! L'aventure était drôle !
Le spectacle était bon ! Païen ! Il y avait encore un païen !

Noté, cependant, calma les rires et dit sans haine :
« Mon frère, je reconnais maintenant ta personne. Je
sais tes aventures, et que tes yeux n'ont pu s'ouvrir encore
à la Vérité : je te l'ai dit, sans que tu veuilles le croire : il
n'y a plus de maraè ; il n'y a plus de dieux païens. Mais,
viens dans les faré où l'on enseigne à prier le Seigneur, à
lire et à répéter Sa loi : dans peu de temps, tu sortiras de
cette ignorance dont ceux-ci », il montrait la foule « sont
fiers d'être tirés. Tu sauras les louanges de Kérito : ce
qu'il enseigne ; ce qu'il défend. Les rires cesseront autour
de toi. Tu seras baptisé, et Membre de l'Église chrétienne. Quel plus beau titre ? »

« Bon discours ! » songeait Iakoba. Mais quelle n'était
point l'impiété de l'autre pour qu'il s'obstinât à
répondre :

« Lire les signes ? Lire la " Loi " et tous vos parlers
d'étrangers ? Hiè ! je dis à vos figures et dans vos oreilles :
quand les bêtes changent leurs voix... »

Un grondement de la foule étrangla sa parole, mais il
reprit plus fortement :

« Quand les hommes changent leurs dieux, c'est qu'ils
sont plus bêtes que les boucs, plus stupides que les thons
sans odorat ! J'ai vu des oiseaux habillés d'écailles ! J'ai vu
des poissons vêtus de plumes : je les vois : les voici : les
voilà qui s'agitent : ceux-ci que vous appelez " disciples
de Iésu ". Ha ! ni poules ! ni thons ! ni bêtes d'aucune
sorte ! J'ai dit : Aroha-nui pour la terre de Tahiti, à ma
revenue sur elle. Mais où sont les hommes qui la
peuplent ? Ceux-ci... Ceux-là... Des hommes maori ? Je
ne les connais plus : ils ont changé de peau. »

Un grand vent de haine s'éleva de l'assemblée, qui,

roulant des rumeurs, parfois couvrait le dire impétueux du païen, et d'autres fois, subissait tous ses reproches :

« Ils avaient des dieux fétii, des dieux maori, vêtus de maro, ou bien nus de poitrine, de ventre et de visage ; et tatoués de nobles marques... Ils avaient des chefs de leur race, de leur taille, ou plus robustes encore ! Ils avaient d'inviolables coutumes : les Tapu, qu'on n'enfreignait jamais... C'était la Loi, c'était la Loi ! Nul n'osait, nul ne pouvait les mépriser ! Maintenant, la loi est faible, les coutumes neuves sont malades qui ne peuvent arrêter ce qu'elles nomment crime, et se contentent de se mettre en colère... après ! Un homme tue : on l'étrangle : la sottise même ! Cela fait-il revivre le massacré ? Deux victimes au lieu d'une seule ! Deux hommes disparus au lieu d'aucun ! Les tapu défendaient bien mieux : ils ne protègent plus. Vous avez perdu les mots qui vous armaient et faisaient la force de vos races et vous gardaient mieux que les gros mousquets de ceux-ci... Vous avez oublié tout... et laissé fuir les temps des autrefois... Les bêtes sans défense ? Les autres les mangent ! Les Immémoriaux que vous êtes, on les traque, on les disperse, on les détruit ! »

La foule menaçait de plus belle et pressait l'impie. Le visage de Noté suait avec cette fureur pâle dont les étrangers ont coutume... Il enjoignit au chef de se lever, et de poser sa puissante volonté. Le roi hésitait : car il n'avait jamais eu de tels discours à prononcer :

« La société mauvaise, appelée société des Arioï, a été détruite par un décret royal, durant la deuxième lunaison de l'année mil huit cent seizième après la naissance de Kérito — comme il est écrit dans les feuillets que voici. » Il s'assit et demanda : « Est-ce bien de la sorte qu'aurait dit le Roi Piritané ? » Noté approuva : « C'est bien ainsi. » Il ajouta violemment : « C'est une honte que de se parer de tels titres ! Mais le roi vient d'en fonder de plus nobles. Et ceux-là dont les pensers sont bons et la conduite digne, recherchent à y participer. »

« En vérité ! » pensait Iakoba, et toute la foule comme lui : « quel plus beau titre que celui de chrétien ! » Si l'on ne veut pas s'en contenter, malgré tout, il y a pour les gens « sobres » — on appelle ainsi les gens qui ne boivent

jamais de liqueur piritané, en public, — il y a la Société de
Tempérance, fondée par le Roi, et pour les plus savants,
l'autre société, « Académie Royale des Mers du Sud ».

Paofaï haussait les épaules afin de montrer son mépris.
Mais il n'en parut, aux yeux de tous, que plus méprisable
lui-même. Le vieux récalcitrant avait trop parlé déjà ! On
attendait avec impatience qu'il fût jugé, enfin, et puis,
qu'il s'en allât, mais châtié rudement. Pour renseigner le
tribunal, on s'ingéniait à rappeler ses actes, et le moindre
de ses pas : on l'avait aperçu, une nuit, rôdant autour du
maraè détruit : en quête de victimes évidemment ! Une
femme assura que ses deux enfants étaient morts trois
nuits après le passage du païen devant le faré où ces
enfants mangeaient : on vit clairement que sa personne
était maléficieuse pour les chrétiens de l'île.

Enfin, ceux-là que le juge avait interrogés sur le crime
de Téao, ayant délibéré comme il convient, à loisir,
regagnaient leurs places. Le chef-de-la-justice parla :

« Téao no Témarama, par son baptême Ezékia, est-il
coupable, ou non, d'avoir attenté à la forme du Gouvernement ? »

Le chef-des-jurés, se levant, répondit avec une digne
assurance : « Cet homme est réellement coupable. »
Deux jurés, cependant, parmi les six, feignirent de
protester. Mais comme la foule grondait sur eux, ils se
turent : Téao no Témarama était donc, sans erreur,
reconnu criminel. La Loi déciderait du châtiment. Quant
à Paofaï, il se dénonçait lui-même comme idolâtre et
serviteur des mauvais esprits. Noté se tourna vers le Roi :
« A ton tour, maintenant ! » Il désignait une page du
livre. Pomaré souffla par deux fois, afin de laisser à ses
yeux le temps de s'habituer aux signes. Puis il prononça :

« Voici ma parole vers vous. La Loi dit, dans sa
huitième partie, concernant la Rébellion : ce crime sera
puni de mort.

» Et voici encore : la loi dit, dans sa vingt-quatrième
partie, concernant le culte des faux dieux : ce crime sera
puni de mort. »

Le Réformateur siffla, mécontent parce que sa langue

avait hésité devant un mot difficile. Il demanda néanmoins :

« Le Roi Piritané parle-t-il avec cette facilité-là ?

— L'aisance même », rassura Noté. Mais une voix
lente et douce, flottant sur les autres rumeurs, se levait du
groupe détestable : Téao disait avec sérénité vers ses
disciples immobiles :

« Venez, la troisième nuit après ma mort, au pied de
l'arbre où je serai pendu. Vous me verrez, libre et
réanimé, monter vers le firmament de Iésu. Et je
m'assiérai à Sa droite. »

Puis Noté parla très vite, mêlant à son discours ces
vives paroles du Livre, qui défend : « *S'il s'élève au milieu
de toi un prophète ou un songeur qui annonce un signe ou
un prodige, tu n'écouteras pas les paroles de ce prophète ou
de ce songeur, car c'est l'Eternel votre dieu qui vous met à
l'épreuve pour savoir si vous aimez l'Éternel.* » Et la
fougue du Missionnaire gagna le Roi lui-même, qui,
sortant de sa lourdeur, apostropha les criminels avec des
injures et des menaces non apprises :

« Ainsi ! quand les prières, les formules, les rites et le
culte étaient judicieusement établis par le Roi, acceptés,
reconnus par tous les chefs, ces gens-là prétendaient
bouleverser tout encore, au préjudice des véritables et
bons chrétiens ! Quelle ignorance ! Quelles mauvaises
mœurs ! » Il cria : « Mais je vous jetterai à la mer !

— Admirable », affirma Noté. « Le Roi Piritané n'eût
pas mieux discouru. » Puis tous deux parurent se consul-
ter, et Pomaré conclut enfin que la Loi nouvelle, bien
que rigoureuse, tenait compte des premiers services de
Téao, du grand âge de Paofaï, et qu'en place de la
pendaison, il leur serait accordé la « Course-au-récif ».
— La peine demeurait rude. Téao reprit sa voix assé-
rénée :

« Venez, la troisième nuit après ma mort, sur le récif,
où je serai roulé. Vous me verrez, libre et réanimé,
monter vers le firmament de Iésu... » Le tumulte le prit.
Les gardiens, se jetant sur les cinq grands coupables,
s'ouvrirent péniblement un passage à travers la foule
hargneuse qui réclamait un prompt châtiment.

*

La Loi nouvelle ayant ainsi parlé, Iakoba et tous ses compagnons la déclarèrent pleine de finesse et digne d'admiration : la Loi jugeait comme ils auraient jugé : la Loi était juste ! Et l'on se réjouit à voir s'avancer d'autres coupables, nombreux, mais appelés seulement pour des crimes plus petits.

Une femme comparut la première, et fut accusée de « Fornication ». Elle ne parut point comprendre ce que les juges entendaient par là. Car le mot, comme tant d'autres, était piritané d'origine. Noté lui expliqua, non sans réticence et ennui, qu'on désignait ainsi, pour une femme, l'acte de dormir auprès d'un homme, et, pour un homme, l'acte de dormir auprès d'une femme. Elle rit alors, à pleines dents : si le mot lui avait paru neuf, la chose elle-même était assez familière. Et toute la foule rit avec elle : Pourquoi donc inventer de tels mots extravagants, pour signifier une si ordinaire aventure ? Les noms maori ne manquaient point là-dessus, et renseignaient davantage !

Mais le Tribunal gardait sa majesté. Si la chose semblait banale quand on lui donnait ses appellations coutumières, elle n'en restait pas moins détestable aux yeux de Kérito, qui l'avait marquée de ce nom de mépris : Fornication. Dès lors, elle relevait de la Loi, partie dix-neuvième, où il est dit : « La Fornication sera punie de travail forcé pour un temps déterminé, fixé par le Tribunal. Les coupables seront, en plus, obligés à dire le nom de ceux qui ont commis le crime avec eux. »

La femme ne riait plus ; bien qu'à vrai dire, la menace de « travail forcé » lui parût plaisante plutôt que redoutable : — et qui peut se vanter d'avoir contraint une fille à remuer ses doigts ou ses jambes quand elle veut dormir ? — Mais elle serrait la bouche, obstinée à ne pas dénoncer ses fétii. Alors, on la conduisit rudement à l'écart. D'autres la remplacèrent, craintives un peu, rieuses quand même : elles ne semblaient pas davantage comprendre l'impiété de leurs actes : on les sentait, au contraire, toutes fières de pouvoir accomplir chaque jour, et si aisément, une action dont se préoccupait la Loi !...

Un cri jaillit, de l'entour, suivi de plusieurs noms d'hommes jetés au hasard, précipités : la première coupable avouait tous ses complices. Et l'on connut que la Loi, par le moyen de robustes disciples, forçait à parler même les plus récalcitrantes.

La femme revint, la poitrine secouée ; pleurant et pressant ses hanches : on les avait ceinturées d'une corde glissante, et meurtries. Elle déclara ce qu'on voulut, tous les noms de tané dont elle avait le souvenir ; et, pour qu'on n'essayât point de lui en arracher d'autres encore, elle inventa quelques-uns de plus. Ses compagnes l'imitèrent, en hâte. L'un des juges écrivait, à mesure, tous les aveux. — Mais une fille surprit le Tribunal par un dire imprévu :

« La faute n'est pas sur moi ! criait-elle, il l'a réclamée toute pour lui ! » On la pressa de questions : elle avoua que l'étranger auprès duquel on l'avait surprise était le chef de ce pahi farani si accueillant, si bienvenu ! Elle n'avait consenti à suivre l'homme que sur la promesse d'en obtenir, après chaque nuit, un beau, un beau livre, avec des figures bleues et rouges, et l'histoire de Iésu.

« Il t'en a donné ? » demanda l'un des juges.

« Douze. » Le Farani en possédait d'autres encore, et les distribuait volontiers aux femmes avides de conserver la Bonne-Parole. Elle répéta :

« Mais il m'avait promis de garder toute la faute pour lui. Et puis, je n'ai pris aucun plaisir. Et nous avions une couverture. »

Pomaré ne désapprouvait point, à en juger par son regard, l'ingéniosité du Farani. Iakoba reconnut, à cette histoire, le jovial maître-de-navire qui l'avait ramené dans l'île, et qui, frappant sur de gros sacs pleins de livres, de clous, de haches et de colliers, lui avait jeté, pendant la traversée : « Mon vieux fétii, voilà de quoi s'amuser avec toutes les femmes de ton pays ! » Le stratagème était bon.

Mais les juges ne jugeaient point ainsi. Après leur avis, Pomaré dut répéter :

« La partie dix-neuvième de la Loi, concernant la Fornication, dit : ce crime sera puni de travail forcé. Ainsi les dix femmes coupables, et leurs complices quand on les prendra, s'en iront sur le chemin de la vallée Faá pour débrousser le passage, battre le sol, et casser de petites pierres. Ils devront aussi creuser les deux bords du sentier, pour revêtir et durcir le dos de la route ; cela, jusqu'au jour où ils auront couvert trente brasses de chemin. » L'on se réjouit à la ronde, car les cochons porteurs-d'hommes n'en courraient que plus vite, et avec moins de fatigue. Le Roi disait encore : « Mais, pour cette femme-là qui a grandi sa faute en suivant un mauvais Farani, et en invoquant avec sacrilège le nom du Livre, elle devra subir, avant le travail, un tatouage honteux sur le front. » La femme se mit à pleurer.

D'autres coupables vinrent encore ; certains, convaincus d'avoir dormi pendant les himéné, dans le faré-de-prières — d'autres, d'avoir pêché durant la nuit qui précède le sabbat, et si matin qu'on pouvait affirmer la « Transgression du jour réservé ». Parmi eux, l'on traînait un être à deux pieds, qui roulait des yeux sans ruse. Il aperçut le chef et balbutia, d'un air stupide : « Narii... » On connut alors que c'était un combattant de la troupe Pomaré, lors de la grande victoire. Certain de voir perdue la bataille, il avait couru, comme l'Arii, et si loin, et si éperdument, que depuis lors il vivait dans la montagne, toujours apeuré comme les chèvres. C'est là qu'on l'avait surpris, frottant les bois qui s'enflamment — et cela, un jour de sabbat ! A considérer le maintien indigne du sauvage, Iakoba sentit un orgueil : comme tous les bons disciples, il avait tondu sa chevelure et coupé les poils de son visage avec une coquille aiguisée. — Mais cet homme-là n'avait rien de chrétien avec sa barbe de bouc et son crâne broussailleux ! Iakoba détourna la tête. Pomaré prononçait :

« La partie septième de la Turé, concernant la Transgression du Sabbat, dit : ce crime sera puni d'une longueur de route égale à cinquante brasses. » L'homme hébété restait indifférent. On le chassa par de grands coups de bâton.

Et plus vite, à mesure que tombait le soleil, les coupables défilèrent. Nul n'osait plus réclamer ni dire « non » quand le chef-de-la-justice interrogeait — même au hasard. Pour chaque faute, pour chaque erreur et chaque négligence, la Loi, toujours, avait réponse, et semblait tout prévoir. Afin que personne ne pût à l'avenir se targuer d'ignorance, le Réformateur commença de lire, en les entourant de parlers profus, tous les interdits qui n'avaient pu, en ce jour, s'illustrer par des exemples. Il expliquait donc avec ces mots à demi piritané dont nul ne riait plus — ce qu'il fallait entendre par Vol ; ce qu'on nommait Propriété ; ce que signifiait : Achat, Vente, Location, Adultère et Bigamie, Séduction, Testament, Ivrognerie, Tatouage volontaire, Délation fausse et Délation vraie, Dommages causés par les chiens, Dommages causés par les cochons. La plupart des auditeurs ne discernaient pas exactement lequel de tous ces crimes était le plus détestable. Mais la foule rusée en retenait bien vite un bon enseignement : c'est que tout cela : Vol, Vente et Bigamie, et le reste, se concluait de la même façon : quarante brasses de route ; ou plus ; ou moins : et l'on pouvait recommencer. Ainsi faisaient la Rivière et les Hommes : on jette un pont ; les eaux l'emportent, et l'homme rebâtit. Ainsi de la Loi et des gens : on fait la faute ; on fait la route ; et l'on refait tout à loisir.

*

Quand fut épuisé l'appel des coupables, la foule se désappointa. Ceux qui n'avaient pas eu ce contentement d'être déclarés « criminels » regardaient avec une envie leurs fétii, que de si nobles juges, et le Roi, venaient de proclamer Bigames, Adultères ou Fornicateurs. On considérait aussi, non sans désir, ces filles dites « Concubines » dont le corps et les embrassements avaient sans doute une vertu spéciale, puisque leurs ébats relevaient de vocables nouveaux. Elles-mêmes ne cachaient pas une fierté, où se mêlait cependant une inquiétude. Mais c'était payer de bien peu — quelques journées pénibles à venir, ou à ne pas venir ? — cet honneur d'avoir un instant occupé autour de sa personne tous les chefs, et les yeux de la foule. Alors, on s'ingénia dans l'assemblée à découvrir, en soi-même et autour de soi, d'autres coupables. Un homme cria qu'on lui avait pris un cochon. Il amenait deux *fétii*, les désignant comme « Voleurs ». Tous ensemble ils semblaient assez bien s'accorder, mais pour réclamer le jugement, et qu'on fît parler la Loi pour eux tout seuls. Pomaré, d'un regard lourd et lassé, se levant une dernière fois, voulut bien déclarer :

« La deuxième partie de la Loi concernant le Vol, dit : Si un homme vole un cochon, il devra en rendre quatre. Tu recevras donc quatre cochons.

— Huit ! » protesta le volé. « Car les voleurs sont deux ! Huit ! »

La réponse, cette fois, n'était pas écrite dans la Loi, et le Réformateur hésitait. Mais soudain :

« En vérité ! Huit ! La Loi dit quatre pour le volé, et quatre pour le Roi. » Il sourit avec orgueil, vers lui-même, disant : « Le chef des Piritané n'aurait certes pas mieux jugé ! »

Les trois hommes s'en allèrent satisfaits.

Et des gens en grand nombre, qui n'avaient point réussi à s'inventer coupables, s'occupèrent à tenir sur eux l'attention du Tribunal, en lui soumettant de graves différends : devait-on chanter les *himéné* vers le Seigneur debout, comme il était prescrit dans l'île Raïatéa, ou bien assis, les jambes croisées, comme on l'autorisait ailleurs ? Vaut-il mieux avoir été baptisé dans la rivière Faütaüa, ou dans l'eau Punaáru ? Si l'on possédait autrefois deux femmes, laquelle doit-on épouser selon la Loi ? Si l'on découvre, loin de tout *faré*, des œufs de poule, et qu'on s'en empare, est-ce un Vol ? et faut-il rendre à la poule quatre fois plus qu'on a pris ? Peut-on manger, sans être mangeur d'homme soi-même, la chair d'un requin ou de tout autre poisson qu'on sait avoir dévoré des hommes ? ou seulement mordu... ? mais le plus inquiétant était ce doute : Si l'on se trompe, en lisant le Livre, faut-il recommencer la page toute seule, ou la partie, ou le Livre entier ? — Sans répit, les Professeurs de Christianité, les juges, et Noté lui-même, s'efforçaient d'éclairer les bons disciples.

Mais, une dernière fois, Noté réclama le silence, et lança des reproches : où donc étaient les fruits de ces belles promesses jetées avec tant d'enthousiasme le jour du grand baptême ? Où donc ces présents volontaires attendus par la Société Tahitienne des Missions, cette assemblée admirable, accueillie par eux-mêmes avec tant d'enthousiasme, et qui devait venir en aide à l'autre Société piritané... Comme bons chrétiens, ne devaient-ils pas tous ajouter leurs efforts et leurs parts aux efforts des chrétiens piritané, afin que baptisés eux-mêmes, on pût baptiser en leur nom, dans les autres pays ignorants ? Car des milliers et des milliers d'hommes encore demeuraient païens sur les terres éloignées. Quelle n'était pas leur misère ! Dans une immense presqu'île appelée « Terre Initia [1] », ces pauvres sauvages s'infligeaient de terribles supplices, tailladant leur peau avec des couteaux de fer, ou bien, ouvrant dans le soleil durant des journées entières, leurs yeux atrocement brûlés. Les femmes, aussi folles, accompagnaient, sur des bûchers, les corps de leurs époux. Des foules entières, aux jours de fête, se jetaient sous les chariots qui portaient les idoles aux dix bras... Noté, s'enflammant à mesure, évoqua des histoires inouïes.

L'assemblée se prit à rire : ces gens étaient lointains et stupides : pourquoi se faisaient-ils souffrir ? — Qu'on les laisse à leurs jeux ! — Sans plus s'inquiéter, on se détourna des paroles pressantes. Noté s'emporta : C'était donc là le zèle des convertis ! Que leur demandait-on ? Cinq bambous d'huile, par tête : on les obtenait, sans doute, mais si petits et si avariés ! Oui ! l'on se jouait des promesses, malgré les efforts de cet homme plein de zèle — il montrait le chef-du-fisc, appelé aussi « Secrétaire d'État ». Et, s'il leur restait indifférent d'acquérir de grands mérites aux yeux du Seigneur, pourquoi ne pas rechercher au moins l'approbation et la faveur lointaine de ces hommes éclairés qui gouvernent la Piritania : ne

1. Indien : Inde.

savait-on point que les noms des plus généreux chrétiens,
recueillis par le chef-du-fisc, s'en allaient là-bas, où tous
admiraient les largesses !... Voici, d'ailleurs, les paroles
que le roi des Piritané envoyait au roi des Tahitiens : — et
il lut — ou peut-être, il feignit de lire :

« Salut ! je suis heureux de savoir que le Roi Pomaré-
le-Second est digne des grandes faveurs que lui a réservées l'Éternel ; qu'il s'emploie de toute sa puissance à
défendre le culte, à protéger le commerce et l'industrie, à
proscrire l'usage mauvais des liqueurs fermentées. Mais
qu'il veille bien à ce que ses sujets n'oublient point leurs
promesses envers la Société des Missions, afin que
d'autres pays puissent, à leur tour, partager les mêmes
bienfaits. — Salut ! »

Pomaré approuvait en levant les sourcils. Mais nul dans
la foule n'écoutait plus : l'histoire était pareille à bien
d'autres, et pas plus amusante. On s'en allait au hasard.
Bientôt le Tribunal siégea devant un grand espace piétiné
et vide. Les juges se dispersèrent eux-mêmes. Pomaré,
tout seul ainsi qu'il l'exigeait, gagnait sa pirogue pour se
réfugier dans l'îlot Motu-Uta : il y passait toutes ses nuits.

*

Le Réformateur marchait d'un pas attardé par cette
grosse jambe qui, depuis deux années, enflait sans répit.
Il portait le Livre sous son bras. Il songeait, par avance,
aux beaux pensers qu'il allait, d'une main fort habile,
fixer par des signes, pour lui-même : c'était le récit de sa
vie. Il y mélangeait d'autres histoires, imitées de la vie du
grand chef Salomona. — Un serviteur, le joignant, lui
remit une bouteille de áva piritané. Sans doute il en
défendait, avec une grande rigueur, l'usage à ses
manants. Mais ce qui n'est pas bon pour le peuple,
devient excellent pour le Roi, si le Roi l'ordonne ainsi.
Donc, il but avec avidité.

Et il regardait, plein d'orgueil, cette île Tahiti pacifiée
par sa puissance, réformée par ses soins, instruite par son
zèle : une fierté lui emplit les entrailles en même temps
qu'un souffle chaud lui montait au visage. Dans la nuit, il

devina l'immense toiture du grand faré-pour-prier, levé
et consacré sous son règne. — Salomona, en vérité,
n'avait pu mieux faire, avec son « Temple » — Salomona... qui donc en avait parlé, devant le Tribunal...
Eha ! Sept cents épouses ? Oui ! mais son Temple ? non
pas sept cents pieds de long ? Il dédaigna le petit chef
Salomona. Puis, tout vacillant, il s'efforça de garder noble
sa démarche. Il tourna soudain pour s'informer —
comme si le Missionnaire suivait toujours : « Le Roi
Piritané marche-t-il avec cette dignité-là ? » Mais il se vit
tout seul, et se prit à rire : encore les tromperies de la
boisson qui brûle... Alors il arrêta soudain son rire : saisi
de regrets, il contemplait tour à tour la bouteille et le
Livre. Il dit avec mélancolie, d'une voix douce :

« Pomaré ! Pomaré ! ton cochon est plus en état que
toi-même de gouverner les hommes ! » Résolument, il
lança la bouteille hors de lui : ainsi faisait-il chaque soir.

La maison du Seigneur

Or, la grâce de Iésu emplissait toutes les entrailles de Iakoba, le fidèle chrétien : sitôt les Mamaïa découverts par son zèle, et confondus, et jugés, il avait revêtu le beau titre promis : diacre de second rang pour le faré-de-prières, sur la rive Punaávia. Le jour même, le diacre s'était mis en route. Suivi de son épouse Rébéka, de sa fille Eréna, et du tané de sa fille — Aüté, le jeune étranger —, il marchait avec orgueil vers cette terre, où lui-même, enfin, tiendrait son rang.

Le sentier — qu'on appelait désormais pour sa largeur et le poli du sol « Grande-route royale de Faá » — s'encombrait de femmes adultères, d'époux bigames, de filles concubines. Tous et toutes feignaient devant l'approche du diacre, reconnu à son maro noir, un grand zèle à gratter le sable. Mais Iakoba passait par enjambées précipitées, et sans rien voir que le chemin docile allongé sous ses pas. Il se hâtait avec triomphe. Il agitait une foule de pensers délectables : la grandeur de ses titres, d'abord ; auprès de ceux-là, on pouvait rire, comme de jeux enfantins, des dignités poursuivies aux temps d'ignorance : qu'étaient donc ces haèré-po d'autrefois, ces Arioï et toutes leurs bandes : la racaille d'un peuple païen ! Il se loua d'avoir changé son nom.

Du même coup, il avait dépouillé toute angoisse. Le baptisé savait, désormais, qu'on peut jeter son hameçon dans la mer-abyssale sans craindre de pêcher un dieu ; que la femelle-errante des nuits ne se hasarde pas autour des chrétiens fidèles ; que les inspirés, quand il s'en découvre encore, ne sont pas plus redoutables, avec leur bras enroulé d'étoffe, que le crabe dont la pince est amarrée, et qui tourne en rond ! Pour mieux chasser toutes ces vieilles peurs, les envoyés de Iésu, il est vrai, en avaient enseigné d'autres : on est coupable, disaient-ils, si l'on croit encore aux génies-justiciers, qui revêtent de chairs les âmes méchantes, afin de les écorcher ensuite par trois fois jusqu'aux os ! — L'on doit connaître que ces âmes méchantes — les damnés — brûlent seulement à grand feu, toujours vives, toujours torturées, non point par quelque atua imaginaire ; mais par la justice même du Seigneur. — Mais ces menaces ne concernaient qu'une autre existence, plus lointaine cent fois que la terre Piritania. Pourquoi s'en inquiéter ? La vie que l'on menait, que l'on tenait, était bonne aux bons chrétiens : oisive à souhait, repue, emplie de quiétude. Les femmes, depuis qu'on les avait déclarées, avec une cérémonie, « épouses légitimes d'un seul homme », veillaient à tous les désirs de cet époux ; afin de se montrer excellentes suivant le Livre. Par-dessus le baptême, on espérait enfin la communion au Repas du Seigneur, ou Cène. Nul n'avait pu se vanter d'y prendre part, depuis l'offrande sacrilège de cadavres — voici tant d'années ! (Le vieil Haamanihi l'expiait sans doute durement...) — Or, la Cène promettait davantage de bienfaits. Les baptisés, déçus par le premier rite, reportaient sur l'autre leurs espoirs. Et tout cela, songeait Iakoba, la substitution des peurs, l'empressement des femmes, l'attente de bien d'autres agréments imprécis, tout cela s'ensuivait de la grâce du Seigneur.

Aüté suivait la troupe d'un air las. On le voyait rebelle à l'enthousiasme des chrétiens. Mais qu'importaient les rêvasseries d'un jeune homme si négligeable, puisque si éloigné du parler des gens bien-pensants ! S'il entretenait les fétii, durant les veillées, n'était-ce pas toujours de vieilles histoires et de faux dieux ? Il délaissait le Livre pour ces racontars oubliés. Et quel titre, et quel rang ? son emploi n'était celui que d'un chasseur-de-sauterelles : car il poursuivait toutes les bêtes, les oiseaux à plumes, et les petits oiseaux dont la peau est dure et noire, qu'il nommait insectes. Qu'en faisait-il, et à quoi bon, puisqu'il ne les mangeait même pas ! On le voyait les piquer dans des boîtes, et les confier aux navires qui partaient vers la Piritania. Il disait les envoyer, comme précieux. Et c'était pour cela seul qu'il avait quitté sa terre ! Ces Piritané, quand ils ne sont pas Missionnaires, et que le Seigneur ne les inspire pas, sont aussi fous que les autres hommes — et plus à craindre à cause des mousquets. — Mais Aüté n'était point à craindre : à mépriser seulement un peu. Et ce qu'il remâchait ainsi, au long de la route joyeuse, ne devait pas tenir beaucoup d'intérêt. « Eh bien, consentit Iakoba, quel parler neuf ?

— Tous les faré sont vides, sur la route. » La voix d'Aüté semblait chargée de peine. « Dis-moi, Iakoba tané, combien de vivants nourrissait l'île quand tu es parti pour ton grand voyage ? »

Voilà qui n'était pas à demander, vraiment ! Qui s'en inquiétait ?

« Moi je le sais maintenant : Deux hommes, pour un seul d'aujourd'hui. La moitié sont morts depuis vingt ans.

— Aué ! » fit allègrement le diacre. « Ceux qui restent ne se plaindront plus de famines ! » et il pensait : « Mieux vaut la moitié moins d'hommes sur la terre Tahiti, et qu'ils soient bons chrétiens et baptisés, plutôt que le double d'ignorants détestables ! »

Mais Aüté se récriait encore : « Cette bâtisse, à quoi sert-elle ? » Il montrait de grands murs sans fenêtres levés sur un terrain vide. Iakoba ne savait pas exactement : c'était une « fabrique » ou une « factorerie ». Il en ignorait l'usage. Peut-être on y écrasait le bambou sucré afin d'en avoir le jus, ou bien l'on séchait les fibres de coton, pour les mêler, les tisser, comme enseignaient les Missionnaires...

Aüté rit avec impertinence et ne cessa point de récriminer : il montrait, dévastées par les crabes de haári, des plantations autrefois serrées et florissantes, mais qu'on abandonnait parce que trop éloignées des faré-de-prières, et parce que leur soin détournait de la ferveur. Il ricanait aussi à la vue de femmes rencontrées, couvertes d'étoffes sales : « Comme si mieux ne vaut pas », répliquait encore le diacre, « un vêtement piritané décent et

digne, même souillé de terre, plutôt qu'une impudique
vêture païenne ! » Le jeune homme, enfin, comptait le
nombre des coupables marqués au front, et qui piétinaient — justement — la route longue et chaude. Il
déplorait la montagne vide, les images des Tii en pièces.
Et il répandit ses regrets : tout était mort du Tahiti des
autrefois — qu'il n'avait jamais connu, à dire vrai, mais
seulement rêvé, à travers les premiers récits... — Enfin, il
se montra si impie et si mauvais chrétien que Iakoba lui
imposa silence : il réclamait ? il se lamentait ? Mais c'est à
bien juste titre que le Seigneur lui refusait Ses dons et Sa
lumière. Qu'avait-il fait pour la gloire de Son nom ? Que
le jeune étranger se hâte d'imiter les disciples excellents
du dieu, et d'abord en changeant de paroles. Alors il
sentirait pénétrer en lui-même, aussi, la Grâce du Seigneur ! — mais voici la rive Punaávia.

                                    *

On aperçut, vide à la fois de disciples et encombrée de
nattes, de piquets, de cordes et de pierres à rôtir, une
grande place auprès du rivage. Iakoba s'inquiéta
soudain :

« Où est le faré ? »

Un homme dormait parmi les débris. Le diacre le
secoua en déclarant son titre et répéta :

« Où est le grand faré-de-prières ? »

L'autre répondit avec dignité : qu'il « en était le
gardien et l'assistant de rang premier. Tout cela par
avance. Car le faré n'avait jamais été bâti ». Il indiquait
les bois enchevêtrés, se taisait, et voulut se rendormir. Le
diacre le mit debout. Tous deux commencèrent à disputer. Sitôt, les fétii du voisinage, en quête de rires et de
cris, vinrent mêler leurs réponses à celles du gardien, et
témoignèrent que c'était bien là la maison du Seigneur, et
qu'ils en étaient les fidèles.

« Mais elle est par terre ! » répétait Iakoba. En effet :
« Mais elle se lèverait bien un jour ou l'autre. » D'ailleurs
chacun des riverains avait donné sa part de travail, et s'en
vantait : l'empressement d'abord, avait été grand : les

façonneurs-de-pahi, habiles à manier les haches et les lames dentelées, abattaient les grands arbres alentour. D'autres plus rusés dérobaient, aux ponts des rivières, des planches toutes prêtes. Bientôt le tas en fut plus gros qu'une estrade pour juger. — Puis, au bout d'une lunaison, l'on s'étonna que tout ne fût point fini. N'était-ce pas mauvais présage, et signe que le dieu, peut-être, ne voulait point habiter là ?

Iakoba secoua les épaules ainsi qu'un Missionnaire qui méprise.

Enfin, les gens de bonne volonté se dérobant, on avait recouru aux travailleurs contraints par la Loi. Ceux-là furent empressés moins encore : ils réclamaient avec violence : les effets de la Turé — les châtiments et le Travail Forcé —, ils avaient cru tout cela fugitif, et que la Loi s'envolerait après la saison des pluies, leur laissant le souvenir, sans plus, d'avoir été si bien jugés ! mais la Loi tenait bon. Ils s'indignèrent. Beaucoup d'entre eux, prétextant le culte du Seigneur, s'écartaient dans les broussailles avec des femmes, et ne reparaissaient plus. D'autres qui revinrent épouvantèrent les fétii : ils avaient vu de vieux arbres sacrés, à l'entour du maraè ravagé — on le piétinait presque — ils avaient vu ces arbres suer du sang, sous la hache, et l'eau vive Punaáru couler toute rouge...

Le diacre, cette fois, s'impatienta. Ainsi, quand les Missionnaires et le Chef s'étaient, durant vingt années, employés à chasser de tous les esprits les superstitions d'autrefois, voici que des gens venaient les remâcher encore ! Il se moqua, avec des gestes dédaigneux, et affirma, d'improviste, qu'on l'envoyait dans le « district » — il parlait décidément comme un juge — afin d'achever, sans tarder, la maison de prières. Il cria : « Je la mettrai debout avant trois journées ! » Iésu n'avait-il pas dit quelque chose comme cela ?

On ricanait. Il reprit : « Mais vous n'avez donc pas honte de passer pour des paresseux et des lâches ? » Il savait que de tels mots — bien que sans valeur — font aux oreilles des gens biens-pensants le même effet qu'une baguette sur le groin d'un cochon. Personne ne protes-

tant : « Voyez les fétii de la terre Papara : leur vallée se
couvre de fabriques, de factoreries, de maisons pour les
membres du gouvernement : ils travaillent ! ils prient ! et
cela plaît au Seigneur ! » On se mit à rire, bouche
ouverte : le discoureur ne se souvenait donc pas que si,
tout seul des autres « districts », Papara s'empressait au
travail, c'est qu'il manquait à cette rive, pour s'enrichir,
les ressources de Punaávia, de Paéa, et surtout de Paré :
ces nombreux atterrissages de bateaux tout pleins d'objets précieux que les jolies filles s'en vont quérir, sans
peine. Et puis, bon gré mal gré, la maison du Seigneur
s'étalerait longtemps encore sur le sol : quoi que pût dire,
ou faire, ou menacer, le nouvel arrivant. Voici : l'on
manquait de clous ! Le diacre neuf, pas plus que les
autres, ne parviendrait à en déterrer un seul sur tout ce
côté de l'île.

Iakoba, un instant déconcerté, reprit soudain son
assurance. « Vous aurez des clous ! » La foule se dispersa. Nul n'osait plus rire.

Lui sourcillait avec effort, et tâchait à retenir tous ses
pensers autour de la déplorable évidence : pas de clous,
pas de faré, point de maro noir. Envolés, au même
souffle, les honneurs attendus, et cet espoir des beaux
discours devant toute l'assemblée ! Cependant il ne récria
point, et ne couvrit pas de mots inutiles les hommes, les
chefs et les dieux comme font, dans leurs gestes de dépit,
les matelots à la colère vive. Au contraire, il se tint
immobile, et, par une courte prière non parlée, demanda
au Seigneur de l'inspirer.

Le dieu ne répondit pas : nul penser ingénieux ne vint
surgir dans les entrailles du fidèle, qui prit peur : le dieu
lui en voulait ! Aussi, n'était-ce pas d'une bien mauvaise
adresse que de s'obstiner à bâtir ce faré chrétien si près du
maraè détestable ! Iakoba vacillait dans un embarras
mélangé de crainte. Cependant, des clous, il savait fort
bien où l'on s'en pouvait fournir : il en était chargé, par
gros sacs, ce navire farani qui, voilà près de onze
lunaisons, avait ramené le voyageur dans son île. Et ce
pahi, on l'avait aperçu, en longeant la côte, non loin de

Punaávia, attaché aux arbres du rivage en face de la baie Tapuna : certes, il gardait dans son ventre assez de clous pour bâtir dix faré-de-prières ! Iakoba soupira avec tristesse, la poitrine gonflée d'un grand dépit.

Car c'était le seul espoir. Et aussi la seule ruse : qu'une femme s'employât à les obtenir. Mais quelle femme, ayant reçu de tels présents, consentirait à les céder au diacre pour le temple, sans autre bénéfice que d'accomplir une si louable action ? Il songea très vite à l'excellente épouse Rébéka. Il douta qu'elle sût plaire au Farani : les étrangers n'aiment pas les épouses trop vieilles d'années... Ha ! mais... Eréna, petite et caresseuse, et pas encore fatiguée des tané de toute sorte... Le diacre se réjouissait, quand d'autres craintes lui montèrent aux lèvres. Les Missionnaires n'avaient-ils pas défendu... et le Livre ne disait-il pas : « *Tu ne profaneras point ta fille en la livrant à la prostitution, de peur que le pays ne se prostitue et ne se remplisse de crimes...* » mais — « prostitution » — les Professeurs de Christianité ne se trouvaient pas d'accord exactement là-dessus. Il semblait bien que la chose pût s'accomplir avec décence, et discrètement. Iakoba résolut d'interroger le Livre. Il l'ouvrit au hasard du doigt et lut, non sans peine :

« *Si la fille d'un prêtre se déshonore en se prostituant, elle déshonorera son père ; elle sera brûlée au feu.* » « La fille d'un prêtre ! » Eréna n'était point sa vraie fille, et quant au feu, l'usage en était bien abandonné, même par la Loi nouvelle. Peut-être ne s'agissait-il que « du feu éternel ». Il poursuivit en tournant les pages à l'aventure. Il revit ainsi beaucoup d'histoires étonnantes : comment les fils de Iéhova n'ignoraient point la noble coutume ancienne du Inoa des animaux, puisque l'Eternel disait : « *Je redemanderai le sang de vos âmes, je le redemanderai à tout animal* » ; ni l'autre usage du Pi, ou des noms changés par tapu... alors, pourquoi donc avoir interdit... Aué ! s'impatientait Iakoba. Rien de tout cela ne répondait à ses doutes : le Livre ne parlait pas. Le Livre ne voulait point parler. On le forcerait : Iakoba se souvint que ses maîtres morts, bien que païens stupides, s'entendaient à retourner, à leur guise, les présages récalcitrants.

Et il épiait scrupuleusement tous les feuillets, toutes les
lignes, jusqu'à découvrir enfin, avec une joie :

« *Comme il était près d'entrer dans la terre Aïphiti*[1], *il dit
à sa femme : voici, je sais que tu es une femme de belle
figure. Quand les Aïphiti te verront, ils diront : c'est sa
femme ! Et ils me tueront et te laisseront la vie. Dis, je te
prie, que tu es ma sœur, afin que je sois bien traité à force de
toi...* » Qui donc était cet homme ingénieux ? Iakoba vit
qu'on le nommait Abérahama, et qu'il avait, parmi les
disciples de Iésu, quelque réputation. Ce que cet homme
inventa pour sauver sa vie devait être excellent : on ne
pouvait hésiter à ruser de même pour la gloire du
Seigneur. Et si la Loi interdisait, eh bien ! l'on prendrait
parti pour le dieu, contre la Loi, afin de donner au dieu
une maison digne de Sa majesté. — Plein de confiance, le
chrétien s'en fut à la recherche d'Eréna.

*

L'épouse empressée Rébéka avait déjà creusé le four,
chauffé les pierres, et dépouillé les fruits de uru pour la
faim d'arrivée, puis disposé, faute de nattes, de grandes
feuilles sèches dans un faré-pour-dormir trouvé sans
habitants. Iakoba entra. Dans un recoin tout plein
d'obscurité — car l'ombre venait, avec une douceur —,
Aüté caressait sa jolie vahiné chérie.

Les deux amants ne se disputaient point. Aüté, voyant
vide la baie Atahuru, ne redoutait plus les promenades
équivoques. Et puis, la petite fille le rassurait elle-même
en ouvrant un regard sérieux et lent : un regard qu'il
avait, selon son habitude, recueilli bien vite avec ses
lèvres, au sortir des cils. Maintenant, il disait d'inutiles
petites histoires, avec une voix bien changée, une haleine
preste. Sa main, qui sillait, sous la tapa, la peau des seins
frémissants, tremblait comme une palme...

Iakoba les interrompit d'un regard sévère et d'une voix
rude : ils n'étaient pas mariés encore, et ne devaient point
l'oublier. Puis, fixant Eréna, il l'avertit que des gens

1. Égypte.

venus de la terre Papara, des fétii, la réclamaient pour
cette nuit même, et peut-être aussi pour le lendemain.
Aüté sursauta. Mais le diacre gardait un maintien grave :
le père-nourricier de la petite fille venait de mourir. Il
fallait veiller le corps. Qu'elle parte donc, et aussitôt,
pour la rive Papara. Le jeune homme se dressait, tout
prêt à l'accompagner. Iakoba le retint avec des mots
habiles :

« Si tu le veux, jeune homme, nous passerons cette
nuit-ci, où tu vas être seul, à raconter les vieilles histoires
qui t'amusent, et que tu m'as souvent demandées. Ainsi
tu n'auras pas à te lamenter, sans elle. »

Et il sortit avec la fille.

Passer la nuit au navire farani où l'on danse, où l'on
boit, où l'on s'amuse tant ? Quel plaisir inespéré ! Elle
promit tout ce que son père recommandait. Au matin elle
serait là. — Après un détour, Eréna se mit en route vers
la baie Tupana. Le diacre lui soufflait : « N'oublie pas les
haches, si tu le peux, aussi ? » Elle disparut.

La nuit tombée, Rébéka fit flamber les graines de
nono. Mais Iakoba, avant de parler au jeune homme,
depuis longtemps attentif, voulut parler au Seigneur :

« Je te remercie, Kérito, d'avoir, en cette journée,
répandu ta bienveillance sur ton serviteur, en l'inspirant
par le moyen du Livre. Qu'il me soit donné de t'honorer
longuement encore, afin que, travaillant à l'achèvement
de ta maison, je grandisse, dans la vallée, le respect qui
est dû à ta personne. Améné. » Déjà il n'usait plus de
prières toutes faites, épuisées par les autres hommes et
bonnes à tout obtenir ! Mais suivant le conseil des
Missionnaires, il apprêtait chacune de ses paroles à Iésu,
selon ses différents besoins.

« Alors, jeune homme, tu attends les vieilles histoires.
Quel plaisir peux-tu donc y prendre ?

— Je voudrais les écrire, dit Aüté, avant qu'elles ne se
perdent tout à fait : elles sont belles.

— Je vais t'en dire quelques-unes. Bien qu'il soit

ridicule de s'occuper encore des temps ignorants ! » Il
commença au hasard :

Dormait Té Tumu avec une femme inconnue.

De ceux-là naquit Tahito-Fénua...

— Qu'est-ce que " Té Tumu " ? hasarda le jeune
homme.

— Té Tumu, mais c'est un nom. Et puis, ne m'inter-
romps pas.

— N'est-ce point quelque chose comme " La Base...
Le Tronc " ?

— Cela peut être. Mais cela n'a pas d'importance. »
Iakoba reprit sa récitation mesurée. Pour mieux saisir
l'attention de l'écouteur, il entremêlait tous ces parlers,
au hasard des lèvres. Il riait en lui-même à voir l'étranger
recueillir ces racontars païens, de confiance — les yeux
brillants, les doigts agiles —, sans même flairer la
tromperie ou le désordre du récit. Il répandait hors de sa
bouche des centaines de noms, interminables et profus ; il
mélangea les attributs des atua supérieurs, troubla les
quantités jadis éternelles de leurs ruts les plus fameux. Il
confondit leurs changements de formes, leurs autels, leurs
simulacres. Et il inventa de nouveaux petits dieux. —
Aüté implorait encore :

« Et les récits des premiers arrivants, sur la terre
Tahiti ? Et Havaï-i, qui est le mot originel... parle-moi de
Havaï-i. »

Iakoba haussa les épaules : « Hié ! j'y suis allé voici
bien longtemps. Je cherchais les signes avec ce vieux
païen de Paofaï... Tiens ! celui qui galope cette nuit et
tout demain sur le récif ! J'ai vu une île dans du feu,
pendant une tempête. Quand j'ai raconté cela aux
Professeurs de la Christianité, ils ont beaucoup ri sur moi ;
ils m'ont appris les signes, les vrais ; et que Havaï-i devait
se dire " Havaï-Pé " ou bien : " l'Enfer ". On ne peut s'y
rendre que mort. Il vaut bien mieux ne pas y aller du
tout ! »

Le jeune étranger, déconcerté, s'étirait en épiant la
nuit. Elle veillait, limpide et douce à tous les vivants, mais
triste pour lui, puisque privé de son amie. Il se levait

pour chercher Eréna peut-être. Iakoba se hâta de proférer :

« Voici qui t'amusera davantage. Un prêtre, dont je ne sais plus le nom, m'a raconté quelque chose comme ceci...

Il était. Son nom Tadroa. Il se tenait dans l'immensité. Point de terre ; point de ciel ; point de mer ; point d'hommes...

— Après ! Après cela !

— Après, il disait aussi — mais j'ai bien tort de te rapporter toutes ces niaiseries... Si les Missionnaires viennent à l'apprendre !... Ensuite, le prêtre disait :

Tadroa appelle, et rien ne répond... et rien ne répond... Eha ! j'ai oublié. Veux-tu d'autres parlers plus vifs ? Par exemple, le péhé pour rire qu'on chantonne en surprenant des gens enlacés !

Ha ! ils sont deux !
Ils sont deux et n'en font qu'un... »

Aüté secoua la tête :

« Tu as vraiment oublié, Iakoba tané ; j'avais pensé que ta mémoire était certaine. »

Le diacre sourit : « Oui, mais je ne veux plus disperser les paroles conservées, afin de les employer toutes à garder les dires du vrai dieu. Je récite déjà la moitié du livre selon Ioané. — Et puis, quand l'homme malade, à Opoa, me racontait ces histoires — je sais bien, maintenant, pourquoi je ne peux plus me souvenir —, quand il me racontait tout ça : Je dormais.

— A ton réveil, tu ne lui as pas demandé de répéter ?

— Quand je me suis éveillé, il était mort, ou presque mort.

— Les Paroles sont donc mortes avec lui », prononça, comme un Maître, le jeune étranger aux yeux clairs. Iakoba tressaillit.

Ainsi, la nuit coulait avec les dires de leurs lèvres. Rébéka, fatiguée de la route, s'était depuis longtemps endormie. Et mieux valait que ses oreilles n'entendissent point ces histoires païennes. Les noix de nono épuisaient

leurs dernières gouttes d'huile. La brise affraîchissante
affroidissait, vers l'aube pressentie, la caresse de son
haleine. Aüté ne put se contenir : « Je vais à sa rencontre, sur la route Papara... »

Iakoba sourit, qui savait combien Eréna était loin de ce
chemin : tout à l'opposé ! Il dit seulement avec politesse :
« Tu t'en vas, toi ? » ainsi qu'il est d'usage. Et il s'étendit,
sans oublier une seconde parole louangeuse sur le nom de
Kérito.

Le jour levé, le diacre vint guetter la route : la fille ne
se ferait pas attendre. Le chemin blanchissait dans la
lumière vive, très long et très droit. Iakoba le parcourut
d'un long regard bienveillant — ne menait-il pas vers le
Temple promis ? — Il approuva les ingénieux châtiments
nouveaux qui rendaient profitables à tous les fautes de
quelques-uns. Il désira voir ces fautes nombreuses : sa
route s'en élargirait encore.

Car déjà, certain du succès, le diacre aménageait en son
esprit la rive, les sentiers, la plage, la vallée ; il les
peuplait d'une foule empressée ; il imaginait immense et
magnifique cette maison-de-prières, qui, pour ses yeux
épanouis, montait, tout d'un essor, de la terre sanctifiée.
Lui-même, diacre de second rang, puis diacre de premier
rang, se vit, tout près du Missionnaire — même : en
place du Missionnaire ! et parlant à l'assemblée. L'assemblée se tendait vers lui. Les dormeurs ? On les bâtonnait.
Les femmes ? On les forçait au silence. Alors il ouvrait le
Livre avec un air réservé, et d'une voix monotone et
pieuse, il commençait une Lecture. Tout cela parut, le
temps de respirer deux fois, si proche et si clair, qu'il se
surprit, ouvrant la bouche, levant le bras, à haranguer la
foule figurée... Mais il n'avait gesticulé que pour les
crabes et les troncs d'arbres. Il s'arrêta court, avec un
dépit.

Derrière lui, survenait Aüté : il n'avait pas trouvé son
amie, et la mort du fétii de Papara lui semblait un parler
menteur. Iakoba, se détournant, feignait une grande

attention à scruter le récif — là, devant, à gauche de la pointe... En effet, des gens couraient et criaient au long du corail, pourchassés par des hommes en pirogues qui pagayaient à leur aise dans les eaux-intérieures. Toute la troupe approchait vite : « Regarde donc, lança le diacre, voilà la course-au-récif ! » Eha ! le spectacle était bon ! Paofaï et Téao ! les deux impies : l'hérétique et le païen ! — Aüté cligna des paupières, et suspendit ses importunes questions. Iakoba ne cachait point un digne assentiment : « Bon cela ! » Car l'un des fugitifs, le plus vieux sans doute, venait de tomber à plat ventre. Une lance lui perça le bras. Il sauta sur les genoux, et, redressé, reprit la fuite. Comme le récif, courbé soudain, venait rejoindre la grande terre, les deux fuyards, plongeant dans la passe, gagnaient avance sur les poursuiveurs. Ceux-ci n'avaient pas franchi dix pas, sur le corail, en traînant leurs pirogues, que les premiers, déjà, atterrissaient tout près du diacre avec des gestes éperdus. Leurs bras, en s'agitant, faisaient gicler des gouttes d'eau rougeâtres.

Le diacre les vit, avec un grand ennui, s'approcher de sa personne. Il recula vivement afin que son maro noir — il le vêtait pour la seconde fois — ne fût point souillé par l'approche des coupables. Mais Paofaï bondit sur lui, et très vite, à voix essoufflée : « Cache-nous, Térii, dans ton faré... Tu es prêtre de ces gens-là », il jetait la main vers les autres : « Dis-leur que la place est tapu... que tu es tapu... que nous le sommes... dis-leur... comme j'en ai fait pour toi... Je t'ai tiré de dessous les haches... Cache-nous... Reçois-nous... comme tes hôtes... »

Le chrétien s'écartait avec mépris, et une inquiétude. Car les riverains, l'entourant, déjà se surprenaient qu'il frayât avec les deux criminels. Aüté s'étonnait lui-même : « Tu connais donc ce pauvre homme ? » Iakoba tenta de se dérober et de les jouer l'un par l'autre : « Tu me demandais les vieilles histoires ? Mais celui-là va te les raconter toutes ! Il a collé sa bouche à la bouche du vieux sorcier ! Il doit savoir, lui ! » Et Iakoba secouait son ventre avec un rire forcé, et il reculait encore. Mais Paofaï : « Tu ne te souviens pas, Térii a Paraürahi... la pierre-du-Récitant... » — « Il est fou », déclara le diacre,

comme surgissaient les gens aux pirogues qui agrippèrent
leurs fuyards. En même temps, sur le chemin clair,
apparaissait une femme dont la marche se faisait hâtive et
joyeuse : « Eréna ! » Aüté s'élançait vers elle. Il vit
derrière deux hommes — deux matelots — chargés de
sacs rebondis. Tout blême, il se retint, en dévisageant
Iakoba. Iakoba restait impassible, même sous les injures
de Paofaï — et le vieux n'en démordait point : « Homme
sans mémoire ! Térii qui as perdu les Mots ! Térii qui
m'as nommé son père... J'aurais dû te serrer le cou dans
ton premier souffle ! » On l'entraîna sur le corail, encore,
selon le châtiment. De plus loin : « Térii... Térii... Tire
ton œil et fais-le manger à ta mère ! » Les assistants
frémirent sous l'épouvantable injure. Iakoba souriait en
considérant les matelots et leurs faix. Aüté lui bondit au
visage : « Tu as vendu ta fille... tu es... » C'étaient là
parlers inutiles. La foule avait compris et bousculait le
jeune homme, en riant. Et tous attendaient que le diacre,
confondant ses insulteurs, fît à ses nouveaux fidèles un
beau discours d'arrivée.

Or, le chrétien ne répondit pas à ces injures, bien
qu'odieuses, impies, et propres à le déconsidérer. Le
Livre dit : *Tu pardonneras les offenses.* Et d'ailleurs, on
ne pouvait descendre à discuter avec un vieux fou de
sauvage et un petit piritané sans emploi. Puis toutes les
craintes étaient loin : Kérito récompensait déjà son
serviteur bien avisé. Ouvrant les sacs que les deux Farani
laissaient tomber à ses jambes, Iakoba dit fièrement aux
fétii : « Voici vos clous ! » Ensuite il montra le rivage, la
route Royale, l'emplacement propice, l'amas de planches
toutes prêtes, et il fit comme faisaient les Missionnaires
dans certains jours manifestement inspirés : « Enfin ! » il
étendait les deux bras, « nous bâtirons la Maison du
Seigneur ! Hotana pour Kérito ! » Les fidèles répondi-
rent : « Améné », et dans un nouvel enthousiasme ils
s'empressaient tous à l'ouvrage.

Mais le diacre, tout d'abord, rajusta décemment un pli
de son maro noir que le vieux avait défait en s'y
raccrochant.

Table

DU MÊME AUTEUR

Odes
Mercure de France, 1963
« Poésie Gallimard », n° 203

René Leys
Gallimard, 1971
et « L'imaginaire », n° 28

Chine, la Grande Statuaire
Flammarion, 1972
et « Champs », n° 631

Siddharta
Rougerie, 1974

Le Fils du Ciel : chronique des jours souverains
Flammarion, 1975
et « Garnier-Flammarion », n° 377

Gauguin dans son dernier décor
Fata Morgana, 1975

Journal des Iles
Nouvelles éditions du Pacifique, 1978
Fata Morgana, 1989

Thibet
Mercure de France, 1979

Noa-Noa
Hommage à Paul Gauguin
Ed. Maritimes et d'outre-mer, 1980

Voyages au Pays du Réel
Le Nouveau Commerce, 1980

Imaginaires
Rougerie, 1981

Les Cliniciens és lettres
Fata Morgana, 1981

Les Synesthésies de l'Ecole symboliste
Fata Morgana, 1981

Peintures
T. Bouchard, 1981
Gallimard, 1983

Dossier pour une Fondation sinologique
(avec Annie Joly-Segalen)
Rougerie, 1982

Stèles
(édition de Henry Bouillier)
Mercure de France, 1982
La Différence, 1989

Équipée
Gallimard, « L'Imaginaire », 1983

Gustave Moreau, maître imagier de l'orphisme
Fata Morgana, 1984

Trahison fidèle : correspondance, 1907-1918
Seuil, 1985

Dans un monde sonore
Fata Morgana, 1985

Le double Rimbaud
Fata Morgana, 1986

Essai sur soi-même
Fata Morgana, 1986

Briques et Tuiles
Fata Morgana, 1987

Le combat pour le sol
Fata Morgana, 1987

Lettres de Chine
« 10/18 », n° 2361, 1993

Essai sur l'exotisme, une esthétique du divers
Fata Morgana, 1995

Voyages au Pays du Réel
Éditions Complexe, 1995

Œuvres complètes, 1
Robert Laffont, 1995

Œuvres complètes, 2
Robert Laffont, 1995

Voix mortes, musiques maories
Novetlé, « Un monde sonore », 1995

Peintures
Gallimard, « L'Imaginaire », 1996

GROUPE

Achevé d'imprimer en janvier 2003 par
BUSSIÈRE CAMEDAN IMPRIMERIES
à Saint-Amand-Montrond (Cher)
N° d'édition : 33304-3. - N° d'impression : 030324/1.
Dépôt légal : janvier 1998.
Imprimé en France